Jordan Holiday

Anfang Ende und das dazwischen

Kontakt:

Liebe LeserInnen, Ihr möchtet brandheiße News über die Autorin haben – und das aus erster Hand? Ihr seid heiß auf neue Bücher, Gewinnspiele und vieles mehr? Dann schaut doch einfach auf Facebook vorbei. Ich freue mich, mit Euch ins Gespräch zu kommen.

https://www.facebook.com/JordanHolidayAutor/

Jordan Holiday

c/o: Marina Teschner

Lange Str. 2

26676 Barßel

Impressum:

1. Auflage: Januar 2019

Coverfotos:

naum, ira_qiwi, Rawpixel.com

https://stock.adobe.com/de/

Covergestaltung: © Marina Teschner

Jordan Holiday

c/o: Marina Teschner

Lange Str. 2

26676 Barßel

1. Danny

»Mist! Mist! Mist! Mist! Mist!« Frustriert stapfe ich durch den Garten der Kindertagesstätte, in der ich seit ungefähr fünf Jahren Leitung bin. »Es kann doch nicht so schwer sein, jemanden zu finden, der nicht die totale Nullnummer ist.«, jammere ich verzweifelt. Matsch spritzt in alle Richtungen, als Tim, ein Erstklässler, für dessen Gruppe ich dringend eine Erzieherin oder Sozialarbeiterin suche, in eine Pfütze springt. Er jauchzt vergnügt.

»Hey, Danny! Alles klar bei Dir?« Meine Kollegin Claudia grinst von einem Ohr zum anderen, als sie sieht, wie ich angewidert an mir herunterschaue. Matsch klebt an meinen Jeans. Matsch klebt an meiner neuen Jacke, die ich erst bei einem längst überfälligen Einkaufsmarathon letztes Wochenende erstanden habe. Ich mag die Jacke. Eigentlich. Leider sieht sie nach Tims hinterhältigem Angriff aus wie die Camouflage-Jacken der Army. Unwirsch versuche ich, den Matsch vom schwarzen Stoff zu entfernen.

»Vielen Dank auch, junger Mann.«, zische ich.

»Schuldichung, Danny. Hab Dich nicht gesehen.« Tim schenkt mir ein breites Grinsen. Er schiebt seine Zungenspitze durch die Lücke in der oberen Zahnreihe und hüpft fröhlich lachend wieder davon. »Das war ein Volltreffer!«, höre ich ihn ein paar Sekunden später jauchzen. Seine Kumpels klopfen ihm anerkennend auf die Schulter. Ha, von wegen, Du hast mich nicht gesehen, Du Rüsselratz.

»Was treibt Dich denn hier raus? Du hast doch gar keinen Gartendienst.« Meine Kollegin Claudia stellt sich neben mich und betrachtet mich von oben bis unten. Während sie die Kinder um uns herum im Auge behält, fummelt sie in meinem Haar herum. »Du hättest mal lieber eine Mütze aufsetzen sollen.«, kommentiert sie lachend. Meine Mundwinkel verziehen sich nach unten, als ich sehe, was sie aus meinem Haar klaubt. Matsch.

»Was für ein matschiger Tag.«, grunze ich unwillig vor mich hin, was mir allerdings nur ein breites Grinsen einbringt.

»Da könntest Du recht haben. Also, was ist los? Hast Du nicht gesagt, dass Du heute Bürotag hast?«

»Habe ich ja auch, aber ich brauchte eine kleine Auszeit. Ich konnte das Chaos nicht mehr ertragen. Die Sucherei geht mir total auf die Nerven. Hast Du eine Ahnung, wie viele Bewerbungsmappen ich mittlerweile durchgegangen bin?«

»Du wirst es mir bestimmt gleich sagen.«

»Viel zu wenige. Und sie gleichen einander wie ein Ei dem anderen. Dunkelrot, blau oder schwarz. Und eine in grau.«

»Na und? Kommt es nicht eher auf den Inhalt an?«

»Das ist es ja. Selbst die ähneln sich auffallend. Wahlweise mit Einserabschluss und so lalla Arbeitszeugnissen, oder schlechterem Abschluss und guten Arbeitszeugnissen und und und.«

»Was regst Du Dich dann so auf?«

»Weil etwas fehlt. Da kommt nichts rüber. Lauter Stereotype.«

»So schlimm?«

»Noch schlimmer. Hey! Finn! Runter von Simon!« Mein Brüllen peitscht wie ein grollender Donner durch den Garten. Ich lasse meine Kollegin stehen und renne los. Bevor Finn seine Faust in Simons Magen versenken kann, greife ich mit einer Hand nach ihm und mit der anderen nach seinem Kontrahenten. Die zwei treten um sich und beschimpfen sich gegenseitig, während ich sie so weit wie möglich auseinander halte.

»Was soll denn das?«, frage ich ärgerlich. Meine Gedanken formen ganz andere Worte, die eher wie *Wer hat Euch denn ins Hirn geschissen* klingen.

»Der Simon hat angefangen! Er hat mich mit Matsch voll geschmissen und will mich hauen!«

»Aber der Finn hat die Sophie geküsst!«

Oh man, ein Eifersuchtsdrama. Auch das noch. Die Kids fangen aber auch immer früher an. Wenn ich die zwei Jungs so betrachte, komme ich mir auf einmal furchtbar alt vor, dabei kann ich mich noch so genau an meinen ersten Kuss erinnern, als ob es gestern gewesen wäre. Ich war fünf und ich kann sicher behaupten, dass der Kuss ein einschneidendes Erlebnis für mich war. Von diesem Moment an war es um mich geschehen. Die Lippen des Jungen haben sich eher wie eine feuchte Hundeschnauze angefühlt und so beschloss ich, nur noch Mädchen, beziehungsweise Frauen zu küssen. Und dabei ist es geblieben. Bis heute. Na ja, der letzte Kuss, den ich von einer Frau bekommen habe, liegt ein paar Tage zurück. Dass selbst der nur aus einer Alkohol-Laune heraus entstanden ist, brauche ich nicht zu erwähnen, denke ich.

»Simon, Du kannst nichts machen, wenn Sophie Finn küssen will.«, erkläre ich dem erbosten Vorschulkind an meiner rechten Hand.

»Aber Sophie will den doch gar nicht küssen, diesen … Arsch.«

»Simon!«

»Was denn?!? Er ist doch ein Arsch!«

Ich rolle mit den Augen und pflanze meinen professionell strengen Ausdruck in mein Gesicht. DEN kann ich richtig gut. Simon weicht meinem Blick aus. Finn ebenso. Betreten starren die zwei den Boden vor unseren Füßen an.

»Simon, Du weißt, dass wir solche Wörter hier nicht benützen. Und Finn, Du weißt, dass wir nicht schlagen.«, versuche ich zwischen den Streithähnen zu intervenieren, obwohl ich mir selbst im Moment nichts sehnlicher wünsche, als auf einen Boxsack einschlagen zu können. Wir sollten darüber nachdenken, einen für die Turnhalle anzuschaffen, damit ich mich nach Herzenslust austoben kann, wenn mir wieder mal die Galle hochkommt.

»Ihr seid doch Freunde.«, versuche ich mit versöhnlichem Tonfall zwischen den zwei streitenden Junggockeln zu vermitteln, während sie ihren Kampf um das beliebteste Huhn der Gruppe ausfechten. Eisige Blicke fliegen mir um die Ohren. Und unwilliges Brummen, das sich für mich verdächtig nach Schimpfwörtern anhört.

»Dann eben nicht. Simon, Du meldest Dich bei Ramona zum Küchendienst und Finn, Du hilfst Katharina beim Betten aufstellen. Kein Gemecker mehr jetzt. Wenn Ihr nicht wisst, wie … «

»Aber, Danny! Wir sind doch gerade erst raus. Bitte … «, betteln die zwei Junggockel plötzlich friedlich vereint. »Wir wissen auch, uns zu benehmen. Versprochen.« Meine Mundwinkel verziehen sich zu einem Grinsen. Wenn dieses Blinkern aus den zwei Augenpaaren nicht der verzweifelte Versuch zweier Junggockel ist, das Oberhuhn zu bezirzen, fresse ich einen Besen. Trotzdem kann ich bei so viel ehrlicher Anstrengung nur nachgeben. Außerdem habe ich Verständnis. Die Kinder haben ein langes und regenreiches Wochenende hinter sich und saßen wahrscheinlich überwiegend vor dem Fernseher. Das lässt die Aggressionen schnell mal hochkochen. Ein typischer Montag, eben.

»Ausnahmsweise. Solltet Ihr aber … «

»Ja ja, Danny, wir wissen schon, wie man sich benimmt.« Mit diesen Worten lassen Finn und Simon mich stehen und rennen in trauter Einigkeit davon. Kopfschüttelnd schaue ich ihnen hinterher.

»Na, da haben die zwei aber Glück gehabt. So schnell lässt Du doch sonst niemanden aus.«

»Was solls.« Ich mache eine wegwerfende Handbewegung und beobachte die munter durch den Garten rennenden Kinder. Im Gegensatz zu mir scheinen sie nicht aus Zucker zu sein. Sie freuen sich an den dunklen Wolken, die nach einem mehr als trockenen und heißen Sommer seit ein paar Tagen über der Stadt hängen und uns den Regen bescheren, den die Natur so dringend braucht. Die Natur! Nicht ich! Ich ziehe meinen Kopf ein und versuche, mich unter dem Hausdach zu verstecken. Der Wind peitscht den fieseligen Regen in mein Gesicht.

Wer auch immer auf die dämliche Idee gekommen ist, dass die Kinder bei jeder Wetterlage jeden Tag mindestens eine Stunde im Garten spielen sollten, gehört sich gevierteilt. Was für eine bescheuerte Idee. Meine Schuhe fühlen sich mittlerweile ziemlich feucht an. Ebenso meine Füße. Neid krabbelt in mir hoch. Claudias Gummistiefel sind zwar klobig und weit entfernt von sexy, aber wenigstens sind ihre Füße trocken. Und warm. Meine sind so kalt, dass es mir nicht mehr schwerfällt, mir vorzustellen, wie sich ein Eisklotz fühlen muss – wenn er denn Gefühle hätte.

»Also, Maus, machs nicht so spannend. Was ist mit den Bewerbungen?«

»Nenn mich nicht immer Maus, Claudia. Das habe ich Dir doch schon so oft gesagt.«, schimpfe ich, kann mir aber ein Grinsen nicht verbeißen.

»Wieso? Du heißt doch Maus. Oder hast Du geheiratet, ohne uns etwas davon zu stecken? Wie heißt sie? Wie sieht sie aus?« Claudia rückt neugierig näher. So nahe, dass es nach außen hin so aussehen muss, als würde sie in mich hinein kriechen.

»Natürlich habe ich nicht geheiratet. Wie Du vielleicht weißt, habe ich nicht mal eine Freundin, die ich heiraten könnte.«

»Ach, was nicht ist … «, erklärt Claudia und macht eine weit ausladende Bewegung mit ihren Armen. »Du könntest doch mal eine dieser Dating-Apps ausprobieren, von denen ich Dir erzählt habe.«

»Du meinst *Tinder* und so? Ich suche eine Frau, Claudia, und keinen hormongesteuerten Teenager.«, gebe ich unwillig zurück. Eine Frau zu finden, die mich so flasht, dass ich es an ihrer Seite aushalte – und sie an meiner – ist ungefähr genauso uferlos wie unsere verzweifelte Suche nach einer Erzieherin oder Sozialarbeiterin für unsere Hortgruppe. Den Lottojackpot knacken? Eine Kleinigkeit im Vergleich zu den Problemen, die mich seit Wochen um den Schlaf bringen. Hätte ich doch bloß auf meine Eltern gehört und etwas Anständiges gelernt, dann müsste ich mich jetzt nicht mit so einer Scheiße herumärgern.

»Wie soll sie eigentlich sein?«

»Wer? Die Erzieherin, oder die perfekte Frau?«

»Beides.«, erklärt Claudia ernst. Allerdings verrät das verdächtige Zucken um ihre Mundwinkel, was hinter ihren Augen tatsächlich vorgeht.

Nachdenklich lege ich die Stirn in Falten. Claudia hat wie keine andere das Talent, mich mit den einfachsten Fragen aus der Fassung zu bringen. Erst jetzt wird mir so richtig bewusst, dass meine Erwartungen an die perfekte Kollegin und die an die perfekte Frau sich nicht großartig unterscheiden. Außer vielleicht optisch. Mir ist egal, wie unsere neue Kollegin aussieht. Ob sie fester gebaut ist oder schlank, ob sie dunkle Haare hat oder grüne, solange sie ihr Handwerk versteht und weiß, was sie tut … immer her damit. Bei einer potenziellen Partnerin sind die Fakten allerdings minimal anders gelagert. Wie jeder Mensch habe ich mehr oder weniger konkrete Vorstellungen, wie DIE Frau ungefähr aussehen sollte. Vielleicht sollte ich mir bei Gelegenheit eine backen …?

»Also?!?«

»Ich bin noch nicht fertig.«

»Beeil Dich nur nicht so, Maus. Könnte sein, dass Du es mir sonst sagen musst, bevor die Gartenzeit vorbei ist. Also?«

»Ooooh, Du kleines … «, schimpfe ich, kann aber nicht vermeiden, dass meine Mundwinkel sich nach oben verziehen. »Hmh …, ich weiß nicht genau, wie sie sein sollte.«, flunkere ich schamlos. Natürlich habe ich sehr genaue Vorstellungen, bin mir aber im Moment nicht mehr so ganz sicher, ob meine Erwartungen nicht doch ein bisschen zu hoch gesteckt sind und ich sie – was mir nicht besonders gefällt – eventuell ein Stück herunter schrauben muss.

»Lügnerin.«

»Ich lüge nicht.«

»Doch. Das tust Du. Vergiss nicht, ich kenne Dich lange genug. Mich hältst Du nicht zum Narren. Also?«

Na gut. Wenn Claudia darauf besteht … SIE sollte ein Lächeln haben, dass mich immer wieder neu in ihren Bann zieht. Dann sollte sie … hmh … einen Körper haben, der meine Phantasie beflügelt. Okay, das gilt jetzt nicht so sehr für die Kollegin. Mein Gott, bin ich oberflächlich. Claudia hat gefragt, wie SIE sein soll und mir fallen tatsächlich als erstes lauter Äußerlichkeiten ein. Ich mag braune Augen. Möglichst dunkel. Oh ja, da kann ich schwach werden. Frauen mit dunklen Augen und der gewissen Tiefe im Blick sind … einfach umwerfend. Sie darf gerne sportlich sein, aber nicht zu trainiert, sonst komme ich mir neben ihr wie ein Häufchen Elend vor. Oder ein Walross. So groß wie ich oder ein bisschen kleiner wäre schön. Ich mag es gerne, wenn ich die Größere bin.

»Danny? Wolltest Du mir nicht erzählen, wie sie sein sollte?« Von wegen wollen. Gibt es eigentlich ein Hausmittel gegen lästige Fragen lästiger Kolleginnen?

»Kreativ wäre gut. Und praktisch veranlagt. Keine Schmatzerin.«

»Schmatzerin? Du meinst eine Blenderin, oder denkst Du jetzt wirklich an schmatzen?«

»Quatsch. Natürlich meine ich, dass sie keine Blenderin sein sollte. Mir sind Macherinnen lieber. Sie sollte wissen, was sie will. Außerdem sollte sie in der Lage sein, sich anzupassen und trotzdem sich selber zu bleiben. Ach ja, und integer wäre ziemlich gut, meinst Du nicht auch?«

»Du Ei. Das ist eine Null-acht-fünfzehn Aufzählung. Ich hatte mir jetzt eigentlich ein paar detaillierte Informationen erwartet, damit ich die nächsten Bewerbungen schon ein bisschen vorsortieren kann.«

»Mensch Claudia, frag nicht so doof!«, motze ich. »Du weißt doch genau, was wir suchen. Worauf es mir ankommt … «

»Ja, schon … «, antwortet meine Kollegin gedehnt. Ich weiß, dass sie genauso enttäuscht von der Ausbeute unserer bisherigen Bewerber ist. An die fünfzehn bis zwanzig Mappen habe ich mehr oder weniger interessiert begutachtet, vier Leute habe ich sogar zum Probearbeiten eingeladen. Was ein Reinfall. Die beste Antwort, die ich während eines Vorstellungsgesprächs bekam, hat mich dazu genötigt nie wieder die eine ganz spezielle Frage zu stellen.

»Warum sollten wir ausgerechnet Sie einstellen?«, hatte ich gefragt und ich muss gestehen, dass ich nicht gedacht habe, dass die Frage so kompliziert ist. Und noch weniger habe ich damit gerechnet, dass sie als Grund für einen völlig daneben geratenen Flirtversuch verstanden werden könnte.

»Weil ich ein Mann bin.«, antwortete der Bewerber und stand keine fünf Minuten später vor dem Gartentor unserer Einrichtung. So ein Macho. Als ob er etwas könnte, was wir Frauen nicht auf die Reihe bekommen. Gut, außer Fußballspielen vielleicht. Das kann keine in unserem Team.

»Mit Bällen sollte sie oder er umgehen können.«, erkläre ich und merke, wie unangenehme Wärme in mir aufsteigt. Hoffentlich rafft Claudia nicht, wie eindeutig zweideutig meine Äußerung ist. Ich ernte ein verschmitztes Grinsen und hoffe einfach, dass Claudia meinen Fauxpas nicht bemerkt hat und sich lediglich an meinen erbosten Gesichtsausdruck nach dem Gespräch mit jenem Herren erinnert.

»Und geschickt mit den Händen sollte sie sein.« Ich schlage die Hand vor den Mund. Das habe ich jetzt nicht gesagt, oder? Mann, muss ich ausgehungert sein. Claudia lacht laut, geht aber netterweise über sämtliche verbalen Entgleisungen hinweg.

»Okay, Maus. Dann weiß ich Bescheid. Ich muss leider…«, sagt Claudia mit einem vielsagenden Grinsen im Gesicht und sprintet fröhlich zur Vorderseite des Hauses, wo die Kinder vor der Eingangstür stehen und darauf warten, dass sie die dicke Schlammschicht von ihren Gummistiefeln und Matschhosen auf unserem sauberen Boden verteilen können.

Ich folge ihr etwas langsamer. An die zweihundertfünfzig Kinderfüße und vierundzwanzig Erwachsenenfüße stampfen gleichzeitig auf den Boden vor der Tür. Fröhliche Kinderstimmen wehen zu mir herüber. Schmunzelnd halte ich inne und lausche dem Singen der Kinder. Kinder sind zu beneiden. Sie müssen sich nicht mit Erwachsenenkram, der ihnen den Schlaf raubt, herumärgern. Morgens stehen sie auf und freuen sich auf ihre Freunde im Kindergarten und in der Schule. Am Abend gehen sie nach Hause und sind voller spannender Erlebnisse und Geschichten. Sie zerbrechen sich nicht ihren Kopf mit den Dingen, die in ihrem Leben vielleicht nicht so laufen, wie sie es sich wünschen. Neuer Tag, neue Chance. So ist das bei Kindern. Freud und Leid liegen nahe beieinander und wechseln sich manchmal mehrfach an einem Tag ab. Nichts ist so schlimm, dass es ewig währt. Kinder sind zu beneiden. Ich unterdrücke ein Seufzen und klopfe ebenfalls meine Schuhe ab, bevor ich mit hängenden Schultern in den ersten Stock, in dem mein Büro liegt, stapfe.

»Hast Du heute schon Deine Mails gecheckt?« Meine Kollegin Claudia lässt sich, wie immer, völlig ungebeten auf dem Stuhl vor meinem Schreibtisch nieder und stellt einen dampfenden Kaffeebecher vor mir ab. Ich runzle die Stirn. Was soll denn bitte jetzt diese Frage?

»Ist was geeignetes dabei?« Ach so. Das meint sie. Leider fällt meine Antwort wie immer ziemlich niederschmetternd aus. Seit etwas mehr als einem Vierteljahr sind wir jetzt schon auf der Suche nach einer neuen Kollegin. Ich hätte nie gedacht, dass es so schwer sein könnte. In einer Stadt wie München ist ständig alles in Bewegung. Erzieher und Sozialarbeiter haben den Hauptgewinn. Sie haben die freie Auswahl aus den Jobs, die täglich auf den Markt geworfen werden. Langsam fange ich an zu glauben, dass es an ein Wunder grenzt, dass überhaupt ein paar Bewerbungen den Weg auf meinen Schreibtisch finden.

»Maus? Gibt es neue Bewerbungen?«

»Drei.«, antworte ich einsilbig.

»Wieder nichts?«

Missmutig schüttle ich den Kopf. Ich weiß, dass ich auf einigermaßen hohem Niveau jammere, trotzdem kann ich es nicht lassen.

»Wenn man den Unterlagen glauben schenkt, müssten die Qualitäten unserer Bewerber absolut überirdisch sein. Nur herausragende Arbeitszeugnisse und Skills, nach denen sich jeder die Finger leckt.« Ich bin mir nicht ganz sicher, ob ich lachen soll, oder doch lieber weinen. Manche Leute strahlen auf den Fotos als würde ein riesiges Feuer in ihnen brennen, das sich leider mitunter ziemlich schnell als Strohfeuerchen herausstellt. Tarnen und Täuschen ist alles, wie mir scheint. Lauter überhebliche und selbstherrliche, rettungslos von sich überzeugte Menschen, die offenbar keine Schwächen haben. Dabei sind es gerade die Schwächen, die mich interessieren.

Vielleicht habe ich diesbezüglich einen Dachschaden, aber ich will einfach vermeiden, dass wir uns jemanden mit einer narzisstischen Persönlichkeit ins Boot holen.

»Mach Dir keinen Kopf. Ich bin mir sicher, dass ich die Lösung für Dein Problem habe.«

»Wie denn das? Kennst Du eine Erzieherin, die so dringend auf der Suche nach einem Job ist, dass sie schon gestern anfangen kann?«

»Das nun nicht gerade, aber ich habe etwas für Dich.« Claudia steht auf und zerrt schließlich eine Tasche, die doch ziemlich schwer aussieht, hinter sich her in mein Büro.

»Was ist das?«

»Die heutige Ausbeute aus dem Briefkasten. Kataloge und Briefe.«

»Nicht Dein Ernst. Und was soll daran jetzt so toll sein?«

Bevor Claudia noch etwas sagen kann, klopft es an die Tür. Auf mein »Herein.« schiebt sich der lässig kurzgeschnittene Haarschopf der Vorsitzenden unseres Kindergartenbeirats in mein Sichtfeld. Ihr folgen drei weitere Frauen, was zur Folge hat, dass mein nicht allzu großes Büro ziemlich voll wird. Lächelnd schaue ich in die Gesichter der vier unangekündigten Besucherinnen. Die Frauen sehen nicht besonders glücklich aus und ich beginne zu ahnen, dass auch ich mich innerhalb der nächsten Minuten noch ein kleines bisschen unglücklicher fühlen werde.

»Haben Sie ein paar Minuten für uns, Frau Maus?«, fragt die Vorstandsvorsitzende höflich, obwohl sie und ihre Anstandswauwaus schon mitten im Zimmer stehen und nach einer geeigneten Sitzgelegenheit Ausschau halten.

Auf meinen Wink hin hechtet Claudia zur Tür hinaus und kommt mit vier kleinen Kindergartenstühlen zurück. Ein kleiner taktischer Schachzug, der ein schmallippiges Lächeln in die Gesichter meiner Besucherinnen treibt. Hoch erfreut geht definitiv anders. Innerlich straffe ich die Schultern und wappne mich für das, was innerhalb der nächsten halben Stunde über mich hereinbrechen wird. Es ist Abholzeit und die Damen haben offenbar Zeit mitgebracht. Was sie mit mir besprechen wollen, wird mir nicht gefallen.

Möglichst unauffällig runzle ich die Stirn. Wie konnte ich nur so dumm sein und mich auf die Leitungsstelle einlassen? Aber wie es manchmal so ist, die schmeichelnden Worte des Trägervorstandes versetzten damals mein Blut in helle Aufregung. Ich fühlte mich geehrt, weil sie unbedingt mich als Leitung haben wollten. Dummerweise bemerkte ich die Falle erst, als sie zuschnappte. Und jetzt sitze ich fest. Jedes Mal, wenn ich darüber nachdenke, den Träger zu verlassen und woanders neu anzufangen, plagen mich Gewissensbisse. Die Kinder und Eltern vertrauen mir. Meine Kolleginnen vertrauen mir. Der Träger vertraut mir auch. In den letzten Jahren habe ich viel gelernt. Trotzdem gibt es etwas, das ich immer noch nicht so richtig gut kann. Nein sagen. Wäre es anders, säße ich jetzt nicht vor den vier Müttern und müsste ihnen Rede und Antwort stehen.

Ich seufze unterdrückt.

»Natürlich, Frau Strobel. Bitte setzen Sie sich doch. Was kann ich für Sie tun?«

»Frau Maus … Ich …, das heißt … wir wollten uns erkundigen, wann endlich mit neuen Fachkräften für die Hortgruppe zu rechnen ist. So wie es jetzt ist, ist das doch kein Zustand. Die Kinder sind ganz neben der Spur und wissen nicht mehr, wo sie hingehören.«, erklärt mir die

Vorsitzende die Fakten, die ich sowieso schon kenne. Dass IHR Sohn die meisten Probleme in der Hortgruppe macht, lässt sie, wie nicht anders zu erwarten, natürlich unter den Tisch fallen. Die Frau kann anstrengend sein. Sie erwartet Wunder, die ihr niemand erfüllen kann.

»Sehen Sie, Frau Strobel … «, beginne ich meine Rede.

»Sie müssen doch selber einsehen, dass es kein Zustand ist, wenn ständig Eltern in der Gruppe aushelfen müssen, damit die Zweitkraft, die auch noch absolute Anfängerin ist, nicht alleine arbeiten muss. Die arme Carolin ist schon ganz am Ende ihrer Kraft. Merken Sie das denn gar nicht? Wir müssen doch alles dafür tun, dass sie uns nicht auch noch davonläuft. Sie wissen doch, wie schwer es ist, geeignete Leute zu finden. Einen weiteren Ausfall können wir uns nicht leisten.« Eben. Genau das ist ja das Problem. Ich rolle mit den Augen. Mittlerweile ist Frau Strobel aufgesprungen und versucht durch mein Büro zu laufen, was – Dank des nicht ganz so hohen Platzangebots – gar nicht so ganz einfach ist.

Genervt von ihrem Auftritt hebe ich die Hände und lasse sie wieder sinken. Was denkt die Gute eigentlich, wer sie ist? Tut, als ob wir nicht alles in unserer Macht stehende versuchen würden, um die entstandene Lücke in der Hortgruppe zu schließen. Leider können wir niemanden zwingen, bei uns zu arbeiten, denn wäre das möglich … Ich fürchte, ich würde es sogar versuchen, so verzweifelt bin ich mittlerweile.

»Meine Damen … «, sage ich um Ruhe bemüht, obwohl ich innerlich am Kochen bin. Statt möglichst gelassen mit den Müttern zu reden, würde ich sie am Liebsten am Kragen packen und vor die Tür setzen. Vielleicht noch meinen Kaffeebecher hinterher werfen. Nein. Ich bin nicht aggressiv. Ich bin nur mit meinem Latein am Ende und das ist etwas völlig anderes.

Die aufgebrachten Mütter müssten doch eigentlich ganz genau wissen, dass sie offene Türen bei mir einlaufen. Mir wäre es auch lieber, wenn wir gestern schon jemanden eingestellt hätten. Der Schwebezustand, in dem wir uns im Moment befinden, reibt mich genauso auf wie meine Kolleginnen und die Elternschaft. Wenn ich könnte, würde ich eine geeignete Erzieherin für uns backen. Oder schnitzen. Schnitzen kann ich leider nicht. Und backen … lassen wir das lieber. Meine Fähigkeiten in Sachen hausfrauliche Tätigkeiten beschränken sich auf einfachere Sachen als backen und schnitzen. Unwillkürlich huscht ein Grinsen über mein Gesicht.

Die vier Mütter stecken ihre Köpfe zusammen und tuscheln. Mein Grinsen erstirbt.

»Frau Maus, warum hat Ihr Träger eigentlich keine Springer, die immer dort eingesetzt werden, wo gerade Not am Mann ist?«

Okay, diese Frage ist Mist. Richtig Mist. Es gibt nämlich keine zufriedenstellende Antwort, mit der ich den Müttern den Wind aus den Segeln nehmen könnte. Hilfesuchend fange ich den Blick meiner Kollegin auf. Claudia schweigt, was sehr ungewöhnlich ist. Normalerweise ist sie eine Frohnatur, die so leicht nichts aus der Ruhe bringen kann. Warum sie sich jetzt so still verhält, statt sich wie eine Sekundantin vor mich zu stellen, ist mir ein Rätsel.

»Unser Träger hat zwei Springer.«, erkläre ich lahm. »Aber die werden gerade in anderen Einrichtungen gebraucht.«

»Dann muss der Träger eben noch mehr Springer einstellen.« Wenn das mal so einfach wäre. Wir finden ja nicht mal **eine** Erzieherin. Verzweifelt raufe ich mir die Haare.

Mit »Frau Strobel, Frau Martin, Frau Hülstmann, Frau Werner, ich habe eine hervorragende Idee.«, klinkt Claudia sich endlich in das Gespräch ein. Obwohl ich nicht weiß, was sie vorhat, schenke ich ihr ein dankbares Lächeln.

»Wie ich sehe, sind Sie – und vermutlich auch noch andere Eltern – mit der momentanen Situation unzufrieden. Ich, von meiner Seite aus, kann Ihnen nur sagen, dass wir alles versuchen werden, den Zustand schnellstmöglich zu verändern. Wir suchen keinen kurzfristigen Ersatz, der nicht in unser Team passt und schneller wieder weg ist, als Frau Maus ihren Namen aussprechen kann.« Ich grinse stupide vor mich hin, die Kindergartenmütter glucksen unterdrückt. Claudia ist ein Genie. Wie macht sie das nur immer?

»Wie Sie sich wahrscheinlich denken können, ist der aktuelle Zustand für uns alle nicht besonders einfach. Wir suchen eine Kollegin, die so gut zu uns passt, dass sie uns für eine lange Zeit erhalten bleibt. Ah, ich sehe, Sie verstehen, was ich sagen will. Wir alle wissen, dass unser Land unter einem massiven Erziehermangel leidet. Wir sind kein besonders großer Träger, wir können nicht so viel zahlen wie die Stadt. Also müssen wir uns einfach ein bisschen in Geduld üben. Ich möchte Ihnen gerne mit auf den Weg geben, dass wir hinter Ihnen stehen, wenn Sie sich an höherer Stelle beschweren wollen. Vielleicht weckt es die Politik endlich aus ihrem Dornröschenschlaf auf, wenn immer mehr Eltern in den Rathäusern aufschlagen. Wenn Sie uns jetzt bitte entschuldigen, wir haben zu tun.«

Mit diesen Worten begleitet meine neue persönliche Sekundantin vier nachdenklich dreinblickende Mütter zur Tür hinaus. Als die Tür hinter den vier Damen ins Schloss fällt, stöhne ich erleichtert auf.

»Danke.«, sage ich leise und lehne mich zurück. Ein paar Sekunden schließe ich meine Augen. Dann straffe ich die Schultern und setze mich aufrecht hin. »Du hast vorhin gesagt, dass Du eventuell etwas hast, was mich aufheitern könnte. Die vier Grazien hast Du damit hoffentlich nicht gemeint, oder?«

»Nicht wirklich.«, gibt Claudia lachend zurück. »Aber das hier könnte interessant für Dich sein.« Sie bückt sich und zaubert einen großen gepolsterten Umschlag aus ihrer Tasche.

»Was ist das?«

»Du hast genau einen Versuch, um zu erraten, was es ist. Naaa?!?«

»Eine Bewerbung.«, seufze ich ergeben.

»Wahnsinn. Du bist ja richtig gut. Wusste ich es doch, dass Du Dich freust.« Claudia reicht mir den geöffneten Umschlag, doch statt der üblichen Bewerbungsmappe in blau, rot, schwarz oder grau fällt mir eine DVD-Hülle entgegen. Ich ziehe die Augenbrauen hoch.

»Mir steht nicht der Sinn nach verarscht werden. Das ist doch keine Bewerbung.«

»Schau Dir die DVD doch erst mal an. Dann kannst Du Dich immer noch aufregen.«

Vorsichtig, als wäre sie aus hauchdünnem Glas, drehe und wende ich die Hülle in meinen Händen. Mein Blick fällt auf das kunstvoll gestaltete Cover. Wow. Das ist mal etwas anderes. Mein Atem beschleunigt sich. Ist es wirklich möglich, dass ich eine etwas andere Bewerbung in meinen Händen halte?

»Und was, wenn ein Virus drauf ist?«

»Ich wusste ja gar nicht, dass Du so ein Schisser bist. Los, mach schon auf.«

Die DVD ist ebenso kunstvoll bedruckt wie das Cover in der Hülle. Ich bin fasziniert. Der Bewerber oder die

Bewerberin hätte sich vielleicht als Grafikerin bewerben sollen, bei den Fähigkeiten, die er oder sie hat.

»Schiebst Du sie jetzt endlich in den Laptop, oder soll ich nachhelfen?«

»Ich mache ja schon.«, brummle ich und lege die DVD ein. In Erwartung lauter Musik drehe ich den Lautsprecher leiser.

»Du musst auf die Powerpoint-Datei klicken. Endung ppt.«, informiert Claudia mich mit einem Augenzwinkern. Den rechthaberischen Unterton ignoriere ich lieber. Dass ich keine Ahnung von Technik habe ist nicht nur ihr nur allzu bekannt. Aber selbst ich blindes Huhn erkenne die Datei, vor allem, wenn es die einzige ist, die ich anklicken kann. Unentschlossen kreise ich mit der Maus um die Datei herum. Soll ich? Oder lieber doch nicht? Was, wenn uns jemand hereinlegen will und sich, sobald ich doppelklicke, heimlich eine Schadsoftware auf meinem Rechner installiert? Zugegeben, ich habe ein bisschen Angst. Neugierig bin ich aber auch. Wer ist dieser Mann oder diese Frau, die sich so kreativ ausgetobt hat?

Bevor ich es mir doch noch anders überlegen kann, tippe ich mit zitterndem Zeigefinger zweimal auf die linke Maustaste. Das Hintergrundbild verschwindet. Stattdessen erscheint ein neues Bild. Eine Landschaft, wahrscheinlich Kanada oder im Norden der USA, baut sich vor meinen Augen auf. Eine Landschaft, in deren Anblick ich mich verlieren könnte. Ein See mit türkisblauem Wasser, hohe schneebedeckte Berge und ein endlos weiter Horizont.

»Ich dachte eigentlich, wir schauen die Bewerbung zusammen an.«, brummelt Claudia und rollt mit dem Besucherstuhl um meinen Schreibtisch. Gemeinsam starren wir wie gebannt auf den Bildschirm. Das auffallend schöne, ein Gefühl von Freiheit suggerierende Foto löst sich vor meinen Augen auf. An seine Stelle rückt ein einfarbiges Bild, das im gleichen Farbton wie der See zuvor gehalten ist. In der Mitte prangt der kleine Satz »Danke, dass Sie sich die Zeit nehmen, meine Bewerbung anzuschauen.«

Also tatsächlich eine Bewerbung. Wer auch immer der Verfasser ist, er hat schon jetzt meine Hochachtung. So ideenreich muss man erst mal sein. Einfarbig gehaltene Hintergründe mit Anschreiben, Lebenslauf und Zeugnissen wechseln sich mit traumhaft schönen Landschaftsaufnahmen ab, so dass Claudia und ich das Gelesene in Ruhe sacken lassen können. Dass auch die Bildwechsel so perfekt eingestellt sind, dass wir beim Lesen nicht in Hektik verfallen, rundet das Bild ab. Da hat sich jemand ernsthaft Gedanken gemacht.

»Ob jetzt endlich das Foto kommt?«, frage ich in die Stille. Claudia zuckt mit den Schultern und widmet ihre Aufmerksamkeit ausschließlich dem Monitor. Mich scheint sie gar nicht mehr richtig wahrzunehmen. Ich spüre ihre Faszination.

»Ich will endlich sehen, wie diese Jana Wagner aussieht.«, murmle ich vor mich hin. Der nächste Hintergrund baut sich auf. »Ich hoffe, ich habe Sie neugierig auf mich gemacht. Wenn ja, warten Sie bestimmt auf mein Foto.« Woher kennt die Frau mich? Woher weiß sie, dass mein zweiter Vorname *Neugierde* lauten könnte? Innerlich reibe ich mir voller Vorfreude die Hände. Das Bild, das sich vor Claudias und meinen Augen aufbaut, zeigt eine Frau mit großer Sonnenbrille und Baseballmütze, die so tief in ihr Gesicht gezogen ist, dass es im Halbschatten liegt. Im Hintergrund ist zu erkennen, dass es sich um eine Art Polizeifoto handeln muss. Um nicht lauthals loszulachen, beiße ich mir auf die Lippen und kralle mich mit beiden Händen an den Armlehnen meines Stuhls fest.

»Humor hat sie also auch noch.«, stelle ich begeistert fest. Claudia gibt ein leises Glucksen von sich.

Wieder taucht ein einfarbiger Hintergrund auf. Diesmal lautet der Text »Sorry, falsches Bild.« Dem dunkelblauen Hintergrund folgen zwei Landschaftsaufnahmen und eine Nachtaufnahme einer amerikanischen Großstadt. Entweder hat diese Jana Wagner die Bilder irgendwo im Internet heruntergeladen, oder sie hat ein Faible für Nordamerika. Auf dem nächsten Hintergrund, diesmal in schwarz, steht in dunkelgelben Lettern »Sind Sie bereit?« Dann baut sich ein Foto auf.

Ich schlucke. Und hüstle. Und wackle mit dem Kopf. Die Frau mit der Baseballmütze und der großen Sonnenbrille war auf ihre etwas überschminkte Weise schon attraktiv, aber kein Vergleich zu der Frau, die uns aus diesem letzten Foto entgegen lacht. Sie ist eine natürliche Schönheit. Ihr dichtes Haar fällt in sanften Wellen über ihre Schultern. Ihre dunklen Augen blicken freundlich. Mit etwas Phantasie könnte man sogar behaupten, dass sie einem kleinen Flirt mit der Person hinter der Kamera nicht abgeneigt ist. Vielleicht ist sie aber auch nur selbstverliebt und genießt es, ihre Blicke so einzusetzen, dass ihre Mitmenschen ihr zu Füßen liegen. Gegen diese Theorie spricht allerdings ihre Körperhaltung. Sie strahlt die gleiche Offenheit aus wie ihre Augen.

Mein Hals fühlt sich auf einmal so an, als würde sich ein riesiger Knoten zwischen Schilddrüse und Luftröhre ausbreiten. Leises Räuspern, das eher wie Grunzen klingt, huscht über meine Lippen. Verlegen streiche ich eine Haarsträhne hinter mein Ohr. Mein Blick fällt auf Claudia. Begegnet ihrem. Meine Kollegin kneift ein Auge zusammen und grinst. Unverschämt. Herausfordernd.

»Was?!?«, knurre ich.

»Nichts. Nichts. Alles gut.«, sagt sie, allerdings sprechen ihre Augen eine sehr viel deutlichere Sprache als ihr Mund. Sie blitzen so vergnügt, dass ich das Gefühl habe, sie würden mir etwas sagen wollen, was ich nicht hören will.

»Was hältst Du von ihr?«, frage ich vorsichtig, während ich mich darum bemühe, mir meine Verlegenheit und die Faszination, die diese Jana Wagner in mir auslöst, nicht anmerken zu lassen. Ich hoffe, meine schauspielerischen Fähigkeiten reichen aus. Wenn ich Claudias Grinsen richtig interpretiere …, wird aus mir wohl eher nicht die nächste Meryl Streep, die einen Oscar nach dem anderen abräumt.

»Also, wenn Dich meine Meinung interessiert …, dann würde ich sagen, dass wir blöd wären, wenn wir ihr keine Chance geben. Sie passt perfekt zu uns. Ganz ehrlich, Danny, die oder keine. Und das weißt Du auch.«

»Ich weiß nicht. Sie kommt mir doch sehr flippig vor. Und unangepasst. Bestimmt ist sie eine Quertreiberin. Was, wenn sie alles ummodeln und verändern möchte?«

»Dann ist das für uns alle sicher nicht verkehrt.«

»Trotzdem …, Claudia. Ich weiß nicht. Wir können nicht jemanden einstellen, die plötzlich alles über den Haufen schmeißen will. Den anderen geht es gut, so wie es gerade ist.«

»Ein bisschen Bewegung schadet uns allen nicht. Das werden auch die anderen feststellen. Außerdem bist Du momentan nicht ganz zufrieden und ich bin es auch nicht.«

»Aber … «, setze ich an, stocke dann aber und halte inne. Claudia hat ja recht. Außerdem ist DAS überhaupt nicht mein Problem.

»Jetzt weiß ich, was mit Dir los ist. Du hast Angst, dass sie Dir gefährlich werden könnte. Deswegen sträubst Du Dich so sehr. Richtig?«

»Hmhm. Umpf.«

Dieses wissende Grinsen. Dafür könnte ich Claudia … Umpf. Meine Kollegin dreht sich mit dem Stuhl herum und angelt nach dem Telefon. Als sie es mir in die Hand drückt, starre ich sie verwundert an.

»Was soll ich damit?«

»Deine Haare föhnen natürlich. Oder woran dachtest Du?«

Pfffff. Manchmal frage ich mich, womit ich eine Stellvertretung wie Claudia verdient habe. Bin ich wirklich so böse, dass man mich auf diese Weise strafen muss?

»Ruf sie an oder lass es bleiben. Aber beschwere Dich hinterher nicht, wenn jemand anders sie uns wegschnappt. Bei so einer Frau überlegt man nicht lange. Also?«

»Na gut. Wenn Du meinst.«, brummle ich vor mich hin. Meine Stimme klingt für meinen Geschmack ungewöhnlich kratzig. Und wackelig.

2. Janne

»Frau Zeitler …! Das können Sie mir nicht antun.«, jammere ich und schaue die Frau auf der anderen Seite des Schreibtischs hilfesuchend an.

»Aber sicher kann ich das. Ich kann auch noch viel mehr, wenn Sie sich weiterhin so querstellen. Sie wissen, dass Sie dazu verpflichtet sind, alles zu unternehmen, um Ihre Arbeitslosigkeit zu beenden.«

»Umpf.«

Natürlich weiß ich das. Frau Zeitler von der Jobvermittlung betet es mir ja alle vier Wochen vor und tut so, als ob ich auf diesem Ohr taub wäre oder mich auf die faule Haut legen würde, was so nicht ganz stimmt. Gut, okay, eine Weile war es tatsächlich so. Nachdem ich bei der Wahl meines letzten Jobs kein besonders glückliches Händchen hatte und es mühsam auf eine Kündigung angelegt habe, brauchte ich ein paar Wochen, um mich wieder zu sammeln. Ich hatte ja schon mehrere schräge Arbeitgeber, aber dieser … schlug dem Fass den Boden aus.

Seit ein paar Wochen bin ich aber tatsächlich auf der Suche nach einem neuen Job, der wenigstens einigermaßen meinem Naturell entspricht. Böse Zungen – zum Beispiel die Zunge meiner Mutter – behaupten ja immer, dass Erzieher und Sozialarbeiter in einer deutschen Großstadt nicht arbeitslos sein können, es sei denn, sie haben keine Lust. Ich habe ja Lust. Trotzdem kann niemand von mir verlangen, dass ich in einer Einrichtung anfange, in der ich nicht arbeiten will. Aber genau das macht die Frau, die mich von der anderen Seite des Schreibtisches mit ihren Blicken durchbohrt. Man könnte fast meinen, dass sie mit meiner Mutter unter einer Decke steckt. Ganz bestimmt machen sie gemeinsame Sache, so sehr wie ihre Worte sich gleichen.

»Wissen Sie, Frau Wagner, wir können es kurz machen. Ich habe einige interessante Stellenausschreibungen für Sie.«

Mit einem Lächeln im Gesicht schiebt sie einen Stapel Blätter über den Tisch. Neugierig überfliege ich die einzelnen DINA 4 Seiten. Zwanzig Stellenausschreibungen – ausschließlich für Kinderkrippen. Und natürlich mit Rechtsfolgebelehrung. Bewerbe ich mich nicht, muss ich mit empfindlichen finanziellen Einbußen rechnen. Und das kann ich mir nicht leisten. Es ist mir sowieso schon ein Rätsel, wie ich es bis hierher geschafft habe, ohne abzusaufen. Ich unterdrücke ein verzweifeltes Aufstöhnen. Hundert Punkte. Keine einzige Stelle, die mich in irgendeiner Weise vom Hocker reißt. Nicht mal in die Nähe eines Hockers komme ich damit.

»In Ihrer Situation müssen Sie bereit sein, über Ihren Schatten zu springen und eine Stelle anzunehmen, die nicht Ihren Neigungen entspricht.«

»Aber Frau Zeitler, ich bin nicht die Richtige für einen Job in der Kinderkrippe. Haben Sie mich schon mal angeschaut? Ich bin tätowiert und trage einen Nasenring. Ich kann mir nicht vorstellen, dass eine der Leitungen auch nur ansatzweise Interesse an mir hat.«, erkläre ich, nach außen hin um Diplomatie bemüht. Einzig verräterisches Zeichen meines inneren Aufruhrs sind meine Wangen, die das Spiel meiner Kiefer nicht besonders gut verbergen.

»Wenn Sie sich da mal nicht täuschen, Frau Wagner. Ich habe mit drei der Leitungen telefoniert. Sie können bereits übermorgen zu einem ersten Kennenlernen nach Schwabing fahren. Und am Donnerstag und Freitag nach Feldmoching und Laim.«

Oh nein. Bitte nicht. Das darf doch nicht … Ich könnte kotzen. Kinderkrippe und ich, das passt so gar nicht. Kindergarten wäre ja noch okay gewesen. Oder Hort. Aber Krippe? Lauter kleine Hosenscheißer, mit denen ich nichts anfangen kann. Das muss ein Alptraum sein. Oder ich befinde mich in einer Art Paralleluniversum, in dem Gedanken, die ich nicht mal zu denken wagen würde, zur grauenhaften Realität werden.

Meine Augen irren von dem Blätterstapel vor meiner Nase auf Frau Zeitler und wieder zurück. Ich starre so intensiv, dass man meinen könnte, ich würde sie hypnotisieren, damit die Stellenausschreibungen sich vor meinen Augen in Luft auflösen und dorthin verschwinden, wo sie hingehören. In der Rundablage mit der Aufschrift *Altpapier*. Was für eine Scheiße.

»Gut, wenn Sie keine weiteren Fragen haben … Ich wünsche Ihnen viel Erfolg.«, säuselt die Dame mit den fein säuberlich gezupften Augenbrauen. Sie trommelt ungeduldig auf die Tischplatte, während sie wartet, dass ich endlich meine sieben Sachen und den Blätterstapel eingepackt habe. Ich hebe meinen Kopf und fixiere ihre Hände. Ihre Fingernägel sind so perfekt manikürt, dass man meinen könnte, sie wolle als Fingernagelmodel durchstarten. Gibt es so etwas überhaupt? Fingernagelmodels? Bestimmt irgendwo. Mittlerweile gibt es doch nichts mehr, was es nicht gibt.

Sehnsüchtig heftet sich mein Blick auf den Mülleimer. Ob sie mir den Kopf abreißt, wenn ich den Blätterstapel über dem Vorbeigehen aus Versehen hineingleiten lasse? Warum kapiert denn niemand, dass ich nicht für die Kinderkrippe gemacht bin?

Ich bin cool und lässig und komplett anders als der Typ Frau, der für gewöhnlich in einer Kinderkrippe anzutreffen ist. Wenn ich daran denke, dass ich in Zukunft tagein tagaus Windeln wechseln soll, drehen sich mir die

Zehennägel hoch. Das muss ein Alptraum sein. Ich brauche eine Alternative und das möglichst schnell.

So ein Mist, dass auf meine letzte Bewerbungsoffensive noch niemand reagiert hat. Entweder haben die Leute keinen Sinn für Humor, oder sie suchen etwas völlig anderes. Dabei fand ich meine Idee, meine Bewerbung als Powerpoint zu präsentieren, ziemlich cool. Und irgendwie abgedreht. Und anders … Aber anscheinend …

Mittlerweile kann ich das frustrierte Grunzen, das mich schon seit Minuten quält, nicht mehr zurückhalten. Ich erhebe mich schwerfällig und baue mich vor dem Schreibtisch der Arbeitsvermittlerin auf.

»Das ist nicht fair. Überhaupt nicht fair.«, murmle ich erbost. Meine Wangen fühlen sich so heiß an, dass ich mit einer Wahrscheinlichkeit von an die hundert Prozent leuchte wie ein … wie der Lack eines Feuerwehrautos. Trotzdem gebe ich mir Mühe und schenke Frau Zeitler ein überfreundliches Lächeln. Vielleicht klappt es ja doch noch irgendwie und ich kann den Kelch woanders hinschicken.

»Versuchen Sie es gar nicht erst, Frau Wagner. Sie kennen mich lange genug, um zu wissen, dass Sie mit DER Nummer bei mir nicht durchkommen.«

Mit welcher denn dann?!? Das ist hier die Frage aller Fragen … Ich habe schon verschiedenes ausprobiert, um meine Arbeitsvermittlerin um den Finger zu wickeln, aber irgendwie perlt bei ihr alles ab. Sie scheint gegen jegliche Art emotionaler und sachlicher Reaktion immun zu sein.

Wie ein Roboter. Unglaublich. Wie macht die das bloß? Also, ich könnte das nicht.

»Warum haben Sie Ihre letzte Stelle eigentlich verloren?«, fragt sie so unvermittelt und beiläufig, dass es so klingt, als würde sie die neuesten Koch- und Backrezepte mit mir austauschen wollen. Ich wackle mit dem Kopf und überlege fieberhaft, wie ich ihn aus der Schlinge gezogen bekomme. Mein Hals fühlt sich eng an. Die Luft wird knapp. Ich japse und räuspere mich. Hilfesuchend schiele ich zur Tür und warte sehnsüchtig, dass sie sich öffnet. Ein anderer Kunde, der etwas von Frau Zeitler will, das wärs … Aber nööö …

»Ganz dumme Geschichte … «, erkläre ich vage und hoffe, dass sie nicht weiter nachhakt, aber natürlich erfüllt sie mir diesen Wunsch nicht. Wäre ja auch zu schön gewesen.

»Setzen Sie sich.«, kommandiert sie und deutet auf den freien Stuhl. Anscheinend hat sie auf einmal alle Zeit der Welt. Frustriertes Seufzen huscht über meine Lippen. Ich nicke resigniert.

»Wir müssen die Hemmnisse aufdecken, damit wir vermeiden können, dass Sie ständig wieder hier aufschlagen.«

Ein Hemmnis weiß ich schon. Es beginnt mit Kinder und endet mit Krippe. Ich grinse stupide vor mich hin. Frau Zeitler grinst nicht. Sie lächelt auch nicht. Absolute Nulllinie. Nicht mal der Hauch einer Lippenbewegung.

Vielleicht ist der armen Frau auch kalt und ihre Gesichtszüge sind eingefroren? Schon erstaunlich, was mein Bordcomputer für seltsame Anwandlungen produziert, wenn ich mir in die Enge getrieben vorkomme.

»Warum haben Sie Ihre letzte Anstellung verloren?«, fragt sie noch einmal, klingt diesmal allerdings eine Spur ungeduldiger als vorhin. Ihre Fingernägel trommeln auf die Tischplatte.

»Ich weiß es nicht so genau.«, flunkere ich.

»Frau Wagner … «

Seufzend lege ich die Beine übereinander und verknote meine Hände. Meine Lippen bewegen sich, bevor ich sie zurückhalten könnte. Die Worte blubbern nur so aus mir heraus. Ich kann mich noch sehr genau erinnern. Was für eine Schmach. Was für eine blöde Stelle.

»Stellen Sie sich vor, beim Vorstellungsgespräch und auch beim Probearbeiten sah alles richtig richtig toll aus. Das Team und auch die Leitung waren mega freundlich. Ich war mir so sicher, dass ich den perfekten Job für mich gefunden habe und konnte meinen ersten Arbeitstag kaum erwarten.«

»Und dann? Was ist dann passiert?«

»Dann KAM der erste Arbeitstag. Ich war so aufgeregt wie noch nie zuvor. Als ich dort ankam, bekam ich als erstes eine Schneeschaufel in die Hand gedrückt und durfte Schnee räumen. Zentnerweise. Als ich endlich damit fertig war, pfiff ich aus dem letzten Loch. Eine kleine Pause und ein Becher Kaffee wären nett gewesen. Aber statt netter Worte und einem heißen Kaffee, verfrachtete mich die Leitung in einen leeren Raum und verpasste mir einen Stapel Brettspiele. Ich sollte mir die Spiele anschauen und die Spielregeln auswendig lernen. Hallo?!? Ich bin nicht erst seit gestern Sozialarbeiterin. Den Großteil der Spiele habe ich schon so oft gespielt, dass ich die Anleitung sogar im Schlaf aufsagen kann. Ich brauchte nicht lange, um zu begreifen, dass sie es tatsächlich ernst meinte. Kein nettes Wort, kein *Schön, dass Sie da sind* oder so. Ich kam mir total überflüssig vor und fühlte mich überhaupt nicht mehr wohl.«

»Oh, das tut mir leid, Frau Wagner. Wirklich. Was haben Sie dann gemacht?«

»Ich habe mir in der Kälte einen Virus eingefangen und war ab dem nächste Tag krank. Jeden Tag rechnete ich mit Post. Nach drei Wochen kam tatsächlich ein Brief von der Verwaltung. Ein Genesungsschreiben.«

»Und Sie haben auf die Kündigung gewartet. Ein Genesungsschreiben. Ich glaube es nicht. Das kann nicht wahr sein.«

Ich habe meine Arbeitsvermittlerin noch nie lachen sehen. Umso überraschter bin ich, dass sie jetzt die Tränen aus ihren Augen wischt und so laut lacht, dass die Wände zum Nachbarzimmer bedrohlich zu wackeln beginnen.

»Wenn ich es doch sage.«, erkläre ich verschnupft. Mir ist gerade nicht nach Lachen zumute – und zwar so überhaupt nicht. Diese Stelle war die beschissenste Erfahrung, die ich während der letzten Jahre sammeln musste und sie lacht sich hier auf meine Kosten einen Ast.

»Das ist ja … unglaublich.«, wiehert sie und schüttelt pausenlos den Kopf.

»Da hätte ich auch nicht länger arbeiten wollen.«, erklärt sie schließlich.

»Warum versuchen Sie sich eigentlich nicht daran, sich als DJ selbständig zu machen? Sie sind doch ganz gut im Geschäft, dachte ich.«

Ich grunze. Und brummle. Und reibe verzweifelt die Stelle über meinem linken Auge. Mein Schädel dröhnt und hämmert heftiger als der stärkste Bass.

»Würde ich ja gerne, aber ich gehöre nicht zu den Topverdienern in der Branche. Ich kann es mir nicht leisten, ausschließlich vom Auflegen zu leben.«

Wenn die gute Frau wüsste, wie oft ich schon über diesen Schritt nachgedacht habe. Immer und immer wieder habe ich alles durchgerechnet. Dummerweise blieb das Ergebnis immer gleich schlecht. Es reicht einfach hinten und vorne nicht.

»Das ist schade. Lassen Sie den Kopf nicht hängen. Ich bin mir sicher, eine der Stellen ist wie gemacht für Sie.«

Na, Dein Wort in Gottes Gehörgang., brumme ich in Gedanken vor mich hin. Meine Arbeitsvermittlerin ist schon eine eigenwillige Persönlichkeit. Erst wiehert sie wie ein alter Gaul, dann, innerhalb einer Sekunde, ist sie wieder völlig ernst. Da soll noch einer folgen können.

»Ich hoffe, wir sehen uns nicht wieder, Frau Wagner. Verlieren Sie nicht den Mut. Sie werden sehen, so schlimm ist Kinderkrippe gar nicht.«, sagt jemand, der keine Ahnung hat, wovon er spricht. Während ich mich langsam wieder erhebe, schenkt sie mir ein aufmunterndes Lächeln. Sie hat ja gut reden. Ob sie wohl mit mir tauschen würde, wenn sie die Wahl hätte? Ihr ruhiges Büro und den ergonomischen Bürostuhl gegen Ministühlchen in einer Kindergruppe mit lauter Kleinstkindern, die alle über das Schrei- und Hosenscheißeralter noch nicht hinaus sind? Bestimmt nicht. Aber mit mir kann man es ja machen …

Vor der Tür von Frau Zeitlers Büro lehne ich mich an die kalte graue Betonwand. Ich bin am Ende. So verzweifelt war ich schon lange nicht mehr. Ich könnte schreien. Und kotzen. Und einfach den Kopf in den Sand stecken und hoffen, dass … Bringt ja doch alles nichts. Missmutig schüttle ich den Kopf und schlurfe den langen Flur entlang. Die Treppenstufen stolpere ich wie in Trance hinunter und als die Eingangstür endlich hinter mir schließt, fühle ich mich klein. Entsetzlich klein. So klein wie noch nie zuvor, genaugenommen.

Wenn mich jemand anschaut, wird er vermutlich nicht bemerken, dass mein Selbstbewusstsein einen ordentlichen Knacks abbekommen hat, aber ich … ich weiß es. Die Menschen um mich herum reden und lachen und ich … ziehe meinen Kopf so weit ein, dass nur noch der Haarschopf und meine Augen über den Kragen meiner Jacke lugen. Ich bin bedient. Aber so richtig. Dabei hatte ich mich eigentlich auf den Termin gefreut. Im Vorfeld habe ich mir jede Menge Gedanken gemacht, an denen ich meine Arbeitsvermittlerin teilhaben lassen wollte. Außerdem ist Frau Zeitler nett anzuschauen. Sehr nett sogar.

Sie ist nur unwesentlich älter als ich, trägt ihr dunkles Haar ungefähr bis zur Schulter. Ihre Augen blitzen vergnügt und wenn sie nachdenkt bildet sich eine süße Falte auf ihrer Stirn. Sehr wohltuend empfinde ich, dass sie ihr schönes Gesicht nicht mit einer dicken Schicht Schminke zukleistert. Meistens trägt sie nur eine getönte Tagescreme und einen Hauch Rouge, mit dem sie ihre Wangen akzentuiert. Ja, sie ist wirklich nett anzuschauen.

»Mist! Verdammter!«, fluche ich wütend und trete schwungvoll gegen einen Stein. Warum komme ich mir schon wieder so vor, als wäre ich tatsächlich der Loser, für den sie mich hält? In den letzten Wochen habe ich mir wirklich Mühe gegeben. Was kann ich denn dafür, dass die Träger auf Stereotype stehen und nicht viel für Individualisten und Freigeister wie mich übrig haben?

Mehr als Bewerbungen schreiben und mich so gut wie möglich präsentieren kann ich nicht machen.

Ich weiß, wie man sich potenziellen Chefs gegenüber verhält und wie man selbst herausfordernde Fragen geschickt kontert. Normalerweise bin ich ziemlich selbstbewusst, aber heute … so gar nicht mehr. Ich stöhne verzweifelt auf und ziehe den Kopf noch etwas weiter ein.

Ich kann es nicht leiden und für gewöhnlich habe ich für Leute, die so etwas tun auch nicht viel übrig, aber heute … heute … wünsche ich mir eine ganze Wanne voll, damit ich mich nach Herzenslust darin suhlen kann. In Selbstmitleid. Die ganze Welt ist beschissen und hat ihr perfektes Opfer gefunden, auf dessen Gefühlen sie ungestraft herumtrampeln kann. Mich.

Sogar das Wetter trampelt auf meinen sowieso nicht mehr ganz so entspannten Nerven herum. Es pisst wie aus Eimern. Der Wind peitscht den eiskalten Regen in das, was über dem Kragen meiner Jage hervorblitzt. Meine Augen irren ziellos durch die Straße. Einmal mehr beschleicht mich das Bedürfnis, meine Wohnung aufzugeben, meine sieben Sachen zu packen und an einem anderen Ort mein Glück herauszufordern.

Ich könnte zum Beispiel als Animateurin in einem Urlaubsresort irgendwo an einem der schönsten Orte der Welt arbeiten. Oder als Kinderbetreuerin auf einem großen Kreuzfahrtschiff anheuern. Allerdings bin ich für einen Job als Animateurin wohl doch ein paar Jahre zu alt und das Kreuzfahrtschiff fällt auch eher flach. Ich kann nicht mal mit einem Tretboot auf einen See fahren, ohne dass ich mir den Inhalt meines Magens durch den Kopf gehen lasse. Ich kann nichts dafür, ich bin eben eine waschechte Landratte.

Während ich meinen Gedanken nachhänge, setzt sich einer meiner Füße vor den anderen, als würden sie einem bestimmten Ziel entgegenstreben, das nur sie kennen. Langsam hebe ich meinen Kopf und betrachte die Umgebung etwas genauer. Ein Lächeln erhellt mein Gesicht. Nur noch ein paar hundert Meter, dann könnte dieser Katastrophentag wenigstens noch einen Hauch positiven Beigeschmacks erhalten.

Nicht mehr ganz so frustriert stoße ich die Tür zu meinem Lieblingscoffeeshop auf und schüttle mich, kaum, dass mir die warme Luft entgegen strömt. Ich straffe meine Schultern, hebe meinen Kopf. Der herrliche und unnachahmlich würzige Kaffeeduft streicht mir um die Nase. Ich bin mir nicht ganz sicher, woran es liegt, aber es ist wirklich so … Ich kann noch so mies drauf sein, sobald ich diesen speziellen Coffeeshop betrete, klopft mein Herz schneller und sorgt dafür, dass meine Laune wieder steigt.

Ich hätte Barista werden sollen, dann könnte ich tagein tagaus, das machen, was ich liebe. Kaffee.

»Hey, Janne. Alles gut bei Dir? Du schaust irgendwie ziemlich mitgenommen aus.«, flötet Eva, eine der netten Baristas, die in meinem Lieblingscoffeeshop dafür sorgen, dass das würzige Heißgetränk seinen Weg in die Kaffeebecher findet. Ihre Kreationen sind legendär und allein deshalb lohnt es sich schon, so oft wie möglich vorbeizuschauen.

»Frag nicht.«, jammere ich. »Eine totale Katastrophe.«

»Oh je. So schlimm? Das tut mir leid. Was kann ich Dir denn Gutes tun? Einmal so wie immer?«

Ich nicke betrübt. Wenn sich nicht bald etwas an meiner jobtechnischen Nullnummernsituation ändert, werde ich mir schon sehr sehr bald keine Ausflüge mehr in diesen Coffeeshop leisten können. Schon jetzt ist es so, dass ich an anderen Stellen spare, um mir wenigstens einen Teil meiner Selbstachtung zu erhalten und mir ab und zu etwas Gutes zu tun.

»Markus? Einmal wie immer für Janne bitte!«

»Ah, Janne. Hey. Alles fit im Schritt?«

Der stämmige Mann, der seit Jahren unter anderem für die Kaffeeröstung zuständig ist, schiebt seinen Kopf um die Ecke und schenkt mir ein freudiges Lächeln.

»Du hast keine Ahnung, was Du für ein Glück hast, Jannemaus. Wir haben heute frisch geröstet. Naaa? Ist das nicht was?«

Oh ja. Und wie. Ich seufze zufrieden. Ich kann mir nichts vorstellen, das meine Laune schneller hebt als frisch gerösteter Kaffee. Soweit ich weiß ist MEIN Coffeeshop der einzige in ganz München, der seine Bohnen selbst röstet. Herrlich der Duft, der sich um mich herum ausbreitet, als Eva die Bohnen in den Vollautomaten kippt. Das laute Scheppern des Kastens fühlt sich für mich wie nach Hause kommen an. Wohlige Wärme durchzieht meinen Körper. Mein Herz klopft ein bisschen schneller.

»Einmal Janne-Kaffee und Erdbeerpampe. Bitteschön.« Eva schenkt mir ein freundliches Lächeln und schiebt die zwei Becher über den Tresen. Ich krame nach meinem Geldbeutel und fummle einzelne Münzen aus dem Fach.

»Geht heute aufs Haus!«, ruft Markus und schielt erneut um die Ecke. Er zwinkert mir zu. »Lass es Dir schmecken.«

Ich nicke dankbar und schleiche, mit einer klitzekleinen Portion schlechten Gewissens im Bauch, zu meinem Stammplatz am Fenster. Mein Blick fällt auf die Straße. Ich liebe es, die Leute zu beobachten, die in der Regel immer in Eile sind. Bei dem Wetter, das unsere Stadt seit ein paar Tagen gefangen nimmt, eilen sie nicht nur. Nein. Sie rennen. Nur wer keine andere Wahl hat wagt sich an einem Tag wie heute vor die Tür. Ich kann mir auch besseres vorstellen. Allerdings dampft vor meiner Nase der beste Kaffee von ganz München. Den kann ich mir natürlich nicht entgehen lassen.

Meine Laune steigt mit jedem Schluck, der seine wohltuende Wärme in mir ausbreitet und als ich etwas mehr als eine Stunde später wieder auf der

Straße stehe, wundere selbst ich mich über meine miese Laune, die mich vor meinem ersten Kaffee überrannt hat.

Fröhlich vor mich hin pfeifend flaniere ich durch die Fußgängerzone und schenke jedem noch so buffelig aus der Wäsche schauendem Passanten ein freundliches Lächeln. Es ist mir egal, dass die Leute mich anstarren, als käme ich vom Mars. Oder von der Venus. Vor einem Schaufenster bleibe ich stehen. Grün bin ich nicht, Antennen ragen auch nicht aus meinem Kopf. Nix Marsfrauchen. Ich bin ganz normal. Jedenfalls äußerlich.

»Hey! Augen auf!«, knurrt ein Mann, dessen Anzug so nass ist, dass das Wasser in Rinnsalen an ihm herunter trieft. Der Anzug schaut teuer aus. Das Gesicht des Mannes genervt. Er zieht den Kopf ein und rennt weiter. Ich folge ihm kopfschüttelnd Richtung U-Bahn.

Feuchtwarmer Dampf strömt mir entgegen, der Boden ist rutschig, wie immer, wenn wolkenbruchartige Regenfälle unsere Stadt heimsuchen. Die üblichen widersprüchlichen Gerüche der U-Bahn-Station streichen mir um die Nase. Der Duft frisch gebackener Croissants mischt sich mit dem Geruch nach Abgasen, nasser Kleidung und Gummi. Um mich herum stehen unzählige Menschen ihre Beine in den Bauch und sind noch übellauniger als an normalen Tagen. Ein altes Lied kommt mir in den Sinn. Ich unterdrücke ein Lachen.

Wie konnte ich die verdammte Pfütze auf dem Weg zu meiner Wohnung nur vergessen? Meine Schuhe sind nicht mehr ausschließlich nass, nein, jetzt geben sie auch noch sonderbar quakende Geräusche von sich. Bestimmt hängt Frau Meier aus dem Haus nebenan wieder am Fenster und lacht sich einen Ast, wenn ich SO an ihr vorbei quake. Ich hebe meine Hand und schicke ein freundliches Lächeln in Richtung des Fensters, hinter dem sie sich immer positioniert, wenn sie sich auf die Lauer legt, um unbescholtene Nachbarn – also Leute wie mich – auszuspionieren. NSA, CIA, Mossad und BND und wie die Geheimdienste und Überwachungsdienste alle heißen, können einpacken, solange es Frauen wie Frau Meier gibt. Sogar Else Kling würde vor Neid erblassen. Frau Meier ist unglaublich. Sie weiß jedes noch so kleine Geheimnis, manchmal sogar früher als man selbst. Kopfschüttelnd quake ich weiter.

»Servus Janne. Na, hängt die Alte wieder am Fenster?« Mein Vermieter, der vermutlich auch hinter seinem Fenster auf meine Ankunft gelauert hat, steht lachend in der Eingangstür. Er hält einen dampfenden Teller in der Hand.

»Du hast doch Hunger mitgebracht?«

Wie zur Bestätigung brummt mein Magen. Ich grinse verschmitzt und schiele auf den Teller. Sieht lecker aus.

»Ist das Steckerlfisch?«

»Logo. Mit Kartoffelsalat. Also, wie schauts aus? Kann ich Dich zu einem Teller überreden?«

Wenn er mich schon so fragt … Warum eigentlich nicht? Bleibt nur abzuwarten, was ich als Dankeschön für das Essen für ihn machen darf. Holz aufschichten, mit ihm einkaufen fahren, seinen DVD-Player von einer dichten schwarzen Staubschicht befreien und und und … Wie ich den älteren Herrn kenne hat er bestimmt schon die eine oder andere Idee in der Hinterhand. Seiner Phantasie sind in so einem Fall keine Grenzen gesetzt. Vielleicht braucht er mich auch, um vor seinen Kumpels – die vom Alter her alle locker um die fünfundsechzig sind – mit seiner jungen attraktiven Mieterin anzugeben. Dann schleift er mich in die Autowerkstatt seines alten Kumpels Franz und sonnt sich in den bewundernden Blicken seiner Freunde. Glücklich schaut er dann aus und zufrieden. Manchmal nennt er mich sogar liebevoll »Mein Jungbrunnen.«

Ich mag meinen Vermieter. Wäre es anders, würde ich mich mit Sicherheit nicht auf seine Spielchen einlassen, aber soooo … Warum nicht? Er hat seinen Spaß und mich stört es nicht. Meistens ist es sogar ziemlich lustig, wenn er mit seinen Kumpanen in der Vergangenheit schwelgt und von seinen Eroberungsfeldzügen auf die hiesige Frauenwelt schwärmt.

Er ist ein lieber Kerl und irgendwie tut er mir leid. Würde er seine gemütliche kleine Dachgeschosswohnung nicht vermieten, wäre er ganz allein. Irgendwie war es damals Liebe auf den ersten Klick. Oder so. Ich habe die Wohnung im Netz gesehen und wusste sofort, dass ich sie haben musste. Dass ich den Vermieter gleich dazu miete, ahnte ich noch nicht. Er sah mich, ich sah ihn. Was soll ich sagen … Ich lebe gerne im Dachgeschoss seines Hauses und das, obwohl das Apartment nicht annähernd so viel Komfort bietet wie andere.

Ich folge ihm und dem dampfenden Teller in seine Wohnung, die unter meiner liegt, und nehme am Esstisch Platz. Vor ein paar Wochen haben wir die Küche auf Vordermann gebracht und seitdem … gibt es sogar Sitzplätze. Vorher erhob sich ein Klamottenstapel neben dem anderen, nicht mehr zu erkennen, was noch nutzbar war und was nicht. Drei Tage lang liefen unsere Waschmaschinen in Dauerschleife, aber jetzt sieht die Küche wirklich gut aus. Stellt sich nur die Frage … wie lange. Leider konnte er den Tod seiner Frau vor ein paar Jahren nicht so gut verkraften und hortet seitdem alles. Er kann nicht loslassen und hebt sogar leere Milchtüten auf. Um jedes noch so kleine Teil, das ich aus seiner Küche entfernen wollte, musste ich diskutieren. Es grenzt fast an ein Wunder, dass der Container, den wir extra bestellt hatten, am Ende einer Woche tatsächlich so gut wie voll war und obwohl er anfangs ziemlich skeptisch war, scheint er sich in seiner neuen Küche mittlerweile ziemlich wohlzufühlen.

»Nimm ruhig Platz und dann kannst Du mir in Ruhe erzählen, warum Dein Tag scheiße war.«

So scheiße war er ja eigentlich gar nicht, aber eben halt auch nicht besonders toll.

»Ich hatte einen Termin beim Arbeitsamt.«, nuschle ich zwischen zwei Bissen. Der Steckerlfisch ist wirklich lecker.

»Hat sich immer noch nichts getan?«

Frustriert schüttle ich den Kopf. Würde ich dann hier sitzen und ein Gesicht ziehen wie sieben Tage Regenwetter? Obwohl … es regnet ja schon seit sieben Tagen, also ist mein Gesichtsausdruck durchaus gerechtfertigt.

»Jeder labert von Erzieher- und Sozialarbeitermangel und wenn man sich bewirbt, halten die Träger es nicht mal für nötig, sich überhaupt zu melden. Das kotzt mich langsam richtig an.«

»Ach Kleine. Das kann ich gut verstehen. Früher war das noch anders. Lass Deinen Kopf nicht hängen, irgendwann ist die passende Stelle dabei. Du wirst schon sehen.« Er tätschelt meine Hand und verzieht seine Mundwinkel zu einem aufmunternden Lächeln. Sein gedrehter Oberlippenbart wackelt lustig auf und ab.

»Das hat sich in ein paar Tagen sowieso erledigt. Ich muss mich in lauter Kinderkrippen bewerben und habe Mittwoch, Donnerstag und Freitag Vorstellungsgespräche.«

»Das ist doch toll.«

»Wie mans nimmt. Kinderkrippe sind die ganz ganz ganz Kleinen.«

»Oh je. Das könnte lustig werden.«

Lustig ist relativ. Wenn man mit lustig meint, dass mir die Kurzen mit ihren hohen Stimmen auf den Nerven herum tanzen werden, dann stimmt das durchaus. Aber sonst … Egal von welcher Seite ich die Fakten betrachte … es ist ein Alptraum. MEIN Alptraum.

»Ach, übrigens, Janne … Vorhin hat ein paar Mal Dein Telefon geklingelt. Deine Mutter hat ziemlich laut auf den Anrufbeantworter gekreischt. Ich wollte nicht lauschen, ehrlich … Aber ich glaube, sie macht sich langsam ernsthaft Sorgen. Vielleicht solltest Du sie doch mal zurückrufen.«

Meine Mutter. Und mein Vermieter. Eine eigenartige Verbindung, die ich mir nicht richtig erklären kann. Aber eben, solange Heinzi und sie noch durchblicken ist alles gut. Ich nicke zaghaft, obwohl ich weiß, dass ich meine Mutter garantiert nicht anrufen werde. Wollte ich mir den Tag weiter versauen, würde ich darüber nachdenken, aber so … Nein danke. Kein Bedarf. Eine Frau Zeitler reicht mir. Eine Frau Wagner, die sich aufspielt, als wäre sie der Klon von Frau Zeitler kann ich nicht auch noch gebrauchen. Nicht heute. Und auch nicht morgen. Und in den nächsten Tagen erst recht nicht.

»Danke für den Fisch. War wirklich lecker.«, erkläre ich, packe meine Tasche und erhebe mich langsam. Teller, Wasserglas und Besteck lasse ich in der nagelneuen Geschirrspülmaschine verschwinden.

»Was hast Du jetzt vor?«

»Auf ein Wunder hoffen, was sonst?« Ich zwinkere meinem Vermieter zu und warte ab, ob er noch einen flapsigen Kommentar für mich auf Lager hat. Aber er schweigt. Und schaut mich lediglich mit gerunzelter Stirn an.

»Gib Dich nicht auf, Janne.«, sagt er leise. Sein Blick ist in sich gekehrt. Wenn jemand weiß, wie es ist, wenn man sich aufgibt, dann ist das mein Vermieter. Während der ersten Monate unseres Mietverhältnisses habe ich ihn nur selten lachen sehen, was sich mittlerweile Gott sei Dank komplett geändert hat. Trotzdem hat er nicht vergessen, wie sich Frust anfühlt und begegnet mir mit Verständnis, wenn ich ab und zu den Kopf hängen lasse.

»Wird schon.«, sage ich und schiebe meine Mundwinkel ein Stück höher. Seit ich bei ihm wohne, blüht er auf und hat es sich scheinbar zur Aufgabe gemacht, darauf zu schauen, dass ich nicht unter die Räder komme. Was soll ich sagen …? Er nimmt seinen Job als Ersatzopa sehr sehr ernst. Er stöhnt leise, als er sich ebenfalls erhebt und mir seine große Hand auf die Schulter legt.

»Du wirst das Kind schon schaukeln.«, sagt er lächelnd. »Und jetzt geh und ruf Deine Mutter an, bevor sie noch Amok läuft.«

Mein Vermieter weiß, wovon er spricht. Ich habe mich mal für ein paar Tage nicht bei meiner Mutter gemeldet, weil aus eigenartigen Gründen weder Handy noch

Festnetz funktionierten. Oh oh. Er konnte sie gerade noch davon abhalten, meine Wohnung zu stürmen. Ich konnte sie schon kreischen hören, da war sie noch nicht mal im Haus. Aber mein Vermieter ist ein cleverer Mensch. Er wusste, dass ich Besuch hatte. Frauenbesuch. Dass wir nicht gerade vorteilhaft bekleidet in meinem Bett lagen, das wiederum konnte er nicht wissen. Aber er hat trotzdem perfekt reagiert und meine Mutter in den Freisitz im Garten gelotst. Dann hat er sich, um mich zu warnen, kurz aus dem Staub gemacht. Als meine Mutter ihr Kaffeekränzchen mit ihm beendet hatte, war sie ein Stück ruhiger, mein Bett ordentlich und meine damalige Affäre und ich angezogen.

»Willst Du einen Kaffee?«, frage ich und hefte meinen Blick auf meinen Vermieter.

»Gerne. Wenn Du mir versprichst, dass Du Deine Mutter anrufst. Ich kann nicht immer Deinen Arsch aus der Schlinge ziehen.«

»Das weiß ich doch. Milch und Zucker, wie immer?«

»Nur Milch. Du weißt ja … meine Werte.«

Ich nicke und schiebe mich an dem massigen Typ im Holzfällerhemd vorbei.

»Versprichst Du mir, dass Du sie anrufst?«

»Ja. Ja verdammt. Sorry. Kaffee kommt gleich.«

Kopfschüttelnd entschwinde ich seinem aufmerksamen und vor allem ziemlich tadelnden Blick. Hallo? Ich bin keine sechzehn mehr. Auch meine Mutter ist alt genug, dass sie es mal ein paar Stunden ohne einen Anruf von mir aushält. Genervt rolle ich die Augen. Mein Telefon klingelt. Einmal. Zweimal. Dreimal. Der Anrufbeantworter springt an.

»Hallo Tochter!«, keift die Stimme meiner Mutter alles andere als freundlich. »Hier ist Deine Mutter!« *Als ob ich das nicht wüsste*, feixe ich in Gedanken. »Geh endlich ran! Ich weiß doch, dass Du da bist!«

Statt meine Schritte zu beschleunigen werde ich langsamer. Viel langsamer. Wie in Zeitlupe überwinde ich die letzten Treppenstufen zu meiner Wohnung. Ungefähr genauso schnell öffne ich die Tür und tappe in aller Seelenruhe in die Küche. Erst der Kaffee, dann meinen Kater füttern und dann vielleicht … Aber wirklich … nur vielleicht.

Wäre Verdrängung ein Sport, dann wäre ich definitiv reif für einen Olympiasieg. Mit dem Kaffeebecher in der Hand lasse ich mich auf meinem Sofa vor dem Schwedenofen, in dem das Holz munter vor sich hin prasselt, nieder und lege die Füße auf der Truhe, die ich als Couchtisch nutze, ab. Das Gekeife, das meine Mutter auf dem Anrufbeantworter hinterlassen hat, schiebe ich weit von mir. Vielleicht sollte ich wirklich auswandern. Irgendwo in der Welt einen schönen Ort suchen, an dem die meist genutzten Worte nicht »Du musst!« sind.

Ich habe nichts gegen meine Mutter, aber sobald sie wie ein Moralapostel den Zeigefinger hebt, sehe ich nur noch rot. Dann knallen bei mir alle Sicherungen durch und ich entwickle mich in einen wandelnden Kotzbrocken, der so tut, als stecke er noch mitten in der Pubertät. Also lasse ich es lieber bleiben und rufe sie nicht an. Irgendwann merkt sie schon, dass mir heute nicht mehr nach telefonieren ist.

Das Telefon klingelt erneut. Allerdings ein Stockwerk tiefer. Schwere Schritte kommen auf der Treppe immer näher.

»Du hast es doch versprochen!«, grunzt mein Vermieter und drückt mir sein keifendes Telefon in die Hand.

»Sorry. Hab ich vergessen.« Heinzi kneift ein Auge zusammen und schüttelt tadelnd den Kopf.

»Dann sprich jetzt mit ihr!«, poltert er, bevor er mich mit meinem Schicksal allein lässt.

»Hallo Mama!«, säusle ich überfreundlich und warte auf die Tirade, die zwangsläufig auf mich herein prasseln muss. Ich bin mir nicht ganz sicher, was meine Mutter alles abschießt, dafür weiß ich, wie oft ich »Tut mir leid.« sage. Genau zweiundzwanzig Mal. Erschreckend. Eigentlich. Und irgendwie auch wieder nicht. Es tut mir ja wirklich leid. Aber was soll ich denn machen? Mein Termin mit Frau Zeitler war sowieso schon frustrierend. Mir jetzt auch noch anhören zu müssen, wie enttäuschend mein Verhalten ist, ist nicht gerade das, wonach mir der Sinn steht. Aber jetzt muss ich wohl durch.

»Jana? Hast Du gehört, was ich gesagt habe?«

»Ja. Na klar.«, hüstle ich. »Äh, was?«

»Jana! Manchmal habe ich das Gefühl, dass wir bei Dir total versagt haben.«

»Tut mir leid, Mutter.« Dreiundzwanzig.

»Mutter, mir ist heute wirklich nicht nach telefonieren. Lass uns ein andermal, bitte.«

»Aber … «

»Bitte.«

»Okay. Wenn Du meinst. Soll ich kurz auf einen Kaffee vorbeikommen?«

Oh nein. Bitte nicht. Nicht das auch noch. Vor Nervosität und innerem Aufruhr beginne ich zu zittern.

»Heute nicht. Ich bin müde. Vielleicht werde ich ja krank.«

Oh, das ist sie. Die perfekte Lösung für mein Kinderkrippen-Problem. Ich stelle mich ein paar Stunden in den Regen. Spätestens in zwei Tagen habe ich dann einen Infekt, der sich gewaschen hat. Dass ich da nicht schon früher drauf gekommen bin. Zufriedenes Lächeln umspielt meine Lippen.

»Hast Du Besuch?«

»Nein. Warum?«

»Weil Du so einsilbig bist.«

»Tut mir leid, Mutter.« Vierundzwanzig. »Ich war nur in Gedanken. Lass uns in ein paar Tagen telefonieren. Ich bin wirklich müde. Bis dann, Mutter.«

Das Tuten aus der Leitung wirkt wohltuend auf meine angespannten Nerven. So herrlich rhythmisch. Tuuuut. Pause. Tuuuut. Pause. Ich lausche ein paar Sekunden, dann drücke ich die rote Taste und erhebe mich ächzend.

»Du warst auch schon mal fitter.«, stöhne ich, schwinge dann aber meine Beine über die Sofalehne, falle über meinen Kater Fritzi, der sich mir mit aufgestelltem Schwanz in den Weg stellt und tappe auf meinen locker sitzenden grauen Socken durch den Flur und die Treppe hinunter. Zaghaft klopfe ich an die Tür meines Vermieters. Heinzi öffnet so schnell, als hätte er hinter der Tür auf mich gewartet. Wahrscheinlich hat er das sogar. Zuzutrauen wäre es ihm. Er schaut nicht besonders glücklich aus.

»Tschuldichung. Ich habe es wohl verdrängt.«, krächze ich. Mit ihm will ich es mir eigentlich nicht verscherzen. Obwohl er ein lieber Kerl ist, will ich mir lieber auch nicht vorstellen, wie es ist, ihn zum Feind zu haben. Ich kann mir gut vorstellen, dass er einem das Leben so richtig zur Hölle machen kann. Wenn er will.

»Du brauchst Dich nicht zu entschuldigen, jedenfalls nicht bei mir. Mit MIR redest Du ja. Habt Ihr alles klären können, oder muss ich mich darauf einstellen, dass mir

Deine Mutter demnächst wieder wie der Racheengel im schwarzen Gewand die Tür einrennt?«

»Nicht wirklich. Wir haben alles geklärt, soweit. Sorry nochmal.« Ich fühle mich ein bisschen unwohl. Er hat ja nicht ganz unrecht. Leider. Die graue Socke an meinem rechten Fuß zieht kleine Kreise über den Boden. Meine Augen folgen der etwas windschiefen Kreisform.

»Dann ist es ja gut. Und jetzt ruh Dich aus, damit Du nicht krank wirst. Gute Nacht, Janne.«

Seine schweren Beine schlurfen über den Boden. Ein Sessel knarzt und gibt hörbar unter seinem massigen Körper nach.

Meine Augen fallen zu. Die wohlige Wärme des Holzofens hat schon immer eine einschläfernde Funktion. Ist das schön. Die Ruhe. Die Wärme. Und draußen der prasselnde Regen an den Fenstern. So lässt es sich aushalten. Irgendetwas stört mich trotzdem.

Mein Hintern brummt. Daher also das störende Gefühl. Ich schiebe meine Finger in meine hintere Hosentasche und fische das brummende und vibrierende Etwas heraus.

»Ja!«, keife ich ins Mikrofon meines Smartphones. »Wir haben doch ausgemacht, dass ich mich in den nächsten Tagen melde.«

»Äh … « Mehr kommt erst mal nicht aus meinem Handy, was untypisch ist für meine Mutter. Für gewöhnlich redet sie einfach eiskalt weiter, egal wie sehr ich mich dagegen sträube.

»Hallo? Mutter?«

»Es ist ja ganz nett, dass Sie mich Mutter nennen, aber…«

Oh nein. Ich bin hellwach. In der Zukunft sollte ich wenigstens einen kurzen Blick aufs Display riskieren, bevor ich in den Hörer blaffe. Was, wenn ein potenzieller Chef oder eine potenzielle Chefin …? Innerhalb einer Sekunde schieße ich von der liegenden in die stehende Position und schlage meinen Kopf gegen eine imaginäre Wand.

»Tut mir leid.« Fünfundzwanzig. Ich stöhne innerlich auf.

»Kein Problem. Kann ja jedem mal passieren.« Wer auch immer die Frau am anderen Ende ist, sie hat eine angenehme Stimme und ein warmes Lachen. Nett. Sehr nett.

»Ich bin Jana Wagner und wer sind Sie?«

»Maus. Ich bin … «

»Hund, Katze. So heißt doch der Spruch, oder? Habe ich jetzt etwas gewonnen?«

Leises Lachen schallt aus dem Lautsprecher meines Handys. Zweistimmig. Irgendwie ist mir diese Anruferin suspekt. Wenn sie mir jetzt einen Handyvertrag oder einen neuen Stromvertrag andrehen will, greife ich durchs Telefon und dann … Ich grunze unwillig vor mich hin. Scheißtag. Sag ich doch.

3. Danny

Entgeistert starre ich vom Telefon in meiner Hand auf Claudia, die sich krampfhaft festkrallt, um nicht vor Lachen vom Stuhl zu fallen.

»Äh … Mein Name ist Daniela Maus. Sie haben … in der Tat etwas gewonnen.«

»Was denn?«

»Einen Termin zum Probearbeiten, wenn Sie Interesse haben.«

»Was? Wie bitte? Oh nein.« Geräuschvolles Atmen hüpft gedämpft durch den Lautsprecher in mein kleines Büro, in dem die Geräuschkulisse mittlerweile der auf einem Bauernhof gleicht, so sehr gackert, grunzt und wiehert Claudia. Ich werfe meiner Kollegin einen Blick zu, was die jedoch zu allem möglichen veranlasst, außer zum aufhören.

»Sie haben kein Interesse? Das ist schade.« Ich habe absolut keine Ahnung, warum meine Stimme auf einmal so belegt klingt. Wahrscheinlich liegt der Grund irgendwo in der samtig weichen Tonmelodie von dieser Jana Wagner begraben, die trotz unüberhörbar schlechter Laune irgendwie … speziell klingt. Ihre besondere Freundlichkeit kann schließlich nicht dafür zuständig sein, so wie sie in den Hörer keift. Ungläubig schüttle ich den Kopf.

»Doch. Äh. Natürlich. Frau Maus …, es … « *Ah, schau einer kuck an. Sie kann sich ja tatsächlich einigermaßen gepflegt artikulieren. Wer hätte das gedacht?*, denke ich sarkastisch.

»Es tut mir leid. Sechsundzwanzig. Wirklich.«

»Sechsundzwanzig?«

»Oh Mist. Frau Maus, könnten Sie mir einen Gefallen tun und in fünf Minuten noch einmal anrufen? Bis dahin bin ich bestimmt wieder einigermaßen normal. Fritzi, runter vom Ofen! Du verbrennst Dir die Füße.«

»Klar. Kein Problem. Bis dann.« Es klickt. Dann ist das Gespräch weg.

Ich schaue meine Kollegin an. Sie schaut mich an. Und wischt mit dem Ärmel ihres Oberteils Tränen von ihren Wangen.

»Mein Gott! Gib dieser Frau bloß einen Vertrag.«, jault Claudia. »Mit der werden wir unseren Spaß haben.«

»Ich weiß nicht. Bist Du sicher? Ich mir nämlich nicht!«

Claudia schaut mich aufmerksam an und schüttelt ungläubig den Kopf, was mich allerdings ziemlich verwundert. Soweit ich mich erinnere war sie während der letzten Minuten anwesend und hat jedes Wort mitgehört. Selbst ihr kann doch nicht entgangen sein, dass der

Auftritt von dieser Jana Wagner alles andere als angenehm war.

»Und wenn sie der totale Kotzbrocken ist?«, frage ich skeptisch.

»Ich bin mir sicher, dass sie das nicht ist. Wahrscheinlich hast Du sie nur auf dem falschen Fuß erwischt.«

»Und was, wenn sie keinen richtigen Fuß hat?«

»Den hat sie. Ganz sicher. Versuchs einfach nochmal.«

Unsicher wiege ich meinen Kopf von einer Seite auf die andere. Könnte ich Claudias sicheres Gefühl auch für mich verbuchen, wäre mir schon geholfen. Dass es sich bei dieser Jana Wagner um einen Freigeist handelt, stelle ich nicht in Frage. Aber … sie ist anscheinend … ein ziemlich übellauniger Freigeist. Was, wenn wir uns mit der die Pest ins Haus holen? Eine Quertreiberin, die sich nichts sagen lässt? Ich kratze mich verzweifelt am Kopf.

»Komm schon, Miesepeter. Ob Du es nun wahrhaben willst oder nicht … «

»Hör auf, Claudia. Ich weiß, was Du sagen willst.«

»Und?«

»Ich warte noch fünf Minuten, dann rufe ich sie nochmal an. Bist Du nun zufrieden?«

»Siehst Du? Geht doch! Etwas anderes wollte ich nicht.«

Seufzend lehne ich mich in meinem Bürostuhl zurück und verschränke die Arme hinter dem Kopf. Das Telefon auf meinem Schreibtisch lasse ich nicht aus den Augen. Ich durchbohre es mit meinen Blicken. Irgendwie hoffe ich, dass es sich einfach auflöst und ich diese Jana Wagner nicht anrufen muss. Ich werde es bereuen. Ich spüre es. Nein. Ich weiß es sogar. Ich werde diesen kleinen Fehler ewig bereuen, wenn ich sie anrufe.

»Die Galgenfrist ist vorbei. Also … mach schon. Sei nicht so eine Maus, Maus.«, neckt Claudia mich und greift schon nach dem Telefon. Bevor ich sie davon abhalten kann, drückt sie die grüne Taste und wartet auf das Freizeichen. Zufrieden lehnt sie sich zurück und wartet ab. Und ich … kann gerade noch ein weniger zufriedenes Grunzen unterdrücken. Ich kann es nicht leiden, wenn ich bevormundet werde. Ganz abgesehen davon … WER ist hier der Boss? Claudia oder ich?

»Jana Wagner am Apparat.«

Was für eine Stimme. Wow. Ich revidiere alles, was ich gedacht habe, als ich ihre Bewerbung auf mich wirken ließ. Sie sollte ihr Geld auf keinen Fall als Grafikerin verdienen. Hörbuchsprecherin passt so tausendmal besser. Hörbuch an, Augen zu, Welt aus. Oh ja. Wie genial wäre das denn? Ich würde mir jedes Hörbuch kaufen, das sie eingesprochen hat. Um wieder in der Realität, in der Frau Wagner am anderen Ende der Leitung darauf wartet, dass ich etwas sage, anzukommen, schüttle ich mich kurz.

»Äh … Frau Wagner? Daniela Maus hier.«

Claudia grunzt schon wieder so dreist vor sich hin, dass ich mich genötigt fühle, ihr einen vernichtenden Blick zuzuwerfen.

»Ach, hallo Frau Maus. Ich hatte schon Angst, dass ich Sie verschreckt habe.«

Verschreckt? Mich? Niemals.

»Nein. Nein. Kein Problem.«, sage ich und schiele zu Claudia, deren Grunzen mittlerweile wieder an ein süßes Tier mit Ringelschwanz erinnert. Kopfschüttelnd rolle ich mit den Augen.

»Frau Wagner, wir haben Ihre Bewerbung erhalten und wenn Sie morgen nichts vorhaben, würden wir Sie gerne zu einem Vorstellungsgespräch mit anschließendem Probearbeiten einladen.«

Ich weiß nicht, was ich erwartet habe. Vielleicht habe ich mir einen Ausbruch höchster Ekstase gewünscht. Oder zumindest ein Ausbrüchchen. Irritiert fixiere ich das Telefon und lausche dem Schnaufen am anderen Ende der Leitung.

»Das ist nett.«

Nett? Ist nett nicht die kleine Schwester von …

»Scheiße! Fritzi, ich habe doch gesagt, dass Du nicht auf den Ofen springen sollst! Runter da!«, schallt es in mein Ohr. Im Hintergrund höre ich eine Katze fauchen – und das sogar ziemlich laut.

»Frau Wagner?«

»Ach ja, sorry. Ich musste nur kurz meinem masochistisch veranlagten Kater Beine machen. Anscheinend steht er auf verbrannte Pfoten … Argh.«

Ein lautes Auflachen unterdrückend drehe ich mich zu Claudia um. Natürlich bemüht sie sich nicht mal ansatzweise, nicht zu lachen. Im Gegenteil. Mittlerweile kullern die Tränen in Sturzbächen über ihre Wangen. Sie hält sich den Bauch.

»Frau Maus, ich will nicht unhöflich erscheinen, aber würden Sie mir bitte sagen, um was für eine Einrichtung es sich handelt?«, höre ich die Frau am anderen Ende der Leitung sagen und etwas leiser flüstern »Bitte lass es keine Kinderkrippe sein.« Ein verständnisvolles Lächeln huscht über meine Lippen. Ich kann sie verstehen. So verdammt gut.

»Keine Sorge. Wir sind keine Kinderkrippe.«

»Habe ich das gerade etwa laut gesagt? Oh man, Sie müssen mich für einen Volltrottel halten. Sind Sie sicher, dass Sie mich einladen wollen?«

Oh ja, das bin ich. Und wie. Innerlich reibe ich mir bereits die Hände und kann den nächsten Tag kaum noch erwarten – das erste Mal seit drei Monaten.

Als ich fast zwei Stunden später endlich meine Wohnungstür hinter mir schließen kann, fühle ich mich einerseits ausgelaugt, auf der anderen Seite jedoch seltsam beschwingt. Und leicht, wie eine Feder. Ich kicke meine nassen Schuhe von mir und schaue meinen

Socken dabei zu, wie sie den Schuhen hinterher segeln. Hach, Feierabend ist toll.

Normalerweise habe ich immer den gleichen Ablauf, wenn ich nach Hause komme. Ausziehen, in die Küche gehen und Kaffeemaschine einschalten, in der Zwischenzeit … Egal. Ich weiß, dass das weder spannend, noch besonders sexy ist, aber mein Alltag fährt mit so vielen unvorhersehbaren Momenten auf, dass ich die Ruhe und Regelmäßigkeit, die mich umgibt, sobald ich hinter meiner Wohnungstür verschwinde, umso mehr genieße. Dann will ich nur noch sein, ohne mir darüber Gedanken machen zu müssen, ob mein Haar richtig sitzt, oder ob ich gerade blöd schaue. Tür zu, ich an. Hier stört sich niemand, ob ich barfuß laufe oder durch die Räume schlurfe. Meine Wohnung ist mein Rückzugsort. Der Ort an dem ich Kraft tanke, damit ich am nächsten Tag wieder für die hunderten größeren und kleineren Katastrophen gewappnet bin, die mein Job als Leitung einer größeren Tagesstätte für Kinder von drei Jahren bis zur vierten Klasse zwangsläufig mit sich bringt.

Meine Finger zittern, als ich mich nach meiner Tasche bücke und mit den Fingerspitzen nach der DVD-Hülle, die Jana Wagner uns geschickt hat, angle. So etwas habe ich noch NIE gemacht. Ich habe noch nie eine Bewerbung mit nach Hause genommen. Wirklich nicht. Und nein. Ich bin nicht neugierig. Ich möchte nur wissen, was morgen auf mich zukommt. Ich möchte mich seelisch darauf vorbereiten und ich möchte die Dinge über unsere vielleicht neue Kollegin herausfinden, die sie uns beim Vorstellungsgespräch garantiert nicht erzählt. Ich liebe Geheimnisse, vor allem die, die ich lüften kann und nach meinem kleinen Wellnessausflug nach Badewannenien werde ich all die von Jana Wagner aufdecken. Mein zweiter Name ist nicht umsonst Sherlock.

Ungeduldig trete ich von einem Bein auf das andere und hantiere nervös mit der Maus, während mein Laptop so tut, als wäre er aus der Steinzeit. Seine Geschwindigkeit war auch schon mal besser. Die Minuten ziehen sich endlos. Okay, es sind nur ein paar Sekunden, aber für mich fühlen die sich wie Stunden an. Ich will endlich noch einen Blick auf Jana Wagners sympathisches Gesicht werfen. Nein. Ich will nicht. Ich muss. Ha! Endlich, der Startbildschirm. Wurde aber auch langsam Zeit, lahme Kröte.

Leise vor mich hin grummelnd gebe ich mein Passwort ein und … warte wieder. Statt Desktop darf ich den blauen Kringel bewundern, den die Maus immer zeigt, wenn der PC irgendetwas macht, von dem wahrscheinlich kein normalsterblicher, nicht Computer Nerd, Mensch weiß, was es ist. Die Festplatte rattert. Ich drücke genervt auf die kleine Taste am DVD-Laufwerk und schaue fasziniert zu, wie es langsam herausfährt. Es quietscht unangenehm und so langsam beschleicht mich das Gefühl, dass ich wohl in der nächsten Zeit die Fühler nach einem neuen Laptop ausstrecken muss, dabei hat meiner doch noch gar nicht so viele Jahre auf dem Buckel. Vielleicht sechs oder so.

»Mach schon, mein Kleiner. Lass mich jetzt nicht im Stich. Bitte.«, jaule ich. »Ich verspreche Dir, ich werde Dich erst austauschen, wenn Du das letzte Schlückchen Leistung ausgehaucht hast. Aber bitte lass mich jetzt nicht hängen. Okay?«

Oh mein Gott. Ich muss bekloppt sein. Oder verdammt einsam. Wer sonst spricht mit seinem Laptop?

Ich kann es kaum fassen, als mir statt des schwarzen Hintergrunds endlich die Augen meiner süßen kleinen Nichte entgegen leuchten. Schnell das DVD-Laufwerk schließen. Die DVD rattert und scheppert. Ist das Qualm auf der rechten Seite? Och nee, bitte nicht. Komm schon. Nicht jetzt. Ein Ordner öffnet sich.

»Yeah!«, schreie ich und klatsche begeistert in die Hände. »Geht doch!«

Diesmal lasse ich es nicht zu, dass mir das Programm vorgibt, wie lange ich welches Bild betrachten kann. Hektisch springe ich von einer Seite zur nächsten, bis ich beim letzten Bild angelangt bin.

Warm blitzende braune Augen schenken mir ihr Strahlen. Mit einem bisschen Phantasie könnte ich mir tatsächlich einbilden, Jana würde mit mir flirten und nicht mit der Person hinter der Kamera. Ein Seufzen huscht über meine Lippen. Was muss das wohl für ein erhebendes Gefühl sein, wenn eine Frau wie sie mit einer Frau wie mir flirten würde? Mir wird warm ums Herz. Mein Bauch zieht sich zusammen.

Frustriert verpasse ich dem Display einen Schubs und schließe den Laptop wieder. Als ob eine Frau wie Jana sich für mich interessieren würde. Frauen wie sie finden Frauen – oder Männer – anziehend, die so sind wie sie selbst. Sportlich, temperamentvoll, selbstbewusst und … attraktiv. Und perfekt.

Meine Füße geben leise platschende Geräusche von sich. Ich habe Plattfüße. Und einen Bauch, der nicht ganz so flach ist, wie ich es gerne hätte – und einer Frau wie Jana gefallen würde. Vor dem Spiegel im Flur bleibe ich stehen. Wenn schon, denn schon. Pulli hoch, T-Shirt hinterher. Wo in aller Welt kommt denn schon wieder der Ring um meinen Hosenbund her? Der war gestern noch nicht da, ich schwöre es. Gestern sah mein Bauch noch ansehnlicher aus. Allerdings habe ich heute einen Kampf mit ein paar hyperengagierten Müttern hinter mich bringen müssen, was zur Folge hatte, dass die drei Tafeln Notfallschokolade, die ich für solche Fälle in meiner Schreibtischschublade bunkere, herhalten mussten. Und Mecces, bei dem ich mir ein riesiges Familienmenü gegönnt habe.

Vielleicht hätte ich doch lieber einem Salat den Vortritt lassen sollen. Oder wenigstens einem kleinen Menü. Verdammt. Wenn ich weiterhin so inkonsequent bin, werde ich es nie schaffen, mir eine Frau zu angeln, die meine Sinne beflügelt. Genervt schüttle ich den Kopf und wende mich dem Bad zu. Das Wasser in der Wanne ist so heiß, dass weißer Dampf aufsteigt. Wäscht man Kleidung zu heiß, geht sie ein. Funktioniert das auch mit unförmigen Bäuchen? Ein bisschen Schrumpfbauch wäre genau das, was ich jetzt brauchen könnte. Und mindestens einen Liter Spülmittel – soll ja angeblich Fett lösen. Also … ran an den Speck.

Vorsichtshalber setze ich mich auf den Wannenrand und schiebe mein Bein mutig vorwärts. Au! Verdammt! Ist das heiß! SO wird das nichts. Splitterfasernackt sitze ich auf dem Wannenrand und schaue dabei zu, wie das kalte Wasser den Wanneninhalt auf eine einigermaßen erträgliche Temperatur abkühlt. SO lässt es sich aushalten.

Ich gleite in die Wanne und lehne mich zurück. Die Schaumberge sind eine hervorragende Unterstützung bei meinem Versuch, mir meinen Bauch kleinzureden. Schaum da, Bauch weg. Frustriertes Seufzen huscht über meine Lippen. Wie schade, dass es nicht immer so einfach ist. Meine Augendeckel klappen zu. Ich drifte ab. Und schwupp, ist es wieder da. Das Gesicht, dessen schier magischer Anziehung ich für ein paar Minuten entrinnen wollte.

Mit dem flauschigen Stoff meines Bademantels geschützt tappe ich durch das Wohnzimmer. Ein kurzer Blick zum Laptop auf dem Esstisch. Verdammt! Ich hätte Jana Wagners Bewerbung schließen sollen, bevor ich den Deckel zugeklappt habe. Öffne ich den Laptop wieder, werden ihr attraktives Gesicht und die blitzenden Augen wieder den Desktop dominieren und mir den Verstand rauben. Mir ist echt nicht mehr zu helfen. Da sieht man mal wieder, wohin Notstand führen kann. Völlige Hirnlosigkeit.

Der Kaffee blubbert in die Tasse. Verführerischer Duft breitet sich in meiner gemütlichen Küche aus. Vielleicht sollte ich es heute einfach dabei belassen, ein Buch schnappen und mich ins Bett verkrümeln. Internetrecherche bringt mich doch sowieso nicht weiter. In ein paar Stunden werde ich ihr gegenüberstehen und dann .... kann ich nur darauf hoffen, dass ich meine Sinne beisammen habe.

Wer weiß, vielleicht ist es doch nicht ganz verkehrt, wenn ich mich noch ein paar Minuten mit Jana Wagner auseinandersetze. Zum Abkühlen. Oder so. Mein Hirn fühlt sich an, als würden zwei Seelen um die Vorherrschaft streiten. Ich sollte den morgigen Termin einfach auf mich zukommen lassen. Sagt der Kopf. Tja, dummerweise bin ich kein Kopfmensch, jedenfalls nicht, wenn eine attraktive Frau im Spiel ist.

Leise vor mich hin brummelnd lasse ich mich, den Kaffeebecher in der einen und meine Brille in der anderen Hand, auf meinem Bürostuhl nieder und strecke meine Beine weit von mir. Meine Finger zittern. Mein Kaffeebecher schubst eine schaumig braune Pfütze auf den Tisch. Mein Herz klopft – Gott sei Dank, denn würde es nicht mehr klopfen wäre das schon ziemlich tragisch.

Ob Sherlock Holmes auch so nervös war, wenn er kurz davor war, einen Fall zu lösen? Wobei … ich von Fall lösen noch ziemlich weit entfernt bin, ich habe ja noch nicht mal den Laptop geöffnet. Mit den Fingerspitzen hebe ich das Display an und drücke eine Taste. Die Maschine rechnet und rödelt. Mein Herz macht einen kleinen Satz – aber wirklich nur einen klitzekleinen. Das fröhliche Blitzen von Jana Wagners dunklen Augen zieht mich so sehr in Bann, dass ich einen intensiveren Blick riskiere. Ihre leicht geöffneten Lippen unterstreichen den Eindruck, dass sie mit dem Betrachter des Bildes flirtet. Wie viele Leitungen dieses Bild wohl noch zu Gesicht bekommen haben? Ob der eine oder andere von ihnen auch vor dem Laptop sitzt und nicht genau weiß, wohin er als erstes schauen soll?

Meine rechte Hand liegt auf der Maus. Der Zeigefinger zuckt über die linke Maustaste, während ich mit der anderen Hand den Gürtel meines Bademantels ein wenig lockere und mir Luft zufächle. Irgendetwas passt heute mit der Heizung nicht. Ich drehe meinen Kopf und schiele zum Heizkörper. Drei. So wie immer. Seltsam. Na, solange mir der Heizkörper nicht um die Ohren fliegt oder mir eine Wasserfontäne, heiß wie ein Geysir, ins Gesicht spuckt wird schon alles okay sein. Hoffe ich zumindest.

Ich lege meine Stirn in Falten und betrachte Jana Wagners Gesicht. Was würde Sherlock Holmes mir raten, säße er hier neben mir und würde mir über die Schulter schauen? Oder Miss Marple?

Google öffnen? Oder gleich Facebook oder Twitter? Instagram vielleicht? Heute ist doch so gut wie jeder in mindestens einem sozialen Netzwerk unterwegs. Sogar ich. Leise lächle ich vor mich hin. Jana Wagner ist, Gott seis getrommelt und gepfiffen, kein Sammelbegriff. Ganz selten ist der Name aber auch nicht. Die Gute hätte es mir ruhig ein bisschen leichter machen können. Hieße sie zum Beispiel Anneliese Knopf, wäre sie um einiges leichter zu finden, aber einfach wäre ja auch keine Herausforderung für Misses Sherlock.

Ich logge mich unter meinem Konto ein und scrolle durch die Namensliste. Eine Lupe wäre keine ganz schlechte Idee, dann müsste ich nicht alle Profile anklicken.

Die Kirchenglocken, die mir sonst in schöner Regelmäßigkeit richtig auf den Wecker gehen, teilen mir freundlicherweise mit, dass es schon nach zweiundzwanzig Uhr ist und ich bin noch keinen Schritt weitergekommen. Ich könnte doch auch … oh nein. Ich bin so doof. Natürlich. Meine flache Hand landet auf meiner

Stirn. Für jeden Glockenschlag einmal. Mit drei weiteren Klicks öffne ich die Datei mit Jana Wagners Bewerbung und springe zur letzten Seite. Jetzt noch das Bild speichern. Den Rest erledigt Tante Google. Hoffentlich. Dann wollen wir mal. Neugierig klicke ich mich durch die verschiedenen Fotos und Profile.

Also … entweder hat Jana Wagner ein Allerweltsgesicht, oder sie ist tatsächlich ziemlich aktiv, vor allem in der Münchner Nachtszene. Anscheinend legt sie als DJane auf. Es gibt kaum Fotos, auf denen sie alleine zu sehen ist. Meistens tummeln sich viele ähnlich attraktive Menschen in ihrer Nähe. Trotzdem sticht sie aus der Menge heraus. Sie ist nicht besonders unauffällig und auch nicht besonders klein. Aber vor allem hat sie ein süßes und ziemlich entwaffnendes Lächeln, dem sich offensichtlich niemand entziehen kann. Die Leute um sie herum kleben regelrecht an ihr und ihren Lippen. Einige himmeln sie sogar unübersehbar an. Wie es sich wohl anfühlt, so geliebt und bewundert zu werden?

Neugierig klicke ich weiter und halte inne. Wie kann es sein, dass jemand so viele Follower hat, aber eine so überschaubare Freundesliste wie Jana Wagner? Sonderbar. Hat sie kein Interesse daran, Freundschaften zu schließen, oder gibt es vielleicht irgendwo ein verstecktes Profil, zu dem nur Insider Zugang haben?

Mein Kopf qualmt, genauso wie mein Kaffee vor ein paar Stunden. In Gedanken versunken greife ich nach meinem Kaffeebecher und nehme einen großen Schluck. Eine weitere braune Pfütze, diesmal allerdings ohne Schaum, verteilt sich über die Tischplatte. Ich hasse kalten Kaffee.

Ein paar Minuten und drei heiße Kaffees später schlagen die Kirchenglocken dreimal.

»WAS?!?«, schreie ich und springe auf. Der Esstisch wackelt. Der Laptop knarzt. Ich gehe in die Knie. Meine Beine sind eingeschlafen. Ich gehöre zu den Menschen, die grundsätzlich im Schneidersitz auf dem Stuhl sitzen – und das sogar über mehrere Stunden. Steht man, so wie ich, nur auf, um Kaffee zu machen, oder ihn ein paar Minuten später ins Bad zu tragen, muss man damit rechnen, dass die Blutzufuhr eventuell minimal gestört ist. Andere Menschen wissen das. Ich jetzt auch. Mit beiden Händen kralle ich mich am Tisch fest und stampfe unwillig auf den Boden. Meine Beine kribbeln und tun so weh, als hätte eine ganze Armee Killerameisen beschlossen, mich als Toilette zu benützen. Geht dieses beschissene Gefühl eigentlich schneller weg, wenn ich springe? Versuch macht kluch, also springe ich und tänzle und jammere und keuche. Meine Beine tun immer noch weh. Und wie. Die Kirchenglocke schlägt einmal. Kann die sich mal einig werden? Schon drei oder doch erst eins? Ein kurzer Blick nach unten rechts. Da steht es weiß auf schwarz. Viertel nach drei. Geschockt reiße ich die Augen weit auf und schiebe die Hand so schnell vor den Mund, dass statt eines lauten Aufschreis nur noch ein entsetztes Grunzen zu hören ist. Viertel nach drei, was so viel heißt wie … Scheiße. Nur noch drei Stunden Schlaf – wenn ich auf der Stelle ins Bett falle und meine nächtliche Recherche nicht ständig Jana Wagners Gesicht projiziert.

Na wunderbar. In ein paar Stunden schlägt eine attraktive und interessante Frau bei uns in der KiTa auf und ich werde aussehen als hätte ich sieben Nächte durchgefeiert.

Sollte ich Jana Wagner später lieber anrufen und den Termin verschieben? Um einen Tag? Oder auf den Sankt Nimmerleinstag? Ich bin hin und her gerissen und überlege sogar einen Augenblick lang, ob es nicht vernünftiger ist, einfach wach zu bleiben. Die dicken dunklen Ringe unter meinen Augen werden sich sowieso nicht mehr abwenden lassen, egal, ob ich noch eine Mütze Schlaf bekomme oder nicht. Ich werde fürchterlich aussehen und mich noch schrecklicher fühlen. Vielleicht sollte ich ihr wirklich lieber absagen.

Aber was ist dann? Wir brauchen dringend eine neue Kollegin für die Horties. Und Jana Wagner ist eine interessante Frau. Ich bin mir ziemlich sicher, dass nicht nur Claudia und ich das bemerkt haben. Wie ich es auch drehe und wende, ich stecke in der Zwickmühle. Sage ich ihr ab, riskiere ich, dass sie sich einen anderen Arbeitgeber anlacht. Mache ich den Termin, werde ich mit Quasimodo wetteifern und mich den ganzen Tag darüber aufregen, dass ich nicht abgesagt habe.

Ich liege im Bett und starre an die Decke. Schlaf? Wird anscheinend überbewertet. Dreißig Mal habe ich meine Augen in der Zwischenzeit zugedrückt. Einunddreißig Mal waren meine Lider anderer Meinung als ich. Schwupp. Augen wieder offen. So wird das nichts. Mein Rücken schmerzt. Meine Augen fühlen sich an, als hätte ich soeben einen Boxkampf verloren. Ich drehe mich von rechts nach links, von links auf den Rücken, vom Rücken auf den Bauch und wieder auf die linke Seite. Mir ist heiß, also trete ich solange nach der Decke, bis ich das Gefühl habe, wieder Luft zu bekommen. Dummerweise friere ich jetzt. Also hole ich die Decke wieder zurück. Mein Blick fällt auf den Wecker. Noch zwei Stunden, dann geht der tägliche Wahnsinn in die nächste Runde.

Als ich das letzte Mal auf die Uhr schaue ist es kurz vor halb sechs.

Eine Trompete bläst ihre Fanfare in mein Ohr. Mein Wecker. Ich fahre hoch. Wie kann das sein? Ich bin doch gerade erst eingeschlafen. Heute kann mich der frühe Vogel kreuzweise. Gemächlich seufzend kuschle ich mich in die Decke. Herrlich warm. So gemütlich. Wer auch immer das Bett erfunden hat, hat einen Orden verdient. Einen riesengroßen.

Noch eine Fanfare. Warum in aller Welt war ich so doof und habe mir so einen bescheuerten Wecker gekauft?

Unwillig drehe ich mich um und schlage mit der Hand auf die trötende und quietschende Schlafkillermaschine ein.

»Ruhe jetzt!«, motze ich. »Oder Du wirst heute noch Dein letztes Krächzen aushauchen!«

Anscheinend reicht die Drohung tatsächlich aus. Weitere Fanfaren erspart mir das lästige Teil neben meinem Ohr. Meine Augenlider klappen wieder zu. Ich brummle zufrieden und ziehe die Decke bis zum Hals. Nur noch fünf Minuten …

»Meine Güte! Wer hört so früh so laut Musik?«, brumme ich genervt vor mich hin und stülpe das Kissen über meinen Kopf. Die Musik hört nicht auf. Im Gegenteil. Sie wird lauter. Und nerviger. Wie eine Rakete beim Start schieße ich hoch und stehe. Barfuß. Auf dem kalten Laminatboden. Heiseres Quieken entweicht meinen Lippen. Ich jammere verzweifelt.

Endlich Ruhe. Das nervige Gedudel hört auf. Allerdings klingelt jetzt das Festnetztelefon im Wohnzimmer. Mit kleinen Schritten tappe ich durch den nicht sehr geräumigen Flur und reiße das Telefon aus der Ladestation.

»Ja!«, keife ich. »Wenn es nicht wichtig ist, lasst mich in Ruhe!«

»Guten Morgen, Maus!«, flötet die viel zu gut gelaunte Stimme meiner viel zu gut gelaunten Kollegin Claudia aus dem Lautsprecher. Im Gegensatz zu mir ist Claudia eine Lerche. Ich bin eine Eule. Mein Blick fällt in den Spiegel.

Nur mit Aufbringung aller Kraft gelingt es mir, den entsetzten Aufschrei zurückzudrängen, bevor er den Weg über meine Lippen findet. Ich bin nicht nur eine Eule, sondern eine mit Augenringen bis zum Boden. Es geht tatsächlich noch schlimmer als befürchtet. Auf das, was mir aus dem Spiegel entgegen starrt bin ich nicht vorbereitet. Auf so etwas kann man sich nicht vorbereiten.

»Morgen!«, knurre ich. »Warum rufst Du mitten in der Nacht bei mir an?«

»Mitten in der Nacht? Hast Du mal auf die Uhr geschaut?«

»Ja, das letzte Mal um halb sechs. Oh shit. Wie spät ist es?«

»Halb acht. Normalerweise bist Du um diese Zeit schon... «

»Halb acht? Oh nein.«

»Wo bist Du?«

»Zwischen Schlafzimmer und Bad. Ich beeile mich.«

Manchmal ist die Wahl eine Qual. Katzenwäsche und fast pünktlich sein oder duschen, Kriegsbemalung auflegen und dafür ein ganzes Stück zu spät kommen. Lautes Seufzen, das mehr wie verzweifeltes Röcheln klingt, huscht über meine Lippen.

Während ich versuche, die verräterischen Spuren der letzten Nacht zu übertünchen, schlüpfe ich in meine Sneakers und stolpere eine Viertelstunde später die Treppe hinunter. Hoffentlich hat Claudia mitgedacht und eine

XXL-Kanne Kaffee aufgesetzt, am Besten ihre legendäre und extra starke Nachteulenhallowachmischung.

»Mach endlich, Du Idiot!«, schimpfe ich und dresche wie durchgeknallt auf den Lenker ein. Wie immer wenn die Zeit drängt, scheint Tag der Langsamkeit zu sein. Die Autos schleichen im Schneckentempo über den Mittleren Ring. Ich könnte kotzen. Wenn das so weitergeht überquere ich frühestens Mittag die Ziellinie. Wenn ich das gewusst hätte, hätte ich die öffentlichen vorgezogen.

Die Autoreifen quietschen, als ich weitere fünfundvierzig Minuten später vor der KiTa ankomme. Dieser Tag ist eine Premiere. Es ist noch nie vorgekommen, dass ich als letztes zur Tür hinein fliege.

Claudia kommt auf mich zu. Sie grinst von einem Ohr zum anderen. In einer Hand hält sie einen dampfenden Becher, in der anderen ein Croissant. Unter ihrer Achsel klemmt ein eingerollter Block. Ich schenke ihr ein dankbares Lächeln und verspüre zumindest einen kleinen Triumph. Man kann mir vieles nachsagen, dass ich meine Kolleginnen nicht im Griff habe gehört nicht dazu.

»Guten Morgen, Maus. Hast Du Dich verfahren?«, neckt Claudia mich, woraufhin ich »Du mich auch.« knurre. Okay. Ich habe meine Kolleginnen im Griff. Alle. Bis auf Claudia. Claudia ist ein besonderes Exemplar. Sie hat ihren eigenen Kopf und liebt es, das Gegenteil von dem zu machen, was ich sage. Außerdem zieht sie mich ständig auf. Manchmal frage ich mich ernsthaft, was ich bei ihr falsch gemacht habe.

»Frau Seidel hat angerufen, sie bittet Dich um Rückruf. Hanni und Caro sind krank. Ach ja und Du sollst die Fettuccine anrufen.«

»Fettuccine sind italienische Pasta, Claudia.«

»Du weißt doch, wen ich meine.«

»Was will Heike Figliuzzi denn von mir?«

»Keine Ahnung. Sie hat darauf bestanden, nur mit Dir zu reden. Ach ja, Caro hat gemeint, dass Du sie bitte dringend anrufen sollst. Ich fürchte allerdings, dass Dir nicht gefällt, was sie zu sagen hat.«

»Toll. Weißt Du, um was es geht?«

»Schon, aber ich glaube, sie möchte es Dir lieber selber sagen.«

»Claudia!«

»Sorry. Bei aller Liebe, Danny, aber ich habe ihr mein Wort gegeben.«

»Hast Du vielleicht auch ein paar gute Nachrichten? Wenigstens eine? Eine ganz kleine?«

»Ich habe sogar zwei gute Nachrichten. In drei Tagen ist Freitag.«

»Haha. Danke. Und die zweite?«

»Unser Termin … « Für einen kurzen Moment stellt mein Herz seinen Job ein und setzt aus. Dann hüpft es. Und mir wird heiß. Jana Wagner wird doch nicht abgesagt haben? Aber wäre das dann eine gute Nachricht? Wohl eher nicht.

»Unser Termin wartet im Hortraum und … «

»Und?«

»Sie ist … «

»Sie ist was? Claudia? Was ist los? So schlimm?«

»Neee. Nicht wirklich. Sie ist super sympathisch. Und sieht noch besser aus. Zu dumm, dass ich auf der falschen Uferseite grabe.«

»Du bist ein Rindvieh!«

»Ich weiß! Komm, trink Deinen Kaffee und dann geht es los!«

Mit wackeligen Schritten tappe ich hinter Claudia her.

4. Janne

Gehe ich, oder soll ich bleiben und der Leitung, die angeblich verschlafen hat, noch ein paar Minuten einräumen? Normalerweise wäre die Sache völlig klar, vor allem, weil ich so gar keine Wahl habe, aber … Bilder meines letzten Kurzzeitengagementdesasters flammen vor meinem inneren Auge auf. Irgendwie fühlt sich die Situation wie ein Déjà-vu an. Mein Bauch zieht sich schmerzhaft zusammen.

Frustriert schüttle ich den Kopf. Ich habe mir ganz fest vorgenommen, dass ich so etwas nie mehr mit mir machen lasse. Wenn das Interesse an meiner Person tatsächlich so groß ist, wie es im Moment den Anschein macht, kann ich mir das hier auch gut sparen. Was denken die Leute eigentlich, wer sie sind? Zeit ist kostbar und selbst wenn ich im Moment ohne Job bin heißt das nicht, dass man nach Lust und Laune über mich verfügen kann. Ich bin zwar auf der Suche nach einem neuen Arbeitsplatz, aber Leibeigene, die man einfach so sitzen lassen kann, bin ich trotzdem nicht. Mir kommt die Galle hoch. Mein Puls beschleunigt sich.

Mein erster Eindruck, als ich nach einer halben Stunde hilflosen Suchens, endlich hier aufgeschlagen bin, war ziemlich gut. Ein großzügiger sehr ansprechend gestalteter Garten mit großer Rasenfläche und mehreren interessanten Spielelementen. Jede Menge Platz zum Austoben und Spielen.

Der helle Flur, von dem die Türen in die einzelnen Gruppenbereiche abgehen, ist vor nicht allzu langer Zeit frisch gestrichen worden. Die Farben leuchten kräftig und strahlen einladende Wärme aus. Alles in allem ein Ort, an dem man sich wohlfühlen kann.

Trotzdem … dass ich schon seit über einer Stunde hier herumsitze, ohne dass sich jemand für mich interessiert, regt mich auf und verhindert, dass ich mich vom einladenden Ambiente der Einrichtung blenden lasse. Ist es nicht öfter so? Nach außen hin alles tippi toppi und kaum öffnet man die erste Tür, fällt einem der ganze Dreck und Schmodder entgegen. Auf so eine Einrichtung kann ich pfeifen. Unter meinem Wert werde ich mich nicht verkaufen. Dazu bin ich nicht mehr bereit. Ich bin keine zwanzig mehr. Ich weiß, was ich kann. Und ich weiß, was ich will.

Schwerfällig erhebe ich mich wieder und gehe langsam auf die Tür zu. Ein letzter Blick über die Schulter. Schade eigentlich. Hier hätte ich mich wirklich wohl fühlen können. Ich habe mich sogar schon mit den Kindern durch die Räume wirbeln sehen, mit dem Fußball durch den weitläufigen Garten rennen. Fuck! Warum kann das verdammte Glück nicht endlich auch mal auf meiner Seite sein? Ich brauche einen Job, sonst wird die Kohle irgendwann demnächst mehr als ziemlich knapp. Mir steht das Wasser sowieso schon bis zum Hals, wenn nicht sogar noch etwas höher.

Ich greife nach dem Türgriff, drücke ihn hinunter und… wäre der Länge nach hingeknallt, wenn ich nicht in den Armen einer Frau gelandet wäre, die die Tür im gleichen Moment von außen aufreißt.

»Na hoppla. Da hat es aber jemand eilig.«, spöttelt sie.

»Tschuldichung.«, stammle ich und schaue betreten zu Boden. Wie peinlich, dass sie mich bei meinem Fluchtversuch erwischt hat. Dass sie mich auch noch auffangen musste, macht die Schmach nicht besser, eher das Gegenteil davon. Mir bleibt aber auch gar nichts erspart.

»Kein Problem. Wollten Sie schon gehen?« Ihr Blick ruht auf mir. Sie schaut verwirrt aus.

»Äh … na ja, also … eigentlich … «, stottere ich. Was ist denn mit mir los? Hat mich die nackte Panik vor meiner beruflichen Zukunft in ein piepsendes Mäuschen verwandelt, oder woran liegt es, dass sich mein Selbstbewusstsein mit wehenden Fahnen aus dem Staub macht?

»Nein.«, flunkere ich mit fester Stimme, obwohl die dunkelhaarige Frau mit ihrer Vermutung, dass ich abhauen wollte, den Nagel ziemlich genau auf den Kopf trifft.

»Nein?«

»Eigentlich …, also … ich war auf der Suche nach einer Toilette.«

»Na dann … « Der Blick der fremden Frau fällt auf die leeren Tische.

»Claudia? Hast Du Frau Wagner nicht mal einen Kaffee angeboten? Was soll sie denn von uns denken, wenn es nicht mal dafür reicht?«, kritisiert sie und schaut nicht mehr besonders glücklich aus. Ich straffe meine Schultern.

»Sorry, Danny. Keine Zeit. Das Telefon steht seit sieben Uhr nicht mal fünf Minuten am Stück still.« Wie zur Bestätigung klingelt es erneut. Die Frau, deren Name offenbar Claudia ist, verzieht ihr Gesicht. »Siehst Du? Genau das meine ich.«, brummelt sie und steuert auf die Tür zu.

»Warte, Claudia. Wollen Sie einen Kaffee, Frau Wagner? Claudia?«

Die Frau mit dem Telefon nickt. Ich nicke auch. Kaffee ist immer gut. Vor allem nach letzter Nacht. Ich war so aufgeregt, dass ich so gut wie nicht geschlafen habe. Als ich das letzte Mal auf die Uhr geschaut habe war es schon fast halb fünf. Zwei Streichhölzer wären auch nicht schlecht. Um dic Augenlider zu befestigen, damit sie nicht ständig zuklappen.

»Okay. Dann gehen Sie auf die Toilette, Claudia, Du nimmst das Telefonat an und ich kümmere mich um den Kaffee.«

Wow. Meine Augenbraue zuckt. Das sind mal klare Ansagen. Nicht so bescheuertes Herumgeeiere, das manche Leitungen ihren Mitarbeitern gegenüber an den Tag legen, wenn sie sie nicht merken lassen wollen, dass es nun mal Hierarchien gibt, obwohl sie das Gegenteil behaupten. Hier scheint klar zu sein, wer das Sagen hat. Uff.

Ich starre die zwei Frauen an und folge ihnen mit langen Schritten. Gott sei Dank habe ich ziemlich lange Beine, sonst müsste ich rennen, so schnell wie die zwei durch den Gang huschen.

»Hier ist die Mitarbeiter-Toilette. Warten Sie hier. Ich hole Sie gleich wieder ab.«

Bevor ich noch etwas erwidern kann, biegt die dunkelhaarige Frau auch schon ab und verschwindet durch eine Schwingtür, hinter der ich die Küche vermute. Kopfschüttelnd beobachte ich für ein paar Sekunden die vor und zurück schwingende Tür, drehe mich dann aber um und verziehe mich auf die Toilette.

Mit beiden Händen stütze ich mich auf dem Waschbecken ab. Als Toilette würde ich diesen Raum nicht bezeichnen. Er ist locker doppelt so groß wie mein Bad, wenn nicht sogar noch etwas größer. Neben Waschbecken und Toilette ist eine Dusche eingebaut, in einer Ecke Waschmaschine und Trockner. Alles neu. Und alles vom feinsten. Auf einem Regal über dem Waschbecken steht eine Flasche, die einen angenehmen Vanilleduft verströmt. Geld scheint in diesem Haus ausnahmsweise nicht das Problem zu sein, was ich schon mal als ziemlich positiv bewerte.

Ich riskiere einen kurzen Blick in den Spiegel und kann gerade noch verhindern, dass ein lauter Schrei die Mauern der Einrichtung bis ins Mark erschüttert. Das Gesicht im Spiegel schaut genauso aus, wie ich mich fühle. Müde. Und alt. Schrecklich alt. Das künstliche Licht der Energiesparbirnen ist gnadenlos. Es lässt mich gleich noch zehn Jahre älter ausschauen. Und noch eine Spur müder. Meine Jeans kneifen an der Hüfte. Moment … ist das …? Ich lupfe mein Oberteil und starre fassungslos an mir herunter. Es kommt mir fast so vor, als würde mein Spiegelbild mich hämisch angrinsen und mir mit Blicken zu verstehen geben, dass der letzte Burger gestern Abend nicht meine beste Idee war. Wer, außer mir, macht auch einen Abstecher zum Mecces, nachdem er einen riesigen Teller mit Steckerlfisch und Kartoffelsalat verdrückt hat? Genervt rolle ich mit den Augen. Mein kleiner nächtlicher Fressanfall wird mir einige zusätzliche Stunden im Fitnessstudio einbringen, doch jetzt ist weder die richtige Zeit, noch der richtige Ort, um mich mit meinen überflüssigen Pölsterchen auseinanderzusetzen. Ich muss diese Frau Maus und ihre Helfershelferin beeindrucken. Komme was da wolle.

Wie sagt meine Großmutter immer? Bauch rein, Brust raus. Also straffe ich wenigstens meine Schultern und ziehe meinen Bauch ein. Brust raus funktioniert bei mir bestenfalls als Brüstchen raus. Besonders üppig ist das, was sich unter meinem Oberteil versteckt, nämlich nicht. Ein letzter Blick in den Spiegel, Frisur sitzt. Also los, auf in den Kampf. Wäre ja wohl gelacht, wenn ich die Grazien nicht irgendwie um den Finger wickeln könnte.

Hoch erhobenen Hauptes betätige ich die Spülung und schlüpfe wieder nach draußen. Die dunkelhaarige Frau, bei der es sich aller Wahrscheinlichkeit nach um die Leitung Frau Maus handelt, kommt aus der Küche. Die

Schwingtür schwingt vor und zurück, das Tablett in ihren Händen schwankt gefährlich.

»Kann ich?«, rufe ich und springe mit zwei Sätzen zu ihr. Sie lächelt mich dankbar an. Ui, was für ein nettes Lächeln.

»Danke.«, sagt sie leise.

»Daniela Maus!«, kreischt eine Stimme aus der Küche.

»Schnell weg!«, sagt die Angesprochene und setzt sich so hektisch in Bewegung, dass ich mit dem voll beladenen Tablett kaum mit ihrem Tempo mithalten kann.

»Daniela Maus!« Eine ziemlich kleine Frau eilt auf uns zu. Sie trägt Kochkleidung und schwingt einen hölzernen Kochlöffel durch die Luft. Ärgerlich schaut sie aus.

»Kannst Du mir bitte sagen, was Du in meiner Küche zu suchen hattest?«

»Kaffee.«

Die Küchenfee macht ihren Hals lang und späht auf das Tablett in meiner Hand. Ich schenke ihr ein Lächeln, von dem ich hoffe, dass es so unschuldig wirkt, dass sie die Waffen streicht und ich ungeschoren davonkomme.

»Und Kuchen, wie mir scheint! Erst kommst Du zu spät und dann bedienst Du Dich einfach an der Nachspeise. Schäm Dich.«, schimpft sie vor sich hin, schwingt drohend den Kochlöffel in Frau Maus Richtung, dreht sich dann aber um und dampft, einige weniger nette Worte vor sich hin brummend, wieder ab. Die dunkelhaarige Frau atmet auf. Ich grinse. So groß unterscheidet diese Einrichtung sich also doch nicht von anderen. Die heimliche Chefin des Hauses trägt weiß und hat einen Kochlöffel in der Hand.

»Das war Ramona, unsere Küchenfee. Mit ihr sollten Sie sich gut stellen, wenn Sie hier anfangen.«, erklärt sie, als wir uns ein paar Minuten später in einem Raum befinden, der ungefähr so groß ist, wie die Mitarbeiter-Toilette. Ein ziemlich vollgeladener großer Schreibtisch bildet das Zentrum. An den Wänden sind Bücherregale und Schrankelemente angebracht. Gemütlich geht anders, aber darauf kam es bei der Planung der Büroräume anscheinend nicht an.

»Nehmen Sie doch bitte Platz. Sobald Claudia da ist, können wir anfangen.«

Die dunkelhaarige Frau setzt sich mir gegenüber. Sie mustert mich. Ich mustere sie. Sie hat schöne Augen. Wie Wasser. Nachdenklich schaut sie aus. Ich schaue auch immer so. Wenn ich etwas Wichtiges vergessen habe und mir partout nicht einfallen will, was.

»Oh … verdammt … Sie müssen mich für einen Stoffel halten. Es tut mir leid. Ich habe mich nicht mal vorgestellt. Das ist mir … «

Sie springt auf, läuft um den Schreibtisch und hält mir die Hand hin.

»Mein Name ist Daniela Maus. Ich freue mich außerordentlich, Sie kennenzulernen.«

»Janne Wagner. Die Freude ist ganz auf meiner Seite.«, sage ich und drücke ihre Hand. Angenehmer Händedruck. Nicht zu hart, dass ich mir vorkomme, als würde ich in einem Schraubstock festhängen, aber auch nicht zu weich. Ich habe eine natürliche Abneigung gegen Menschen mit schlabbrigem Händedruck. Frau Maus schaut mir in die Augen. Obwohl es mich irritiert ignoriere ich den ersten Impuls, ihr auszuweichen und erwidere ihren Blick. *Was Du kannst, kann ich schon lange.* Ich habe ganz bestimmt nicht vor, mich von jemandem unterbuttern zu lassen. Auch von ihr nicht.

Es klopft kurz, dann wird die Bürotür aufgerissen.

»Tut mir leid, hat etwas länger gedauert.«, erklärt die Frau, die sich als Claudia vorgestellt hat und lässt sich auf den Stuhl neben mir plumpsen. Sie schaut ziemlich genervt aus.

»Frau Wagner, würden Sie uns bitte einen Augenblick entschuldigen? Ich muss kurz fünf Minuten mit Frau Maus reden.«, sagt sie. Na, wenn das nicht ein Rausschmiss par excellence ist.

»Warum hast Du mir nicht gesagt, dass Caro schwanger ist? Mit Drillingen! Das hätte ich doch wissen müssen. Ich bin Heike Figliuzzi mit Volldampf ins offene Messer gelaufen!«, höre ich Frau Maus schimpfen.

»Ich weiß nicht, worüber Du Dich so aufregst. Wenn Jana Wagner bei uns anfängt ist doch alles tutti.«

»Von wegen tutti. Es hat sich gleich ausgetuttit. Kannst Du mir mal sagen, wer freiwillig mit Sina arbeiten will? Eben. Genauso habe ich mir das gedacht. Ich könnte kotzen. Heike ist so ein … «

Die Stimmen der zwei Frauen sind laut. Sie diskutieren hitzig. Keine nimmt ein Blatt vor den Mund. Holla die Waldfee, wenn das hier immer so zugeht … dann darf ich mich warm anziehen. Sehr warm sogar. So harmonisch der erste Eindruck auch war, im Gebälk scheint es ordentlich zu krachen. Will ich hier wirklich arbeiten? Oder komme ich vom Regen in die Traufe?

Frau Wagner, kommen Sie doch herein.« Missmutig und mit hängenden Schultern schließe ich die Tür hinter mir und schlurfe durch das Büro der Leitung. Lange und harte Stunden liegen hinter mir, in denen ich mich mit einer völlig fremden Kindergruppe und einer genauso fremden Kollegin konfrontiert sah, einer Kollegin, die heute ganz überraschend aus der Elternzeit zurückgekehrt ist und die die Kinder genauso gut kennt wie ich.

»Nehmen Sie Platz. Sie sehen aus, als könnten Sie einen Kaffee vertragen.«

Ich nicke schwach. Mein Geist möchte mit Frau Maus reden, mein Körper möchte schlafen. Nichts anderes mehr. Nur schlafen.

»Tut mir leid. Der Tag ist so ganz anders verlaufen, als wir es uns vorgestellt haben.«

»Nicht so schlimm.«, nuschle ich und dränge mühsam ein Gähnen zurück. Dass ich für ein Vorstellungsgespräch mit anschließendem Probearbeiten eingeplant war, war mir schon im Vorfeld bekannt, nicht aber, dass das Wasser, in das ich geworfen werden sollte, eiskalt sein würde.

»Wir haben leider erst heute früh erfahren, dass Frau Jankowski aus der Elternzeit zurückkommt. Hätten wir es früher gewusst, hätten wir alles etwas anders geplant. Ich hoffe, Sie hatten trotzdem einen schönen Tag.«

»Hatte ich. Vor allem einen sehr aufschlussreichen.«

Das habe ich jetzt nicht gesagt, oder? Ich habe die Frau, die ich gerne als Chefin hätte, jetzt nicht indirekt kritisiert. Ganz bestimmt nicht. Oh nein.

Die Leitung zieht die Augenbraue hoch, was mir jedoch nur ein müdes Lächeln entlockt. Normalerweise finde ich Frauen, die so etwas können, ziemlich sexy, aber im Moment interessiert mich das herzlich wenig. Mein Körper ist vielleicht noch einigermaßen wach, was man von meiner Libido nicht mehr sagen kann. Die schläft schon. Tief und fest.

»Was auch immer das heißt.«

»Hmh?«

»Dass der Tag für Sie sehr aufschlussreich war.«

»Wollen Sie wirklich wissen, was ich damit sagen wollte?«

»Aber immer.«

Wenn ich schon beruflichen Harakiri betrieben und meine Zukunft mit einem Wisch begraben habe, kann ich auch auspacken. Schlimmer kann es sowieso nicht mehr kommen.

Aufschlussreich heißt für mich im Fall, dass ich hätte blind sein müssen, um die Missstimmung zu übersehen, die durch die bloße Anwesenheit von Sina Jankowski entstanden ist. Niemand schien sich richtig über ihre Rückkehr zu freuen. Ich bekam mit, wie die eine oder andere der Erzieherinnen hinter vorgehaltener Hand tuschelte. Das hat mir nicht gefallen, obwohl ich die

Reaktionen irgendwie nachvollziehen kann. Sina wirkte auf mich nicht unbedingt wie eine Frau, der man gerne ein Geheimnis anvertraut.

Ich gehöre zu den Menschen, die versuchen, zu jedem einen einigermaßen guten Draht herzustellen, aber bei dieser Sina ist es mir nicht gelungen. Ich kann mir nicht vorstellen, dass Frau Maus mir unter diesen Voraussetzungen eine Chance gibt. Meine Felle schwimmen davon, was ich ziemlich traurig finde. Die Kinder und Eltern begegneten mir durch die Bank positiv und gaben mir das Gefühl, willkommen zu sein. Auch die anderen Erzieherinnen gingen offen auf mich zu. Aber wenn es mit der direkten Kollegin nicht klappt … Scheiße!

»Verstehe. Ich kann gut nachvollziehen, wenn sie es sich unter den gegebenen Umständen noch einmal überlegen wollen, bevor Sie Ihre Entscheidung treffen.«

Spinne ich? Oder schwingt tatsächlich Enttäuschung in der Stimme von Frau Maus? Ich hebe meinen Kopf. Meine Augen suchen ihre. Sie schaut mich an. Mit diesem nachdenklichen Blick, der mir vor ein paar Stunden schon aufgefallen ist. Nachdenklich und irgendwie … Keine Ahnung, was noch in ihren Augen steht. Mein Hirn ist zu ausgelutscht, um noch in der Lage zu sein, die Fakten richtig zuzuordnen.

»Hmh?« Ich schaue Frau Maus aufmerksam an, versuche aus ihr schlau zu werden. Hat sie wirklich gefragt, ob ICH es mir noch überlegen möchte? Ist es normalerweise nicht umgekehrt? Überrascht straffe ich meine Schultern und recke meinen Hals. Ich bin ein Stück größer als sie, ungefähr zehn bis fünfzehn Zentimeter.

»Ich dachte, dass Sie noch Zeit brauchen, um sich zu entscheiden, nachdem Sie feststellen mussten, dass bei uns im Moment ziemlich viel schief läuft.«

Es ist seltsam, aber je mehr sich die Unsicherheit in der Haltung von Frau Maus widerspiegelt, desto sicherer fühle ich mich. Entspannt lehne ich mich im Stuhl zurück und erlaube mir das erste Mal einen etwas längeren Blick auf mein Gegenüber. Attraktiv ist sie, das muss man ihr lassen. Und jung. Ungefähr so alt wie ich. Ein Lächeln huscht über meine Lippen. Ich arbeite gerne unter gleichaltrigen Chefinnen. Also, wortwörtlich meine ich, nicht im übertragenen Sinn und vor allem nicht SO. Meine Wangen fühlen sich auf einmal ziemlich heiß an. Ich hüstle leise und weiche ihrem intensiven Blick aus. Habe ich behauptet, dass ich mich langsam wieder sicherer fühle? Das war eine Lüge.

5. Danny

Ungeduld krabbelt in mir hoch. Jana Wagner scheint Spaß daran zu finden, mich zappeln zu lassen. Wie sie mich anschaut. Mit dieser speziellen Überheblichkeit, die mir schon aus ihrem Bewerbungsfoto und bei meinen detektivischen Aktivitäten ins Auge gesprungen ist. Wie ich mir schon gedacht habe, ist Jana Wagner eine Frau, die ihren Wert sehr wohl einzuschätzen weiß und nicht vorhat, sich darunter zu verkaufen.

Ob ich ihr sagen soll, dass während der letzten Stunden verschiedene Eltern aus der Hortgruppe bei mir aufgeschlagen sind, um mir nahezulegen, alles mir mögliche zu tun, damit die Bewerberin bei uns anfängt? Den Höhepunkt aller Dreistigkeit bildete unsere Beiratsvorsitzende, die mir tatsächlich den Vorschlag unterbreitete, Jana Wagner den besonderen Service unseres Hauses, oder wie sie es nannte, anzubieten. Besonderen Service. Als hätten wir jemals so etwas gehabt.

Mein Blick fällt auf die Uhr. Es ist schon nach halb sechs. Wäre heute nicht so gut wie alles aus dem Ruder gelaufen, was aus dem Ruder laufen konnte, wäre ich um diese Zeit schon so gut wie daheim und auf dem Weg in die Badewanne.

Es klopft. Claudia schiebt ihren Kopf zur Tür herein. Sie schaut von mir zu Jana Wagner und wieder zurück. »Und?« sagt ihr Blick. Ich zucke mit den Schultern.

»Brauchst Du noch etwas, Danny? Wenn nicht, würde ich gerne gehen.«

»Schönen Feierabend, Claudia. Bis morgen.«

Jana Wagner dreht sich um und heftet ihren Blick auf Claudia. Ein Lächeln huscht über ihr Gesicht. Sie nickt ihr zu und wendet ihre Aufmerksamkeit dann wieder mir zu. Abwartend schaut sie mich an. Ich werde unruhig unter ihrem Blick und rutsche unbewusst auf meinem Stuhl ein Stück nach vorne. Ich räuspere mich. Jana Wagner lächelt unverbindlich.

»Wie lange brauchen Sie Zeit, um sich zu entscheiden?«, knurre ich unwillig. Ich will nicht warten. Ich will sofort eine Reaktion. Irgendeine. Im besten Fall natürlich ein klares JA. Wir brauchen eine neue Betreuerin für den Hortbereich und Jana bringt alles mit, wonach wir suchen. Mit »Bitte sag nicht nein. Bitte nicht … « schicke ich ein stummes Flehen in die Richtung unserer Bewerberin.

Jana Wagner wackelt mit dem Kopf, greift nach dem Kaffeebecher, den ich ihr vorhin in die Hand gedrückt habe, und nimmt einen großen Schluck. Sie hält meinem Blick stand. Ihre Augen gleiten über meinen Körper. Ich fühle mich unwohl unter ihren Blicken, denen nicht die kleinste Regung zu entgehen scheint.

»Kommt darauf an, was Sie mir bieten.«

Wow. Was für ein Selbstbewusstsein. Ob sie ahnt, dass ich überzeugt bin, dass niemand Sina Jankowski besser die Stirn bieten kann als sie? Was für ein blöder Tag. Warum konnte Heike Figliuzzi aus der Verwaltung nicht ein paar Tage früher Bescheid sagen, dass Sina aus der Elternzeit zurückkehrt? Weder Claudia, noch unsere Kolleginnen oder ich hatten Sina auf dem Schirm. Heike hat mich ins offene Messer laufen lassen und ich fresse einen Besen, wenn das nicht ein kleiner Racheakt war, weil ich kein Interesse an einer Beziehung mit ihr habe. Seit Jahren versucht sie mich zu überreden, mit ihr auszugehen, aber Heike und ich … das passt so nicht. Wir sind uns in den entscheidenden Dingen zu ähnlich und würden uns gegenseitig zerfleischen. Keine Ahnung, warum sie die Fakten nicht sehen will.

Ich schüttle den Kopf und versuche, Heike Figliuzzi aus meiner Erinnerung zu vertreiben und mit ihr all die Abende, an denen sie mich entweder vor der KiTa oder vor meiner Haustür abgefangen hat.

Jana Wagners Blicke treffen sich mit meinen. Mein Herz macht eine eigenartige Drehung in meiner Brust. Langsam einatmen und ausatmen. Einatmen und ausatmen. Ich bin zwar nicht ganz doof, aber manchmal kann es durchaus Sinn machen, mir die normalen Abläufe menschlicher

Existenz vor Augen zu führen – vor allem, wenn mir eine Frau wie Jana gegenüber sitzt und mich so anschaut, als würde sie in mir lesen wie in einem Buch. Wie macht sie das bloß?

»Wie bitte?« Meine Stimme klingt eine Nuance tiefer als normal. Die Frau schafft mich jetzt schon. Ich sollte ihr eine Absage verpassen, mir nicht antun, sie jeden Tag sehen zu müssen.

»Sie haben gefragt, wie lange ich brauche, bis ich meine Entscheidung getroffen habe und ich habe gesagt, dass es darauf ankommt, was Sie bieten.«

»Wie … meinen Sie das?«, krächze ich. Unruhig verknoten sich meine Finger ineinander. Sie lacht leise. Ich weiche ihrem Blick aus. Diese Frau birgt Gefahrenpotenzial. Wie konnte ich mich nur von Claudia dazu überreden lassen, sie einzuladen? Muss wohl ein Anfall geistiger Umnachtung gewesen sein. Oder Torschlusspanik, weil der Erzieher-Markt aktuell irgendwie nichts vernünftiges hergibt.

»Ich weiß ja nicht, worauf Sie anspielen, aber ich meinte zwischen Daumen und Zeigefinger. Sie wissen schon … Cash … «

»Ach soooo … « Ertappt bücke ich mich unter den Schreibtisch und gebe vor, etwas zu suchen. Ich hole tief Luft und atme langsam ein und aus, versuche, mich zu beruhigen. Jana Wagner hat noch nicht mal bei uns angefangen und ich drehe jetzt schon am Rad. Wohin soll das nur führen? Ich werde ein Wrack sein. Ein Schatten meiner selbst. Meine Selbstachtung wird flöten gehen. Ich weiß es und trotzdem schreit alles in mir danach, einen Betrag zu nennen, den Jana Wagner nicht ablehnen KANN. Als ich wieder auftauche fühlen sich meine Wangen an, als würden sie leuchten wie Tomatenketchup. Oh, Tomatenketchup … Lecker … Wie auf Kommando fängt mein Bauch an zu knurren. Wann habe ich eigentlich das letzte Mal etwas gegessen? Bestimmt bin ich unterzuckert. Kein Wunder, dass mein Herz flattert und das Blut so schnell durch meine Adern schießt, dass ich außer Puste gerate. Jana Wagner lacht leise. Sie hat ein angenehmes Lachen. Warm. Und … *Oh Gott, Maus, hör auf, an so etwas zu denken.*, rufe ich mich selbst zur Ruhe.

»Dreitausendfünfhundert kann ich Ihnen bieten.«, krächze ich. »Plus Jobticket.«

»Oh wow. Das ist mehr als ich gedacht habe. Wer kann bei so einem Angebot schon nein sagen?« Jana Wagner schaut mich an. In ihrem Blick liegt etwas Zweideutiges. So eindeutig, dass ich nicht genau weiß, worauf sie nun schon wieder anspielt. Gleichzeitig schwingt ein neckender Unterton in ihrer Stimme. Hallo? Dreitausendfünfhundert ist ein gutes Gehalt. Sogar für Münchner Verhältnisse. Ich bin mir ziemlich sicher, dass nicht mal die Stadt München den Mitarbeitern in den KiTas mehr bezahlt.

»Ist das zu wenig?«, frage ich, trotzdem etwas unsicher, nach. Mein Bauch knurrt erneut.

»Natürlich nicht. Ich wollte nur einen Scherz machen, aber anscheinend hat der sich ein bisschen verlaufen. Sorry.« Sie schaut mich an …, mit einem Ausdruck in den Augen, der wahrscheinlich reumütig sein soll. Ich gehe jedoch nicht darauf ein, sondern versuche, mich an den Fakten entlangzuhangeln.

»Also …, wie lange brauchen Sie, um eine Entscheidung zu treffen?«

»Eine Stunde? Wenn das in Ordnung ist. Ich würde gerne eine Kleinigkeit Essen gehen. Sobald ich meine Gedanken sortiert habe, rufe ich Sie an.«

Unfähig, etwas zu sagen, nicke ich lediglich. Es dauert ein paar Sekunden, bis ich die Enttäuschung, die sich in mir regt, wieder unter Kontrolle habe. Warum fragt sie nicht, ob ich sie begleiten will? Sie muss doch hören, dass mein Magen ziemlich unangenehme Geräusche von sich gibt. Aber wahrscheinlich ist sie nicht so. Mit zukünftigen Chefinnen Essen gehen ist schließlich nicht jedermanns Sache. Da ich kein Firmenhandy habe, werde ich mir wohl eine Kleinigkeit bestellen und hier auf den Anruf warten.

»Wissen Sie was, Frau Maus …? Ich gehe nur kurz eine rauchen.« Oh, ich muss besser auf meine Mimik und Gestik achten. Jana Wagner kann anscheinend Gedanken lesen. »Dann müssen Sie nicht auf meinen Anruf warten. Essen gehen kann ich mir im Moment sowieso nicht leisten. Geben Sie mir fünf Minuten. Oder sieben. Ich bin gleich wieder da.«

Bevor ich noch etwas erwidern kann, bückt Jana Wagner sich nach ihrer Tasche, zieht eine Zigarettenschachtel heraus und wirft ihre Jacke über. An der Tür dreht sie sich noch einmal kurz zu mir um. Ihr Lächeln … Wow. Meine Muskeln zittern, mein Herz flattert – und mein Bauch gibt keine Ruhe mehr. Er verlangt nach Kalorien. Vielen Kalorien. Jetzt sofort und auf der Stelle.

»Rauchen Sie auch?«, fragt Jana, die sich anscheinend gerade an ihre Kinderstube erinnert hat. Bestimmt hat ihre Mutter ihr auch eingebläut, dass nur ein Schwein allein raucht. Obwohl ich seit meiner Jugend Raucherin bin, schüttle ich den Kopf. Ich will mich nicht aufdrängen. Frau Wagner braucht Zeit und die soll sie bekommen. Sie nickt verständnisvoll und schließt die Tür hinter sich. Die Haustür klappt ins Schloss. Wüsste ich nicht, dass sie ihre Tasche liegenlassen hat, würde ich davon ausgehen, dass sie einfach abdampft und mich hier hocken lässt.

Unruhig und mit knurrendem Magen laufe ich durch mein kleines Büro. Mich zu beruhigen ist ein Ding der Unmöglichkeit. In meinem Kopf läuft alles kreuz und quer. Warum hat Jana Wagner nicht gleich die Worte gesagt, auf die zu hören ich so unglaublich scharf bin, dass ich es selbst kaum glauben kann. Es ist nicht nur, dass wir eine neue Erzieherin oder Sozialarbeiterin suchen … Nein. Es geht mir darum, dass JANA zusagt.

Die Minuten ziehen sich wie Stunden. Was raucht Jana denn für Zigaretten, dass es so lange dauert? Mein Blick fällt auf die Uhr. Achtzehn Uhr. Verdammt. Langsam aber sicher schwindet meine Hoffnung, dass sie tatsächlich zurückkommt. Wer weiß, vielleicht ist ihr ihre Tasche gar nicht so wichtig. Solange sie Geldbeutel, Schlüssel und Handy bei sich hat … Alles andere, was eine Frau in ihrer Tasche spazieren trägt, lässt sich relativ problemlos ersetzen.

Groll krabbelt in mir hoch. Und dafür habe ich mir die Zeit ans Bein geschmiert. Ich könnte schon lange satt sein und gemütlich in meiner Badewanne liegen und den Tag ausklingen lassen. Stattdessen … Mist! Verdammter!

Mit meiner Tasche über der Schulter schleiche ich die Treppe hinunter, überprüfe alle Räume und schaue sogar in die Mitarbeiter-Toilette, nicht, dass sie doch zurückgekommen ist und ich sie aus Versehen einsperre. Wäre nicht das erste Mal, dass mir so etwas passiert. Ich reiße die Tür auf und schiele sogar dahinter, aber auch hier ist sie nicht.

»Rutsch mir doch den Buckel runter!«, schimpfe ich vor mich hin, laufe aber trotzdem jeden Winkel in unserem Garten ab. Wer kann schon wissen, ob sie sich nicht zum Rauchen in den hinteren Teil verzogen hat.

Mittlerweile bin ich auf hundertachtzig. Sie hätte doch auch gleich sagen können, wenn sie kein Interesse an dem Job hat. Aber nein … Ohne mit der Wimper zu zucken lässt sie mich eiskalt sitzen. Wahrscheinlich ist sie, im Gegensatz zu mir, schon daheim und lacht sich einen Ast über das treudoofe Schaf, das ich bin.

Ich stecke den Schlüssel ins Schlüsselloch und drehe ihn um. Unauffällig schiebe ich meine Hand in meine Jackentasche und kralle meine Finger um die kleine Spraydose.

»Keinen Schritt weiter!«, keife ich und hebe die Düse des Pfeffersprays auf Augenhöhe meines Angreifers, dessen hektisches und abgehacktes Atmen ich hinter meinem Rücken höre. Es ist nicht das erste Mal, dass jemand versucht, mir die Tasche zu entreißen. Mittlerweile weiß ich genau, was ich tun muss. Ich bin vielleicht nicht besonders groß, aber zur Wehr setzen kann ich mich.

»Sorry … Ich wollte nicht … Ich … ähm … «

Eine weibliche Stimme. Mit der Dose in der Hand drehe ich mich vorsichtig um und … erstarre. Jana Wagner ist tatsächlich zurückgekehrt. Und sie ist außer Atem. Zwischen ihren Fingern klemmt eine Zigarette, an ihrem Arm baumelt eine dampfende Tüte.

»Hat leider etwas länger gedauert.«, keucht sie.

»Sie haben Hunger, ich habe Hunger und da dachte ich mir … Sie mögen doch chinesisch, oder?«

Ich nicke mechanisch. Selbst wenn sie Pferdewurst, die ich aus tiefstem Herzen verabscheue, mitgebracht hätte, würde ich mich darauf stürzen, so hungrig bin ich. Erleichtert atme ich auf. Sie ist wieder da. Heißt das … ? Ich habe keine Ahnung, was das heißt und solange sie sich nicht äußert, wird sich daran auch nichts ändern.

»Kommen Sie herein.«, sage ich, drehe den Schlüssel im Schloss wieder um und lasse sie vor mir eintreten. Mein Blick streicht über ihre Rückseite. Ich brauche Wasser. Ein ganzes Fass voll. Mein Mund fühlt sich trocken an. Meine Ohren rauschen und sind ziemlich heiß. Wahrscheinlich leuchten sie zur Abwechslung so intensiv, als hätte ich aus Versehen den Inhalt eines Knicklichts über mein Gesicht gekippt.

Wie ein dressiertes Äffchen dackle ich hinter ihr her, bis sie so abrupt stehenbleibt, dass ich mit voller Wucht in sie hineinlaufe. Sie lacht leise. Und ich wünsche mir ein Loch, das groß genug ist, um mich zu schlucken, obwohl ich am liebsten einfach verharren und die zufällige Berührung auskosten würde.

»Wohin?«, fragt sie mit eigenartig tiefem Vibrieren in der Stimme. Zittern ihre Hände, oder bilde ich es mir nur ein? Sie scheint regelrecht geschockt. Erstarrt in ihrer Bewegung, als wäre sie nicht in der Lage, sich zu rühren. Ein Ruck fährt durch ihren Körper. Die plötzliche Kühle fühlt sich komisch an. Ich unterdrücke ein Seufzen. Seit was weiß ich wie langer Zeit war mir keine Frau mehr so nahe, wie Jana Wagner gerade eben. Ich hätte einfach meinen Arm um sie legen und sie an mich ziehen können. Aber … ich bin ja nicht blöd. Natürlich geht das nicht. So ausgehungert, dass ich vergesse was sich gehört, bin nicht mal ich.

»In die Küche.«, sage ich, mühsam darum bemüht, meine Atmung zu kontrollieren. Mit aufgesetzter Lockerheit schlendere ich an ihr vorbei durch die Schwingtür, die die große Küche vom Rest der Einrichtung trennt. Ramonas Reich. Ich sehe das süffisante Grinsen, das mir unsere Küchenfee garantiert zuwerfen wird, wenn sie die Essensboxen im Müll findet, schon vor mir. Garantiert lässt sie wieder einen kecken Spruch in meine Richtung los.

»Nehmen Sie Platz. Was möchten Sie trinken? Wir haben Wasser … und … ähm … Tee.«

»Oh, ich liebe Kindergartentee. Wahlweise in rot oder grün und so dünn, dass er so schmeckt wie er aussieht. Ein paar Tropfen Farbe ins Wasser … fertig. Brrrr.«

Leises Lachen gurgelt in meiner Brust. Das ist mal ein Vergleich … Dummerweise stimmt er sogar. »Vielleicht kann ich irgendwo eine Flasche Saft auftreiben, wenn ich mich anstrenge.«, sage ich und hoffe, dass ich die einzige bin, die bemerkt, wie wackelig und unsicher meine Stimme klingt.

Jana Wagner bückt sich nach ihrer Tüte und stellt zwei Flaschen auf den quadratischen Tisch, den unsere

Küchenfee normalerweise zum Gemüse schneiden benützt.

»Ich hoffe, Sie trinken Cola. Etwas anderes habe ich nämlich nicht.«, sagt die Frau, die ich gerne ab morgen als meine neue Kollegin bezeichnen würde, und zuckt entschuldigend mit den Schultern.

Warum hat Ramona die großen Teller eigentlich so weit oben versteckt? Obwohl ich mich strecke und meinen Arm so weit wie möglich ausfahre fehlen ein paar Zentimeter.

»Kann ich Ihnen helfen?«, fragt Jana Wagner, der meine Not nicht entgeht. Sie ist eine Idee größer als ich, ungefähr einen halben Kopf. Sollte reichen. Sie steht auf und tritt hinter mich. Anscheinend ist ihr nicht bewusst, was sie damit anrichtet. Eingeklemmt zwischen dem Küchenschrank und ihrem warmen Körper gerate ich ziemlich ins schwitzen. Meine Hormone … drehen ihre Kreise um mein Herz – und meine Brüs … Es fühlt sich so an, als würden die Hormone mir in den Bauch piksen. Meine Haut kribbelt, wie ich es schon sehr sehr lange nicht mehr erlebt habe. Meine Muskeln zucken nervös. Meine Schulter knackt. Oh, was gäbe ich für eine Massage. Vorzugsweise von Jana Wagner und natürlich nack … *Oh Gott, Maus, was tust Du?* Ich räuspere mich, Jana Wagner senkt den Kopf und schaut mich irritiert an. Ein Lächeln huscht über ihre Lippen, als sie in aller Seelenruhe die Teller auf die Arbeitsfläche stellt und einen Schritt zurückweicht. Anscheinend hat sie tatsächlich keine

Ahnung. Oder sie ist, im Gegensatz zu mir, eine begnadete Schauspielerin.

Dass wir uns am Tisch gegenüber sitzen und miteinander essen fühlt sich so richtig an, dass es mir Angst einjagt. Sie weiß nicht, dass ich auf Frauen stehe, aber vor allem weiß sie nicht, dass ich – Dank meiner nächtlichen Spionageaktion – weiß, dass sie ebenfalls das weibliche Geschlecht bevorzugt. Aus den Augenwinkeln beobachte ich, wie sie die Reiskörner zwischen den Stäbchen jongliert und versucht, sie ohne vorherigen Absturz in den Mund zu befördern. Ihr beim Essen zuzuschauen ist … sehr besonders. Jede ihrer Bewegungen lässt meinen Puls höherschlagen.

»Ist das lecker.«, knurrt sie zufrieden und lehnt sich ein paar Minuten später auf dem Stuhl zurück. Ihre Blicke ruhen auf mir.

»Ich könnte ewig hier sitzen und mich mit Ihnen unterhalten … «

Mein Herz unterbricht für einen verschwindend kurzen Augenblick seinen Job. Hektisch sauge ich die Luft in meine Lungen. Sie mag mich … oder findet mich zumindest nicht total zum Kotzen.

»Wirklich. Trotzdem sollte ich langsam aber sicher los. Ich muss morgen fit sein. Ein Vorstellungsgespräch, wissen Sie?«

Kabumm. Das nennt man wohl eine Bruchlandung. Ein Absturz aus gefühlten zwanzigtausend Metern.

Ungebremst. Und ohne Fallschirm oder Reißleine, die die harte Landung hätten verhindern können. Der Boden kommt meiner Nase immer näher.

»Zu einem anderen Vorstellungsgespräch?«, krächze ich. So in der Art hatte ich es mir fast gedacht. Wäre ja auch ein Wunder gewesen, wenn eine Frau wie Jana Wagner nicht mindestens zehn weitere Eisen im Feuer hätte. Ich seufze frustriert und kratze mich an der Stirn.

»Klar. Solange ich keinen Vertrag in der Tasche habe, muss ich alles wahrnehmen.«

Ach so. Na klar. In Gedanken versunken wäge ich ab, wie schnell ich es auf die Reihe bekommen kann, ihr den gewünschten Vertrag zu besorgen. Ein kurzer Anruf in der Verwaltung. Gott seis getrommelt und gepfiffen, dass die Neuanstellungen nicht über den Schreibtisch von Heike Figliuzzi laufen. SIE würde es glatt fertig bringen, mich wochenlang hinzuhalten, nur um ihre Boshaftigkeit auszuleben und sicherzustellen, dass ich meine Wunschkandidatin ganz bestimmt nicht bekomme.

»Wenn Sie mich morgen in die Verwaltung begleiten würden, könnte ich dafür sorgen, dass Sie schon morgen Ihren Vertrag haben und bereits am Montag anfangen könnten. Was halten Sie davon?«

»Frau Maus ..., wegen ... «

»Lassen Sie mich raten ... Sie haben gar kein Interesse.«, fasse ich die Fakten zusammen, die so offensichtlich sind, dass ich blind sein müsste, um sie zu übersehen, schwerhörig, um sie zu überhören und darüber hinaus ziemlich blöd. Mein Bauch zwickt, was mit Sicherheit nicht an der Ente und dem Reis liegt.

»So ist es nicht. Ich bin mir nur nicht ganz sicher, ob ich mit Sina klarkomme. Sie ist irgendwie … «

»Sie brauchen kein Blatt vor den Mund zu nehmen.«, nuschle ich und kaue lustlos auf einem Stückchen Ente. »Sie haben keine Ahnung, wie groß unsere *Freude* war, als wir heute früh über Sinas Rückkehr informiert worden sind.« Meine Stimme trieft vor Sarkasmus. Ich bin immer noch sauer über das Messer, das Heike Figliuzzi aus der Verwaltung mir heute früh in aller Seelenruhe in den Rücken gerammt und dann noch genüsslich umgedreht hat. Dass sie mit ihrer Aktion nicht nur mich, sondern das gesamte Team, die Kinder und die Elternschaft abgeschossen hat, nimmt sie wahrscheinlich bestenfalls als Kollateralschaden zur Kenntnis. Hauptsache der alten Maus einen reindrücken. In solchen Dingen war sie schon immer gut.

»Was muss ich tun, damit Sie sich für uns entscheiden?«, frage ich vorsichtig.

»Sina fesseln und knebeln wäre eine coole Sache.«

»Kein Problem, kann ich machen.«, necke ich. »Solange Sie sie festhalten.«

Es fühlt sich gut an, mit Jana zu lachen. Die Zeit mit ihr beginnt mir immer besser zu gefallen. Wenn sie jetzt nein sagt, bekomme ich einen Anfall. Ich will keine andere

Erzieherin. Auch keine andere Sozialarbeiterin. Ich will Jana Wagner. Punkt. Sina Jankowski ist kein einfacher Mensch. Mit ihrer buffeligen Art und ihrer laut quäkenden Stimme versaut sie den Kindern und uns innerhalb kürzester Zeit die Stimmung. Spontan fällt mir niemand ein, der dem ernsthaft etwas entgegenzusetzen hätte, außer … Jana. Sie strahlt von innen heraus. Ihre Lebensfreude und Begeisterungsfähigkeit würden einen hervorragenden Kontrast zu Sina bilden. Ich brauche eine Zusage von ihr. Jetzt. Dann werde ich mich nachher hinter den PC schwingen und eine Mail an die Verwaltung schreiben.

»Im Ernst, was kann ich tun?«

Oh, ich könnte sie. Warum lässt sie mich so zappeln? Was für ein blöder Fehler, das Essen, das sie für uns besorgt hat, als gutes Zeichen zu werten und mich für ein paar Minuten sicher zu fühlen. Von unten herauf suche ich ihren Blick.

»Sie können nichts mehr tun, Frau Maus.«

»Nicht?«, kiekse ich. Ich will sie schütteln, damit sie zur Besinnung kommt und die Worte, die sie mir wahrscheinlich gleich um die Ohren knallen wird, vergisst.

»Nein. Ich habe meine Entscheidung schon vor ein paar Stunden getroffen. Ehrlich gesagt dachte ich … naja, ist ja jetzt auch egal.«

So langsam nervt mich ihr Herumgeeiere. Wenn das immer so ist, werden sich unsere Teamsitzungen ab sofort bis in die Puppen ausdehnen und jede Menge Überstunden einbringen. Allerdings müsste ich sie dazu erst mal überreden, sich auf den Job bei uns einzulassen. Ich hebe meinen Kopf. Spitzbübisches Grinsen zieht sich von einem Mundwinkel zum anderen. Oh, Jana Wagner, ich könnte Dich … Du spielst mit mir. Setzt bewusst alles auf eine Karte, um mich aus der Reserve zu locken. Dafür wirst Du bluten. Versprochen.

»Wann soll ich morgen bei der Verwaltung aufschlagen und wo muss ich hin?«

Meine Mundwinkel verziehen sich zu einem Lächeln. Ich bin mir sicher, dass meine Augen wärmer leuchten als die Sonne, wenn sie morgens über dem Horizont aufgeht. Ich kann mein Glück kaum fassen. Etwas umständlich zwar, aber Jana Wagner hat zugesagt. Sie hat tatsächlich zugesagt – und ich werde ab sofort in den Genuss kommen, sie jeden Tag zu sehen. So oft und solange ich will.

Mit »Wenn Sie wollen, kann ich kurz bei Ihnen vorbeifahren und Sie abholen.« werfe ich meine Angel aus und hoffe inständig, dass sie den Köder schluckt. Sie schaut mich an. Ich schaue sie an. Ihr Blick ruht auf mir. Meiner streicht über ihr Gesicht ein Stückchen nach unten. Nette kleine Brü … *Oh, Maus …*

»Das würden Sie tatsächlich tun?«

»Wenn ich damit erreiche, dass Sie sicher bei uns anfangen, sofort.«

»Aber … «

»Liegt fast auf dem Weg.«, flunkere ich und obwohl ich so einen Vorschlag noch nie einer Bewerberin gemacht habe, komme ich mir nicht mal komisch dabei vor. Es fühlt sich richtig an. Irgendwie.

Ich weiß erst seit etwas mehr als einem Tag von Jana Wagners Existenz. Trotzdem fühlt es sich für mich so an, als würde ich sie schon ewig kennen. Sonderbar, ich weiß, aber ich kann nichts daran ändern. Es ist einfach so … speziell. Und ich fühle mich wohl in ihrer Nähe. Habe das Gefühl, dass ich mich nicht verstellen muss. Wenn ich blöd schauen will, schaue ich eben blöd. Macht sie ja auch. Jetzt zum Beispiel. Ihr Blick ist … Gold wert. Absolut unbezahlbar. Wie sie mich anschaut. Mit einer Mischung aus Überraschung und Unsicherheit im Blick. Moment … Unsicherheit?!? Unsicherheit und Jana Wagner in einem Satz?!? Ich kann es kaum glauben.

Guten Morgen, Janne!«, donnert die Stimme eines älteren Herrn durchs Haus. Jana rollt mit den Augen und zuckt entschuldigend mit den Schultern. Sie setzt diesen speziellen Blick auf, der mir gestern schon mehrmals an ihr aufgefallen ist.

»Sorry.«, sagt sie leise und ich merke ihr an, dass sie noch etwas sagen möchte, nur kommt es dazu nicht.

»Konntest Du die alte Schachtel dazu bewegen, Dich einzustellen?«

Ich schaue Jana an. Jana schaut mich an. Und reißt ihre Augen vor Entsetzen weit auf.

»Alte Schachtel also …? So so … «, kommentiere ich lapidar und suche, neugierig auf ihre Erklärung, ihre Augen. Jana öffnet ihren Mund, schließt ihn aber sofort wieder. Betreten schaut sie zu Boden. Die Tür der unteren Wohnung schwingt langsam auf.

»Komm doch rein. Du musst mir alles erzählen. Wie liefs denn gestern?« Ein älterer, in einen karierten Bademantel eingehüllter, Herr schiebt sich langsam durch die Tür auf den Gang. Ihm folgen eigentümliche Gerüche, die ich nicht eindeutig zuordnen kann. Riechen Wohnungen älterer Leute immer so? Wenn ja, will ich lieber nicht alt werden.

»Oh, Du hast Besuch. Tschuldichung. Das wusste ich nicht. Willst Du mir Deinen gut aussehenden Gast nicht vorstellen?«

»Ich bin die alte Schachtel.«, übernehme ich meine Vorstellung und pflanze einen äußerst ernsten Ausdruck in mein Gesicht. Dass ich mir ein Lachen verkneifen muss… nun, das muss weder Jana, noch ihr schrulliger Nachbar wissen. Als hätte ihm jemand eines mit einem

Baseballschläger übers Hirn gezogen, verrutscht sein Lächeln und macht blankem Entsetzen Platz.

»S … Sie … sind … Ahem … Tschuldichung. Tut mir wirklich leid.«, stottert er und reibt sich nervös am Hinterkopf. Jana hält den Kopf immer noch gesenkt, scheint nicht recht zu wissen, was sie sagen soll.

»Ich sollte wohl besser gehen.« Wie recht er doch hat. »Schön, Sie kennenzulernen … Frau … «

»Frau alte Schachtel.«, helfe ich ihm auf die Sprünge und lache. »Mein Name ist Daniela Maus.«

»Huber. Heinz Huber mein Name. Habe die Ehre.«, stottert der ältere Herr. Obwohl er lächelt ist nicht zu übersehen, dass er mit sich ringt. Still grinse ich in mich hinein. Jana Wagner steht immer noch schweigend zwischen mir und ihrem Nachbarn.

»Entschuldigen Se bitte das mit der alten Schachtel. Ich konnte ja nicht wissen, dass … Jedenfalls … Entschuldigung.«

Heinz Huber versucht meinem Blick auszuweichen, während er sich möglichst unauffällig durch die Tür zurück in seine Wohnung schiebt. Die Tür klappt ins Schloss. Mit einem Ruck drehe ich mich zu Jana um.

»Und jetzt zu Ihnen … «, knurre ich. »Was sollte das eben?«

»Es … ähm … es tut mir leid.«, murmelt Jana Wagner. Schon erstaunlich, wie lange ein Mensch völlig regungslos in ein und der gleichen Position ausharren kann. Jana

Wagner scheint ein besonders hartnäckiges Exemplar zu sein. Außer ihren Lippen, die zugegebenermaßen ein Traum sind, bewegt sich nichts an ihr. Obwohl. Doch, bestimmt wackelt eine Haarsträhne, irgendwo hinter ihrem Ohr.

»Wie auch immer. Ich hoffe, dass das das erste und letzte Mal war, dass ich so etwas hören muss.«

»Ja. Ja natürlich. Es war keine Absicht. Nur Geplänkel zwischen meinem Vermieter und mir. Wird bestimmt nicht wieder vorkommen.«

»Das will ich hoffen. Und? Haben Sie Ihre Meinung mittlerweile revidiert? Über mich, meine ich.«

»Klar. Hätte ich gewusst … na ja, Sie wissen schon.«

»Nein. Weiß ich nicht. Aber Sie dürfen es mir gerne erklären.« Na warte, Jana. So einfach kommst Du mir nicht davon. Niemand nennt mich ungestraft alte Schachtel. Selbst Du nicht.

»Nicht so wichtig.«

»Also ich finde schon. Sie bezeichnen mich hinter meinem Rücken als alte Schachtel, dann habe ich ja wohl auch das Recht zu erfahren, wie Sie darauf kommen. Oder sehen Sie das anders?« Ich verbeiße mir ein Grinsen. Es macht mir einen Heidenspaß, Jana zappeln zu lassen. Zu sehen, wie sie sich unter meinen Blicken windet und um Worte ringt.

Wie in Zeitlupe hebt sie ihren Kopf. Ihre Augen blitzen. Sie schaut so aus, als müsste sie erst langsam begreifen, was passiert ist. Ich nicke ihr zu und versuche, sie durch meinen Blick zum Reden zu ermuntern.

»Sie wissen doch bestimmt selber wie das ist … «, erklärt sie. »Man hört einen Namen und malt sich aus, wie der Mensch dahinter wohl aussieht. Genau das habe ich auch gemacht. Und dann hat ein Wort das andere ergeben.«

»Und ich bin dabei anscheinend nicht besonders gut weggekommen.«

»Das nicht. Ich hatte nur keine Ahnung … Egal. Es tut mir wirklich leid.«

»Schon in Ordnung.«, sage ich, offensichtlich etwas milder gestimmt. »Wenn wir nicht festwachsen wollen, sollten wir langsam fahren, oder was meinen Sie?«

»Sie wollen trotz allem noch mit mir zusammenarbeiten?«

Ich nicke bestätigend. Wenn Frau Wagner nicht mit einer ähnlichen Neugier wie ich ausgestattet ist, hat sie die Nacht vor dem Vorstellungsgespräch wahrscheinlich nicht damit zugebracht, mich im Internet zu stalken. Außer meinem Namen, der zugegebenermaßen tatsächlich etwas altertümlich klingt, hätte sie ja auch keine Anhaltspunkte, nach denen sie hätte forschen können. Ich schenke meiner neuen Kollegin ein aufmunterndes Lächeln.

»Kommen Sie. Lassen Sie uns gehen.«

Wahnsinn. Ich kann kaum glauben, dass ich tatsächlich ab Montag einen Job habe. Sie haben keine Ahnung, wie dankbar ich Ihnen bin.«, sagt Jana. Sie klingt ziemlich atemlos und umklammert mit beiden Händen die dünne Mappe, in der sich ihr Arbeitsvertrag befindet, als hätte sie Angst, jemand könnte sie ihr entreißen. Ich kann mich nicht erinnern, jemals eine Kollegin eingestellt zu haben, die sich so sehr über den neuen Job gefreut hat.

»Ich hoffe, dass Sie sich bei uns wohl fühlen.«

»Ganz bestimmt. Solange Sie Ihr Versprechen halten und Sina fesseln und knebeln sollte nichts schief gehen.« Sie lacht. Dieses tiefe und unglaublich sympathische Lachen, das mein Herz sofort in höhere Regionen trägt. Ich will mehr von diesem Lachen. Es klingt wie Musik in meinen Ohren und wärmt mein Inneres besser als jede Heizung mich wärmen könnte.

»Sollen wir noch einen Kaffee zusammen trinken?«, platze ich heraus, obwohl ich eigentlich die Beine in die Hand nehmen und mich auf den Weg in die KiTa machen sollte. Claudia wird mir schon nicht den Kopf abreißen und mir mein Trödeln verzeihen und was meine anderen Kolleginnen über mich denken, interessiert mich nicht.

»Warum nicht?«

Gedankenverloren jage ich ein paar Minuten später den Löffel durch meinen Kaffee. Herrlich, dieser Duft. Jana Wagner hat mich in ihr Lieblingscafé geschleift und ich muss gestehen, der Kaffee ist ein Traum. Wäre jetzt nicht eigentlich der perfekte Zeitpunkt, ihr das *Du* anzubieten? In unserer Einrichtung sind alle per *Du* und so soll es auch bleiben. Warum fühle ich mich auf einmal so unsicher, so als würde ich eine Grenze überschreiten, obwohl in unserem Gewerbe das *Du* in nahezu allen Einrichtungen zum normalen Umgangston gehört? Und wenn ich es ihr anbiete, ist es dann so wie immer, oder bekomme ich vielleicht doch die einmalige Chance auf einen kleinen … Oh nein. Ich sollte mir lieber nicht ausmalen, wie es sich anfühlt, wenn Janas Lippen auf meinen liegen. Mein Herz legt einen kleinen Stopp ein. Ich schnappe nach Luft.

»Ist alles in Ordnung? Schmeckt Ihnen der Kaffee nicht? Wenn Sie wollen, kann ich Ihnen auch etwas anderes bestellen.«, hakt Jana nach. In ihren Worten schwingt Sorge. Sorge, dass ich mich nicht wohlfühlen könnte. Aber genau das ist es ja. Ich fühle mich wohl in ihrer Nähe. Wohler als ich sollte.

»Der Kaffee ist ausgezeichnet.«, werfe ich schnell ein.

»Dann ist ja gut. Ich hatte schon befürchtet … « Was sie befürchtet hat, behält Jana, wie soll es auch anders sein, natürlich für sich und lässt mich in aller Ruhe im Dunklen tappen.

»Ich habe nur gedacht, dass es langsam Zeit ist, dass wir das förmliche *Sie* weglassen. Ich bin Danny.«

»Janne.«, sagt sie leise und senkt den Kopf. Ganz allmählich frage ich mich, ob ich seit gestern mit einem

Klon von der Frau, die mit ihrer Bewerbung so selbstbewusst daher kommt, zu tun habe. Was ist jetzt mit dem Ku …? Ich schlucke. Meine Finger legen sich wie die Füße eines Klammeräffchens um einen Ast, um den Kaffeebecher.

Jana hebt den Kopf. Unsere Blicke begegnen sich. Oh mein Gott. Sie fühlt das Gleiche wie ich. Sie will mich. Genauso, wie ich sie will. Ich müsste nur … Ich bräuchte nur … Aber sie ist meine Angestellte. Ich kann nicht. Mist. Ich wusste doch, dass die Sache einen Haken hat. Ab Montag komme ich zwar in den Genuss, Jana jeden Tag sehen zu dürfen, dafür ist anfassen tabu. Und zwar komplett.

Jana räuspert sich. Sie steht auf. Langsam. Wie in Zeitlupe kommt sie auf mich zu. Ihre Hand schiebt sich in meinen Nacken. Ihre Augen suchen meine. Ich kann nicht mehr. Sie ist mir so nah, so unglaublich nah. Tief durchatmen, Danny. Und ruhig bleiben. Ich kann nur hoffen, dass Jana auf den obligatorischen Kuss verzichtet. Besser ist das. Wenn sie ihre Lippen auf meine legt kann ich für nichts mehr garantieren. Ihr heißer Atem streift meine Wange. Meine Beine fangen an zu zappeln. Meine Nerven sind zum Zerreißen angespannt. Nervös klopfe ich mit den Fingerspitzen auf den Tisch.

»Ich freue mich, Dich kennenzulernen.«, haucht Jana so leise, dass es sich fast wie ein Lufthauch anfühlt, der für einen verschwindend kurzen Augenblick über meine

Wangen streicht. Meine Augen fallen zu, dafür stellen sich sämtliche Härchen an meinem Körper auf Empfang. Meine Haut kribbelt, als würde sie alles geben, um Jana mit allen Sinnen aufzunehmen. Ich muss verrückt sein. Komplett verrückt.

Ihr Mund berührt meinen. Sanft. Und zaghaft. Zurückhaltend, als würde sie befürchten, ich könnte mich unter ihrer Berührung in Luft auflösen. *Ihr Verräter* ist das letzte, was ich denke, als meine Lippen sich öffnen und meine Zunge in Janas Mund gleitet. Unsere Zungenspitzen berühren sich. Ich stöhne und rücke etwas enger an sie heran. Sie seufzt. Erwidert meinen Kuss.

»Gehen wir zu mir oder zu Dir?«, bin ich drauf und dran zu fragen, doch meine Worte ersterben auf ihrem Weg an meinen Stimmbändern vorbei. Gott sei Dank. Nicht auszudenken, wenn ich … Ich bin sowieso schon viel zu weit gegangen, habe mich zu etwas hinreißen lassen, was nicht nur falsch, sondern noch falscher ist. Und ziemlich fatal. Wie soll ich ihr jemals wieder in die Augen schauen, ohne mich dabei an die Weichheit ihrer Lippen und die Sanftheit ihres Kusses zu erinnern? Schwer atmend löst sie sich von mir, murmelt eine Entschuldigung und rennt, »Wir sehen uns Montag!«, rufend davon, als würde ihr der Teufel höchstpersönlich im Nacken sitzen und sie mit seiner Peitsche antreiben. Die Tür des Cafés fällt mit dumpfem Ton hinter ihr ins

Schloss. Sie ist weg. Und ich … fühle mich, trotz meiner Bruchlandung, wie beflügelt.

Meine Lippen kribbeln. Mühsam erhebe ich mich und schlurfe im Schneckentempo Richtung Toilette. Ob man mir ansieht, dass ich soeben in den Genuss des tollsten Kusses meines Lebens gekommen bin? Mit beiden Händen stütze ich mich auf dem Waschbecken ab und starre meinem Spiegelbild in die Augen. Meine Wangen sind gerötet. Meine Augen leuchten. Oh, mein Gott. Ich bin verliebt.

Ach, gibt's Dich auch noch? Ich hatte schon Angst, dass Du den Weg nicht mehr findest.«, neckt Claudia, als ich, gefühlte Stunden später, endlich in der KiTa aufschlage.

»Und? Hat sie unterschrieben?« Sollte es irgendwann einen Preis für die neugierigste Person geben, ist Claudia eine der Hauptanwärterinnen – direkt nach mir, versteht sich.

Ich lächle selig.

»Danny?«

Ich lächle immer noch selig.

»Was ist passiert? Hat sie nun unterschrieben oder nicht?«

»Sie hat.«

Ich lächle … Ein harter Schlag trifft meine Schulter.

»Au!«, keife ich. »Was soll das?«

»Ich wollte nur sicher gehen, dass Du in Ordnung bist. Irgendetwas ist passiert. Lass mich überlegen …. hmh … « Claudia baut sich vor mir auf. Mit den Fingerspitzen auf die Lippe tippend legt sie ihre Stirn in Falten und beobachtet mich. Ein Lächeln erhellt ihr Gesicht.

»Wusste ich es doch. Und? Küsst sie gut?«

»Woher …? Wieso …? Wie kommst Du darauf?«, krächze ich. Nein. Ich fühle mich nicht ertappt. So überhaupt gar nicht. Claudias eindeutig zweideutiges Grinsen ist … nur etwas gewöhnungsbedürftig.

»Erzähl! Ich will alles wissen und wenn ich alles sage, meine ich alles. Also?«

Claudia greift nach meinem Ärmel und zerrt mich hinter sich her die Treppe hinauf in mein Büro. Ich folge ihr nur widerwillig. Was soll ich denn sagen? Was soll ich ihr erzählen? Im Grunde ist nichts passiert. Gut. Okay. Fast nichts. Außer dass Janas Lippen ein Traum sind. So weich und voll und genauso schön wie der Rest ihres Körpers.

»Es ist gar nichts passiert.«, flunkere ich und gebe mich tatsächlich ein paar Sekunden der Hoffnung hin, dass Claudia sich zufrieden gibt. Aber Claudia wäre nicht Claudia, wenn … Argh.

»Ja. Neee. Ist klar. Und ich bin der Kaiser von China. Also, Maus, pack aus, oder ich kitzle Dich so lange, bis Du nicht mehr anders kannst. DU hast die Wahl.«

»Schau einer an. Einer der ältesten Tricks der Menschheit und er funktioniert immer noch.«, überlegt Claudia laut, als ich geendet habe.

»Was solls. Es war nur ein kleiner Kuss. Das ändert nichts.« Wem mache ich hier eigentlich gerade etwas vor? Claudia? Oder versuche ich eher, mich selbst zu beruhigen? Verdammt. Mein Herz klopft so kräftig wie schon sehr sehr lange nicht mehr.

»Für Jana Wagner ändert sich wahrscheinlich tatsächlich nichts. Aber für Dich hat sich etwas verändert. Ich sehe es Dir an der Nasenspitze an. Du bist verliebt in Jana.«

»Ach!« Ich mache eine wegwerfende Handbewegung und versuche mich an einem Grinsen, was aber anscheinend etwas windschief gerät, so laut wie Claudia auf einmal lacht.

»Und wem willst Du jetzt etwas vormachen, Maus? Vergiss nicht, ich kenne Dich schon ein paar Jahre und ich weiß, wie Du bist, wenn es Dich erwischt hat. Wirst Du es ihr sagen?«

Vehement schüttle ich den Kopf. Natürlich nicht. Ich werde abwarten, wie Jana sich am Montag mir gegenüber verhält und dann werde ich zum Alltag übergehen. So einfach. Zu dumm nur, dass mein Herz und meine Hormone einen übertriebenen Wettlauf gegen mein Hirn führen und anscheinend nicht vorhaben, sich so einfach manipulieren zu lassen, wie ich es gerne hätte.

6. Janne

Unangenehm kalter Wind fegt mir um die Nase. Um mich davor zu schützen, ziehe ich den Kragen meiner Jacke ein bisschen höher. Nur noch etwas mehr als fünf Wochen bis Weihnachten und ich komme so überhaupt nicht in Stimmung.

Das Wetter zeigt sich leider auch so gar nicht von seiner schönsten Fast-Winter-Seite. Im Gegenteil. Dicke Tropfen platschen mir ins Gesicht. Ich bin früh dran. Ohne Eile schiebe ich einen Fuß vor den anderen. Muss es denn sein, dass das Wetter all das Wasser, das es uns während des letzten Sommers verwehrt hat, auf einmal auf die Erde schickt? Und dann auch noch ausgerechnet heute? Meine Horties haben heute einen schulfreien Tag, weswegen Sina, die Kids und ich beschlossen haben, dass wir die Kindergartenkinder zu einer vorweihnachtlichen Puppenspielaufführung begleiten. Ich sehe es schon vor Augen. Die Regentropfen, die Wasserpfützen und meine fünfundzwanzig springlebendigen Kids. Nasse Hosen inklusive. Den Kragen meiner Jacke noch ein Stück höher ziehend verberge ich mein Gesicht hinter dem wärmenden Fleecestoff.

Nachdenklich lege ich meine Stirn in Falten. Seit fast drei Monaten betreue ich die Hortgruppe in Danielas Einrichtung. Ich habe die Entscheidung noch keinen Tag bereut. Daniela hat ihr Versprechen gehalten und meiner Kollegin Sina eine Art verbalen Maulkorb verpasst. Dadurch ist sogar die Zeit mit ihr einigermaßen zu ertragen. Okay. Bis auf die Tage, an denen sie eine Hackfresse zieht, was ungefähr die Hälfte aller Arbeitstage der Fall ist. Vor allem Montags ist sie meistens ziemlich übellaunig und zieht ein Gesicht, als hätte ihr jemand die Wurst vom Brot geklaut. Freitags ist so ziemlich genau das Gegenteil der Fall, was die Hoffnung auf einen angenehmen letzten Tag vor dem Wochenende in mir nährt.

Im Prinzip habe ich es wirklich gut erwischt. Eine Kleinigkeit macht mir allerdings zu schaffen. Daniela. Über den Kuss haben Daniela und ich nie gesprochen, was wahrscheinlich auch besser ist. Er ist aus einer Laune heraus entstanden. Ich habe mich so sehr über den Vertrag gefreut, dass ich alles um mich herum ausgeblendet habe. Ich habe nur noch sie wahrgenommen. Ihre geschwungenen Lippen, die leicht geöffnet eine Einladung für meine Sinne waren. Und dann ist es einfach so passiert. Sie hat mir das *Du* angeboten und ich habe sie geküsst. Und sie hat mich geküsst. Mir wird heute noch heiß, wenn ich daran denke. Ich hätte sie haben können. Für ein paar Stunden in meinem Bett. Aber es ging nicht. Sie ist meine Chefin. Ich bin ihre Angestellte. Außerdem ist sie so überhaupt nicht mein Typ. Ich stehe auf sportliche Frauen. Auf Frauen mit kurzen Haaren, die im besten Fall eine Idee größer sind als ich. Auf Frauen, bei denen ich mich auch ab und zu anlehnen kann.

Ich bin nicht blind. Und ganz blöd bin ich auch nicht. Natürlich merke ich, dass etwas zwischen ihr und mir schwelt. Die Blicke, mit denen sie mich betrachtet, wenn sie sich unbeobachtet fühlt. Es kommt immer wieder vor, dass sie mich auf ihre sehr spezielle Weise anschaut, als würde sie in mir lesen wollen wie andere Menschen in einem Buch. Wahrscheinlich denkt sie wirklich, dass ich es nicht merke … Obwohl mein Körper in solchen Momenten in helle Aufregung verfällt, fühle ich mich unwohl unter ihren Blicken, die oft so viel intensiver sind, als sie zwischen Kollegen sein sollten. Daniela sucht auffallend oft meine Nähe, kommt zum Mittagessen in meine Gruppe, was vor meiner Anwesenheit wohl nie der Fall war, und sitzt in den Teamsitzungen grundsätzlich so, dass ich ihren Blicken nicht ausweichen kann. Unsere Kolleginnen rollen teilweise schon mit den Augen, weil sie mich regelmäßig während der Teamsitzungen in Diskussionen verwickelt, die die Arbeitszeit unnötig in die Länge ziehen.

Versuche ich, sie auf ihr Verhalten anzusprechen, lächelt sie nur oder weicht mir aus. Außerdem behauptet sie, hetero zu sein. Genau. Und ich bin eine Ente und wackle mit meinem gefiederten Hinterteil. Quak. Quak.

Bevor ich mich weiter in meinen Gedanken verstricken kann, reiße ich mit meinem dampfenden Kaffeebecher in der Hand schwungvoll die Tür zum Hortraum auf und rufe etwas übertrieben fröhlich: »Guten Morgen!«

Zwei meiner Erstklässler fliegen mir förmlich entgegen und schieben und zerren mich mit vereinten Kräften durch den Raum. Gegenwehr lassen sie nicht zu. Sie lachen gelöst. Erfreut stelle ich fest, dass die Stimmung ziemlich gut ist, wie fast immer, wenn die Horties einen freien Tag haben und sich nicht mit Hausaufgaben, über denen manche von ihnen stundenlang brüten, herumärgern müssen. Allerdings – und das wundert mich dann doch – mag Sina solche Tage überhaupt nicht.

»Sina ist krank.« Aha. Daher also weht der Wüstenwind. Und ich wundere mich noch … Dabei hätte ich es mir denken können. Sina fällt gerne mal am Freitag aus, fast so gerne wie Montags. Ob es normal ist, dass ich, seitdem ich im Hort arbeite, noch nicht eine komplette Woche mit Sina gearbeitet habe? Eher nicht, doch die Zeit, darüber nachzudenken habe ich nicht. Meine zwei Erstklässler schieben mich einfach weiter.

»Moment!«, stöhne ich. »Lasst mich doch erst mal meinen Kaffee abstellen.«

»Ach menno. Nie hast Du Zeit für uns. Wir haben ein Zelt gebaut, das musst Du Dir unbedingt anschauen. Ein richtig großes Zelt. So ein … wie heißt das?«

»Bedunienzelt.«

»Meint Ihr ein Beduinenzelt?«

»Ja, genau. Ein Bedunienzelt.« Die Erstklässler nicken begeistert und sind nun nicht mehr zu halten. Abwarten, bis ich den Kaffeebecher abgestellt habe? Fehlanzeige. Meinen Kaffee kann ich ihrer Meinung nach auch in einem Beduinenzelt trinken. Seufzend folge ich den beiden, während ich den Hortraum nach der Kollegin, die meine Gruppe netterweise übernommen hat, absuche. Ich kann niemanden entdecken. Sonderbar.

»Ihr habt doch gesagt, dass Sina krank ist.«

»Ist sie ja auch.«, antworten beide Erstklässler wie aus einem Munde.

»Aber wer ist denn dann … ?«

»Danny … «

»Oh, guten Morgen, Janne. Sina ist krank und da dachte ich, ich helfe heute bei Dir aus.«

»Du? Bei mir?«, stottere ich und schaue meine am Boden sitzende Chefin von oben herab an. Eine Mischung aus Lächeln und Grinsen ziert ihr Gesicht. Ihre Augen blitzen vergnügt.

»Ist doch ganz logisch. Ich betreue keine Gruppe und Du bist allein. Wenn ich Dich erinnern darf … «

Das Puppentheater. Natürlich. Ich kratze mich am Kopf. Einen ganzen langen Tag Daniela um mich herum. Das kann ja heiter werden. Verunsichert studiere ich den Ausdruck in ihren Augen, der so warm ist, dass mein Herz augenblicklich einen kurzen Hüpfer einlegt. Der Kaffeebecher in meiner Hand zittert.

Mit »Schau doch, Janne. Unser Bedunienzelt!«, reißt Sabrina, eine der Erstklässlerinnen, mich aus der Erstarrung, in der ich mich für ein paar lange Sekunden befunden habe. Es fällt mir schwer, mich von Danielas Augen zu lösen und meine volle Aufmerksamkeit dem aufgeregt hüpfenden Kind zu widmen.

»Wow.«, sage ich, ehrlich beeindruckt. Das Nebenzimmer unseres Gruppenraums ist nicht gerade klein. Trotzdem ist es Daniela und den Kindern gelungen, den Großteil der freien Fläche in ein überdimensional großes Beduinenzelt zu verwandeln. Das Zeltdach besteht aus Betttüchern, der Boden ist mit dicken flauschigen Decken ausgelegt. Große Bodenkissen verpassen dem Zelt tatsächlich einen erstaunlich realistischen Touch.

»Hilfst Du mir auf?«, fragt Daniela und hält mir ihre Hand hin. Uuh. Ou. Keine gute Idee. Ich beuge mich ihr entgegen und greife nach ihrer Hand. Stechender Schmerz zuckt durch meinen unteren Rücken. Keuchend japse ich nach Luft.

»Alles okay?«

»Rückenschmerzen.«, jammere ich und verziehe schmerzerfüllt das Gesicht.

»Soll ich Dich … ähm … massieren?«, fragt Daniela so dicht neben meinem Ohr, dass ein heißer Schauer meinen Rücken überzieht. Habe ich es doch geahnt, dass es keine gute Idee ist, Daniela gegenüber etwas von meinen Rückenproblemen zu erwähnen.

»Geht schon.«, murmle ich und wende mich, ihren Blick im Rücken, ab. »Ich muss nur ein bisschen aufpassen, wie ich mich bewege.« Daniela nickt verständnisvoll. Ihre Wangen sind gerötet. Süß.

Moment. Süß?!? Daniela ist nicht süß. Sie ist meine Chefin. Chefinnen sind grundsätzlich nie süß. Eher das Gegenteil davon. Trotzdem ist es ja schon irgendwie goldig, wie sie sich darum sorgt, dass ich auch noch ausfalle.

Janne! Meine Hose is nass!«, jault eine der Erstklässlerinnen, die vor ungefähr zwei Minuten vor meiner Nase in eine tiefe Wasserpfütze gesprungen ist. »Außerdem ist es saukalt!« Ach nee. Echt jetzt?!? Na sowas. Genervt rolle ich mit den Augen. Noch ungefähr fünfhundert Meter, dann sind wir endlich im Theater und ich kann mir in den Toiletten die Hosen unserer Kinder vornehmen und sie unter dem Handtrockner trocken föhnen.

Wie kommt es eigentlich, dass sämtliche Kindergartenkinder es schaffen, in ordentlichen Zweierreihen hintereinander her zu laufen während meine Horties wie Kraut und Rüben durcheinander fliegen? Ein bisschen frustrierend ist das schon. Es kommt mir fast so vor, als hätte ich statt meiner Horties fünfundzwanzig pausenlos durch die Gegend springende Duracell-Hasen dabei. Die Kinder sind wie aufgezogen und losgelassen. Nicht nur einmal musste ich während der letzten eineinhalb Stunden einen Brüller loslassen, damit die jungen Damen und Herren meine Anwesenheit überhaupt in irgendeiner Weise wahrnahmen und nicht vor lauter Gekasper auf die viel befahrene Straße stolperten.

»Wer alles nasse Hosen hat kommt mit mir.«, ordne ich harscher als beabsichtigt an. Zwölf aufgeregte Kinder schlurfen, eine feuchte Spur auf dem Boden hinter sich herziehend, mit mir Richtung Damentoilette. Ich trockne eine Hose nach der anderen unter dem Handtrockner, was Gott sei Dank besser geht als befürchtet. Kurz vor Beginn der Vorstellung krieche ich schwitzend und mit hängender Zunge durch den großen Raum, in dem das Puppenspiel aufgeführt wird. Nach meinen Horties Ausschau haltend rudere ich zwischen Kindern und Betreuern aus anderen Einrichtungen und kämpfe mich mühsam vorwärts. Vor der Reihe, die die Hortkinder einnehmen, bleibe ich wie angewurzelt stehen und kneife die Augen zusammen. Genau ein freier Platz ist übrig geblieben. Neben Daniela.

Ich versuche, den herausfordernden Blick, der mir aus ihren Augen entgegen funkelt, zu ignorieren. Seufzend lasse ich mich in den Sitz neben ihr fallen und unterdrücke einen lauten Schrei. Mein Rücken. Wenn ich nicht besser aufpasse und mich noch öfter in Sitze fallen lasse, werden die Schmerzen nie besser. Mühsam um Beherrschung ringend strecke ich meine Beine weit von mir.

Schweiß steht auf meiner Stirn. Zwölf Hosen unter einem Handtrockner trocknen kann ziemlich … erhitzend sein. Daniela holt tief Luft, sagt aber nichts und obwohl ich meine Aufmerksamkeit auf die leere Bühne lenke, bin ich mir ihrer Anwesenheit und den interessierten Blicken sehr bewusst.

Der Theatersaal ist ähnlich aufgebaut wie ein Kino. Die Sessel stehen so nahe nebeneinander, dass es unmöglich ist, Danielas Bein nicht mit meinem zu berühren. Mein Arm ruht auf der Armlehne. Das Licht im Saal geht aus. Einige Kinder tuscheln aufgeregt miteinander. Daniela und ich tuscheln nicht. Dicht an sie gepresst hefte ich meinen Blick weiterhin auf die Bühne. Der Vorhang hebt sich, ein paar Musiker spielen ein bekanntes Kinderlied. Ich schlucke. In mir regen sich Fluchtgedanken. Wohin könnte ich fliehen, ohne dass es auffällt? Auf die Toilette? So tun, als hätte ich Magen-Darm? Einen Kreislaufkollaps vorspielen und mich nach draußen verziehen? Meine

Ideen sind sicher nicht schlecht, aber jeder Mensch mit halbwegs gut funktionierenden grauen Zellen wird mich sofort durchschauen. Mist. Ich schließe die Augen. Die Stelle, an der Danielas Bein meines berührt, fühlt sich warm an. Ebenso der Arm. Mein ganzer Körper fühlt sich warm an.

Ich bin nicht so der Typ, der Berührungen besonders braucht oder mag, es sei denn, ich bin verliebt. Oder scharf. Beides ist nicht der Fall. Ich mag Daniela. Sie ist ein herzlicher Mensch. Mit ihr stundenlang über Gott und die Welt diskutieren macht mir Spaß. Ihre Ansichten decken sich nicht immer mit meinen, was mich dazu bringt, meine Haltung zu überdenken. Sie fordert mich heraus. Aber verliebt? Oder scharf? Auf keinen Fall.

Danielas Hand ist mir so nah, dass die Wärme ihrer Haut auf mich überspringt. Ich hole tief Luft und lasse sie mit einem Seufzen wieder entweichen. Möglichst unauffällig ziehe ich meine Hand weg und lege sie auf meinen Oberschenkel.

7. Danny

Jana ist mir so nah. Ich bräuchte nur meine Hand ausstrecken und auf ihren Schenkel legen. Um uns herum ist es dunkel, die Kinder sind auf das Geschehen auf der Bühne fixiert. Ich auf Jana. Ihr Haar ist vom Regen ziemlich nass. Verdammt! Ich würde zu gerne mit dem Tropfen, der über ihre Wange läuft, tauschen. Er darf ihr nahe sein. Ich nicht. Regentropfen haben es so gut.

Ich bin mir nicht ganz sicher, ob sie mir die Erklärung, warum zwei Erwachsene nebeneinander sitzen, abnimmt. Sie hat nur einmal kurz die Augenbraue hochgezogen und sich dann auf ihren Sitz fallen lassen. Ihre Haut riecht, als hätte sie Sport gemacht. Ich liebe es, wenn Frauen so riechen. Ihre Nähe ist wunderschön und schrecklich zugleich. Welches Stück spielen die eigentlich auf der Bühne?

Wusste ich es doch, dass es keine gute Idee ist, sie einzustellen. Seitdem sie bei uns arbeitet drehen sich meine Gedanken ständig um sie. Wenn wir miteinander am Tisch sitzen, genieße ich jede Minute und ziehe künstlich die Teambesprechungen in die Länge. Ist sie nicht in meiner Nähe frage ich mich, was sie wohl macht. Ich kann mich nur noch schwer auf etwas anderes konzentrieren. Mein Herz fängt an, sich immer mehr nach ihr zu sehnen. An manchen Tagen ist es so schlimm, dass ich es als Segen empfinden würde, wenn die Wochenenden etwas kürzer wären.

Jana rutscht in ihrem Sitz herum. Es gefällt mir, wenn sie konzentriert ist. Dann hat sie immer so einen besonderen Ausdruck in den Augen und manchmal schiebt sich sogar die Spitze ihrer Zunge über ihre Lippen. Ein Fest für meine Sinne, die mich während der letzten Monate schon das eine oder andere Mal in komische Situationen gebracht haben.

Als sie vor ein paar Stunden über Rückenschmerzen klagte, bin ich so erschrocken, dass ich mich dazu habe hinreißen lassen, ihr eine Massage anzubieten. Hallo?!? Meiner Angestellten. So etwas ist mir noch nie passiert. Ich kann auch nicht wirklich sagen, wie es dazu kam. Es war einfach so und fühlte sich in diesem Moment völlig richtig an für mich. Für Jana anscheinend aber nicht. So schnell konnte ich gar nicht schauen, wie sie sich zurückzog, dabei habe ich es wirklich nur gut gemeint. Ich weiß, wie schrecklich Rückenschmerzen sein können. Außerdem sind zwei lädierte Betreuerinnen aus einer Gruppe so ziemlich der Super GAU, den ich um jeden Preis vermeiden will. Vermeiden muss.

Also ist es doch nur natürlich, dass ich ihr meine Hilfe angeboten habe. Lauter Applaus brandet auf. Die Kinder um mich herum stampfen begeistert. Jana stößt einen schrillen Pfiff aus. Im Gegensatz zu mir scheint sie tatsächlich etwas von dem Stück mitbekommen zu haben. Ich habe nur ihre Anwesenheit und die betörende Nähe ihres warmen Körpers mitbekommen. Ihr Bein an meinem, ihre Hand nur wenige Zentimeter von meiner entfernt, ihren Oberarm und ihre Schulter, die meine zwangsläufig berühren mussten. Mein Körper fühlt sich heiß an. Und ungewohnt kribbelig.

Ich habe nicht viele Möglichkeiten, ihr so nahe zu sein. Umso mehr genieße ich die Wärme, die von ihrem Körper auf meinen überspringt. Vielleicht wäre es besser gewesen, wenn ich ihr statt des Arbeitsvertrags ein Date angeboten hätte? Was habe ich nur angerichtet? Wie kann man so doof sein und sich selbst einen Keuschheitsgürtel verpassen? Jana ist tabu. Sagt mein Kopf. Mein Herz und mein Körper …? Nun ja, die sagen etwas völlig anderes.

Hunderte Kinderstimmen schreien nach einer Zugabe. Das ist meine Chance. Das Licht im Saal ist noch aus. Ich könnte einfach meine Hand ausstrecken und auf Janas Oberschenkel legen. Oder mich zu ihr beugen und mir einen Kuss klauen.

Ich muss verrückt sein. Vollkommen verrückt, aber für meine Sehnsucht kann ich doch nichts. Ich möchte sie so gerne berühren, ihr nahe sein und … Es ist nicht so, dass ich nur ihren Körper will. Jana ist eine interessante und vielschichtige Frau. Ich kann mir nichts schöneres vorstellen, als … Wenn das so weitergeht werde ich irre. Unter all den Frauen, mit denen ich zu tun habe, muss ich mich ausgerechnet in die verlieben, die unerreichbar für mich ist. Vielleicht habe ich einen Knacks? Und verliebe mich deshalb nur in Frauen, die nichts von mir wollen? Es ist auch bei mir angekommen, dass Angestellte tabu sind. Trotzdem … Ich könnte ausflippen. Meine Lippen fühlen sich heiß an. Sie sind schon viel zu lange ungeküsst.

Ha! Genau das ist der Grund, warum ich so heftig auf Jana reagiere, dass ich jegliche Kontrolle über mich verliere und Gefahr laufe, den größten Fehler meines Lebens zu begehen. Einen Fehler, der alles zunichte machen könnte, was ich mir mit viel Ausdauer und noch mehr harter Arbeit aufgebaut habe.

Egal wie reizvoll der Gedanke, Jana zu küssen auch ist, ich muss mich beherrschen. Meine Gefühle, aber vor allem meine Hormone unter Kontrolle bringen. Schaffe ich das nicht, werde ich Jana in eine andere Einrichtung versetzen müssen.

Warum tut die Vorstellung, sie nicht mehr jeden Tag sehen zu können, nur so unglaublich weh? Wie praktisch, dass ein Wochenende vor uns liegt. Zwei Tage Zeit, an denen ich mich beruhigen und mir einen Plan machen kann, wie ich die nächste Zeit möglichst unbeschadet überstehe.

Ich bin dann jetzt weg!«, ruft Jana durchs Haus. Ich atme tief durch und erhebe mich langsam aus meinem Stuhl. Eigentlich sollte ich froh sein, dass sie in den Feierabend geht, aber irgendwie bin ich es nicht. Im Gegenteil. Viel lieber als sie gehen zu lassen würde ich sie auf einen Kaffee zu mir bitten und sie in ein Gespräch verwickeln. Normalerweise haut sie nie sofort nach Dienstende ab. Hat sie noch etwas vor? Ein Date vielleicht?

Mein Bauch krampft sich schmerzhaft zusammen. Mit beiden Händen kralle ich mich an der Lehne meines Stuhls fest.

»Janne, warte noch kurz, bitte!«, krächze ich mehr als dass ich rufe. Ich reiße die Tür auf und rufe noch einmal. Jana dreht sich um und schaut mich von unten herauf an. In ihrem Blick sehe ich Überraschung und einen Hauch Verständnislosigkeit.

»Hast Du noch ein paar Minuten? Ich muss noch etwas mit Dir besprechen.«

Sie zuckt mit den Schultern, legt ihre Tasche neben der Treppe ab und läuft ziemlich schnell zu mir herauf. Ihr langes dunkelblondes Haar wippt bei jedem Schritt. Sexy schaut sie aus. Sie hat sich umgezogen und trägt einen eleganten Hosenanzug. Sogar einen Hauch Make-up hat sie aufgelegt. Ihre Augen leuchten und blitzen. Mein Herz stolpert ungefähr genauso wie ich über meine Worte. Mein Mund fühlt sich trocken an. Staubtrocken, genau genommen.

»Tut mir leid, Danny, ich kann heute nicht so lange. Ich habe noch etwas vor.«

»Etwas vor?«, kiekse ich. Meine Stimme klingt ziemlich dünn. Und brüchig. Ich will nicht, dass sie etwas vorhat. Vor allem nicht mit einer anderen Frau.

»Ich lege heute Abend bei einer Hochzeit auf. Und da muss ich pünktlich sein. Was wolltest Du mit mir besprechen?«

»Äh, so wichtig ist es doch nicht, glaube ich. Dann wünsche ich Dir ein schönes Wochenende. Bis Montag.«

Jana schaut mich an. Unendlich lang. Und mindestens genauso fragend. Ihren Blick standhalten halte ich nicht aus. Beschämt schaue ich zur Seite und lasse sie ohne ein weiteres Wort stehen. Ich muss nicht sehen, wie sie den Kopf über mich schüttelt und sich an der Stirn kratzt, wie sie es oft macht, wenn sie nicht genau weiß, was sie sagen soll.

»Verdammt! Verdammt! Verdammt!«, knurre ich leise, kaum dass die Tür hinter mir ins Schloss gefallen ist. Warum kann ich mich in Janas Nähe nicht wie die erwachsene Frau benehmen, die ich bin? Sobald sie auch nur im gleichen Raum wie ich ist, drehen die Synapsen in meinem Kopf durch und erzeugen ein Wirrwarr, das jegliche Form rationalen Denkens ausschaltet.

Normalerweise bin ich weder ein Herzmensch, der sein Hirn ausschaltet, noch ein hormongesteuerter Vamp. Aber… Verdammt! Mit beiden Händen zerre ich den Stuhl zu mir und falle mit einem Seufzen in das weiche Leder. Meinen Kopf lege ich auf der Tischplatte ab. Die Kühle des Materials tut gut.

Es klopft an der Tür. Augenblicklich legt mein Herz einen Spurt ein, der mich nach Luft ringen lässt. Sie wird doch nicht …? Ob das tatsächlich Jana ist?

»Hey, Maus! Wie wäre es, wenn wir langsam gehen? Es ist Wochenende! Du weißt schon noch, was das ist, ein Wochenende, oder?«, neckt Claudia mich fröhlich, während sie der Tür hinter sich einen beherzten Fußtritt verpasst.

»Klar weiß ich das.«, knurre ich. Wochenende bedeutet zwei Tage ohne Jana. Zwei furchtbar lange Tage. In Gedanken habe ich schon die Stunden bis Montag addiert. Es sind mindestens sechzig. Sechzig Stunden. Mal sechzig Minuten ergibt … Eine viel zu lange Zeit.

»Was ist los mit Dir, Maus? Keinen Bock auf Wochenende?«

»Doch. Schoooon … «, antworte ich gedehnt. Früher habe ich mich immer aufs Wochenende gefreut. Früher war ich aber auch noch ein junger Hupfer und habe

Freitag und Samstag die Nacht zum Tag gemacht. Außerdem kannte ich da Jana noch nicht.

»Weißt Du was, Maus?«

Genervt rolle ich mit den Augen und werfe verzweifelt die Arme in die Luft. Wann rafft Claudia endlich, dass mich dieses Maus-Getue jedes Mal auf die Palme bringt? Was auch immer sie vorschlagen wird, ich werde ablehnen. Ich habe keine Lust auf einen ihrer bescheuerten Einfälle. Trübsal blasen ist das, was ich dieses Wochenende machen will. Und werde. Punkt.

»Es wird Zeit, dass Du mal wieder unter die Leute kommst.«

Ich habe es geahnt. Konnte ja nichts anständiges kommen.

»Aber vor allem wird es Zeit, dass Du Dir endlich eine Frau anlachst. Dieses sieben-Tage-Regenwetter-Gesicht ist ja schrecklich.«

»Du musst es Dir ja nicht anschauen. Außerdem habe ich Liebeskummer, da wird es doch wohl erlaubt sein … «

Mist! Verdammter! Ich bin so ein Mondkalb. Statt Claudia eine ordentliche Abfuhr zu erteilen, präsentiere ich ihr den Grund für meine nicht gerade überschäumend gute Laune auf dem Silbertablett. Das ist wieder so typisch für mich. Herz an, Hirn aus. Oder so ähnlich.

»Ich habe das perfekte Mittel gegen Liebeskummer. Wir gehen Party machen. Und dann reißen wir eine tolle Frau für Dich auf. Du wirst sehen, auch andere Mütter haben gut aussehende Töchter und andere Töchter haben gut aussehende Mütter.«

Ich will aber keine gut aussehenden Töchter anderer Mütter. Ich will auch keine gut aussehenden Mütter anderer Töchter. Außerdem will ich bestimmt nicht Party machen gehen. Zu genau kann ich mich noch an mein letztes Mal bei einem Frauenfest erinnern. Ich kam mir vor wie Frischfleisch beim Fleischbeschau. Lauter obercoole und superlässige Lesben saßen dicht aneinander gedrängt an viel zu kleinen Tischen, standen an der Seite der Tanzfläche oder wiegten sich zu den lauten Rhythmen, die aus riesigen Boxen wummerten. Sobald sie eine unbekannte und nicht ganz hässliche Frau erspähten stürzten sie sich auf das arme Wesen. Jagd im Rudel scheint tatsächlich viel mehr Spaß zu machen, als einzeln. Konnte eine der Frauen bei der schönen Unbekannten landen wurde ihr Erfolg mit lautem Gejohle gehuldigt. Nein danke. Eine Nacht bei einer Szeneveranstaltung ist so gar nichts für mich. Ich mag es nicht, wie Frischfleisch angestarrt zu werden.

Außerdem kann ich Sprüche wie »Na, holde Maid, so ganz alleine hier?« oder Kommentare, die meine Augen, meine Figur oder mein gepflegtes langes Haar betreffen nicht leiden. Wenn schon weggehen, dann ganz gepflegt. Irgendwo schön Essen gehen, dann vielleicht noch ins Kino oder so, aber wie ich Claudia kenne, schwebt ihr so ein Abend nicht vor. Ihr Blick spricht Bände.

»Vergiss es, Maus. Nix Essen gehen und Kino. Wir beide gehen morgen Party machen. Und ich weiß auch schon wohin.«

»Zu einer Ü-30 Party etwa?«, frage ich hoffnungsvoll. Obwohl ich solchen Veranstaltungen nicht viel abgewinnen kann, finde ich sie lässiger und angenehmer als ein Frauenfest. Ich bin nicht auf der Suche nach einem Mann, was es mir sehr viel leichter macht, einen entspannten Abend zu verbringen und den Männlein und Weiblein auf der Suche nach einem passenden Opfer für ihren Paarungstanz zuzuschauen. Doch, so eine Ü-30 Party hat durchaus so ihren Reiz.

»Diesmal nicht. Wir gehen zu einem Frauenfest.«

»Bitte nicht.«, flüstere ich tonlos, aber meine Worte verhallen ungehört.

»Und was ist, wenn Janne auflegt? Ich will nicht, dass sie uns für Stalkerinnen hält.«

»Hmh … Wirf mal Google an, dann sehen wir gleich, wie groß die Gefahr ist, ihr über den Weg zu laufen. Du magst sie wirklich, oder?«

Ich hefte meinen Blick auf den Monitor vor meiner Nase und beobachte, wie sich die gesuchte Seite langsam aufbaut.

»Danny?«

»Ja! Ja verdammt! Ich finde sie nett.«

»Nur nett? Und dann machst Du so einen Aufstand?«

»Na gut. Wenn Du darauf bestehst … etwas mehr als nett.«

»Du findest sie heiß. Mir gegenüber kannst Du das doch ruhig zugeben. Du weißt, dass ich niemals jemandem etwas sagen würde.«

Obwohl Claudia mir manchmal wie ein Double von Else Kling aus der Lindenstraße vorkommt, weiß ich natürlich, dass sie nie etwas weitertratschen würde, was ich ihr im Vertrauen erzähle. Trotzdem … habe ich kein Interesse daran, mein Seelenchaos vor ihr auszubreiten. Wenn ich meine Gefühle verschließe sind sie vielleicht irgendwann einfach weg.

»Also, halten wir fest … Du findest sie heiß. Ich kann Dich sogar verstehen. Janne sieht richtig gut aus. Ganz blank im Oberstübchen ist sie auch nicht. Apropos … Hast Du sie vorhin gesehen? Der Hosenanzug … Wow … «

Verzweifelt ringe ich nach Luft. Natürlich habe ich Jana in ihrem Wahnsinnsoutfit gesehen. Aber nicht nur das. Ich habe sie gespürt. Ihre Nähe. Das Strahlen in ihren Augen, das sich bis in mein Herz gebohrt hat. Aber vor allem habe ich meine zitternden Beine wahrgenommen. Und mein leeres Hirn, das nur noch zu fatalen Gedanken in der Lage war. Oh ja, ich habe sie gesehen und am liebsten hätte ich sie in meine Arme gezogen und flach geleg …

»Okay, Du bist tatsächlich liebeskrank.«

Siehst Du? Völlig unzurechnungsfähig. Endlich hast Du es verstanden. Können wir dann jetzt gehen, damit ich endlich in mein Wochenende starten kann? Irritiert halte ich inne und starre Claudia an. Meine Kollegin legt vertraulich ihren Arm um meine Schultern und schenkt mir einen Blick, der wahrscheinlich »Erzähl Tante Claudia, was Dich quält. Tante Claudia findet immer eine Lösung. Du wirst sehen.« aussagen soll. Sie grinst verschmitzt. Mir ist so überhaupt nicht nach Grinsen zumute.

»Ha! Wusste ich es doch! Sie legt nicht auf! Siehst Du?«, poltert Claudia und tippt immer wieder auf den Namen und das Gesicht der DJane, die morgen beim Frauenfest auflegen wird. Na halleluja, bleibt mir wenigstens das erspart.

»Oh, cool. Eine Black and White Party. Kommst Du in weiß, oder soll lieber ich?«

»Ich habe nichts weißes. Also … «

»Hör zu, Maus. Ich werde Deine Ritterin in weißer Rüstung sein und Dich gegen alle Frauen verteidigen, die Dich unerlaubt anmachen. Okay?«, erklärt sie, als sie die Unsicherheit in meinen Augen bemerkt.

»Du musst mal raus. Wie willst Du jemanden kennenlernen, wenn Du Dich einigelst und niemandem Zutritt zu Deinem Königreich gewährst?«

»Ich würde ja … «

»Natürlich würdest Du und genau deswegen werden wir beide morgen losziehen. Einen Abend lang lässt Du Janne mal außen vor. Verstanden?«

Unschlüssig stehe ich vor dem Kleiderschrank. Was soll ich anziehen? Lässig? Oder doch eher heiß? Hosenanzug oder Kleid? Was trägt man bei einer Black and White Bagger-Party? Früher war ich gerne ab und zu bei Szeneveranstaltungen unterwegs, bin aber mittlerweile leider ziemlich aus der Übung. Ob sich die Gepflogenheiten verändert haben? Oder sind die Strukturen immer noch gleich? Neue Frau, Glotzer auf und einmal von oben bis unten abgecheckt. Mich gruselt bei der Vorstellung. Gott seis getrommelt und gepfiffen habe ich wenigstens Claudia als Wingwoman dabei. Dass sie mir ihr Wort gegeben hat, auf mich und mein Höschen aufzupassen, gibt mir wenigstens ein bisschen Sicherheit.

Wie werden die Frauen auf mich reagieren? Zur Abwechslung stehe ich vor dem Spiegel und unterziehe meinen Körper intensiver Begutachtung. Ich habe Fett angesetzt. Vor allem über dem Nabel. Nicht besonders viel, aber trotzdem leider nur zu gut sichtbar. Sämtliche Lieblingsshirts liegen so eng um meinen Bauch und meine Brüste, dass man sie für eine zweite Hautschicht, die die Fettschicht sicher überspannt, halten könnte.

Bin ich ein Wal oder was? Hey, Greenpeace! Rettet die Wale! Ich bin gestrandet! Ich lache. Laut. Aber vor allem ziemlich hysterisch. Vor ein paar Jahren war ich mir noch sicher, dass ich, wenn ich wollte, auf jeden Fall eine Frau mit nach Hause nehmen konnte … Heute sieht die Sache minimal anders aus. Ich bin älter geworden, habe die dreißig vor drei Jahren überschritten. Meine Haare sind nicht mehr komplett dunkelbraun. An manchen Stellen blitzt unübersehbar das zunehmende Alter hervor. Anfangs habe ich mir noch die Mühe gemacht, die einzelnen Strähnen mit einer Pinzette auszurupfen, was aber eine ziemlich langwierige, aber vor allem ziemlich schmerzhafte Angelegenheit ist. Mittlerweile sehe ich es etwas gelassener und klatsche einmal im Monat eine Tube farbigen Ammoniak auf meinen Kopf. Ist zwar nicht so gut für meine Kopfhaut, die auch ohne Ammoniak ziemlich trocken ist, aber eben … Hauptsache die Haare sind dann wieder braun. Wer schön sein will muss eben manchmal leiden.

Da! Schon wieder ein neues graues Haar. Wie kann das sein? Ich habe doch erst letzte Woche gefärbt. Mist. Wo eines ist sind meistens noch mehr. Ich kann auf keinen Fall zu dieser Party gehen. Das wird so peinlich. Oh nein. Ich bleibe daheim.

»Maus! Bist Du fertig?«

Claudia! Was?!? So spät schon? Ich dachte, ich hätte noch ewig Zeit. Bevor Claudia vor meiner Wohnungstür noch lauter schreit, grapsche ich den Bademantel und werfe ihn mir notdürftig über.

»Warum schreist Du hier so rum?«, schimpfe ich und reiße die Tür auf.

»Wow! Ich dachte, Du gehst in schwarz. Wobei … das Weiß steht Dir auch hervorragend. Ob allerdings ein Bademantel … «

»Sei still und komm rein. Ich habe eine klitzekleine Kleiderkrise!«

»Warum wundert mich das nicht? Was steht zur Auswahl?«

Mit Claudia, die in ihrem weißen Anzug mit Sicherheit ein Magnet für die hiesige Frauenwelt wird, im Schlepptau tappe ich ins Schlafzimmer und halte ihr ein Outfit nach dem anderen unter die Nase.

»Anziehen! Das, das und das!«, kommandiert meine Kollegin und langjährige Freundin gnadenlos und stemmt abwartend die Arme in die Seiten.

»Alle?«, kiekse ich. Das artet ja richtig in Stress aus. Wenn ich es mir so recht überlege, glaube ich, dass meine Idee, das Wochenende auf dem Sofa zu verbringen, doch nicht so ganz schlecht war. Ich hätte meine Wohnungstür verrammeln sollen, dafür sorgen, dass Claudia die Schwelle nicht übertritt. Aber … Argh.

»Natürlich alle. Und dann suchen wir das beste raus. Du willst die Frauen doch aus den Latschen hauen, also zier Dich nicht so.«

Die Bässe hämmern so laut, dass sie bis auf die Straße zu hören sind. Obwohl ich Claudias Idee, heute hierher zu kommen und eine neue Frau für mich zu suchen (oder aufzureißen, wie Claudia es nennt) immer noch für eine Schnapsidee halte, bringen Aufregung und Vorfreude langsam aber sicher mein Herz zum Hüpfen. Ganz unrecht hat sie ja nicht. Ich kann nicht ewig Zuhause sitzen und mir ausmalen, wie schön es wäre, wenn Jana und ich …

Nein! Heute mal keine Jana. Wenigstens die paar Stunden will ich ganz bei mir sein. Und ich werde den Abend genießen, mich den heißen Rhythmen hingeben und sicher nicht abweisend reagieren, wenn eine Frau mir einen Drink spendieren will.

»Servus! Habt einen schönen Abend.«

Die Security-Frau, eine große und trainierte Frau mit kantigem Gesicht und leuchtenden Augen, lässt sich die Stempel zeigen und lotst ein Pärchen nach dem anderen in den Innenbereich des Clubs. Sobald sie die Tür öffnet schwappt aufgeregtes Stimmengewirr auf die Straße.

»Na hallo, wen haben wir denn da? Du bist aber schon noch ein bisschen zu jung, oder?«, sagt sie und schaut mich aufmerksam an. Claudia krallt sich an meinem Ärmel fest. Ihr Lachen ist laut. Und überhaupt nicht auffällig. Ich würde am Liebsten im Erdboden versinken. Claudia ist so peinlich. Und überhaupt … Ich bin definitiv älter als siebzehn. So eine Schleimerin.

Ich werfe der Security-Frau einen ärgerlichen Blick zu und will mich an ihr vorbeischieben.

»Deinen Ausweis hätte ich gerne.«

»Also hör mal … «

»Zutritt erst ab achtzehn.«

Oh man. Genervt schüttle ich den Kopf. Claudia lacht und wiehert. Von ihr habe ich also keine Hilfe zu erwarten.

Ich beuge mich ein Stück zu der Security-Frau vor und zische: »Ich bin über dreißig und jetzt lass mich gefälligst rein!« Gerade noch von Vorfreude und Aufregung getragen, rutscht meine Stimmung langsam wieder Richtung Nullpunkt.

»Oh, sorry. Tut mir leid. Ich dachte halt … Du schaust so jung aus … Sorry nochmal.«

Peinlich berührt macht die Security-Frau einen Schritt zur Seite und gibt den Eingang für uns frei. Ihre Augen spüre ich über meine Rückseite gleiten. Als die Tür endlich hinter Claudia und mir ins Schloss fällt, atme ich erleichtert auf.

»Siehst Du? Das war doch schon mal gar nicht so ganz schlecht.«, sagt Claudia und hakt sich lachend bei mir ein. Gar nicht mal so ganz schlecht. SO kann man es auch sagen, wobei gar nicht mal so ganz schlecht meilenweit von dem entfernt ist, wonach ich mich sehne.

Meine Augen gleiten durchs Foyer. Wie ich schon gedacht habe. Rechts und links lehnen jede Menge supercooler Lesben an den Wänden und taxieren die Neuankömmlinge mit ihren Blicken. Obwohl ich im Job jeden Tag meinen Mann stehe fühle ich mich erstaunlich unsicher. Mit kleinen Schritten tappe ich hinter Claudia her, drücke der Frau an der Garderobe meinen Mantel in die Hand und suche heimlich nach einer Fluchtmöglichkeit.

So viele Frauen. Und alle auf der Suche nach der ganz großen Liebe, oder zumindest einer Frau, mit der sie sich die Nacht versüßen können. Einzeln oder in kleinen Grüppchen stehen sie beieinander. Kein neues Gesicht entgeht ihrer Aufmerksamkeit. Eine große Frau mit kurzen dunklen Haaren schenkt mir ein Lächeln. Ihr Blick gleitet über meinen Körper. Ich fühle mich nackt. Verdammt nackt sogar. Hätte ich doch bloß den Hosenanzug angezogen.

»Lass uns reingehen!«, sagt Claudia und legt besitzergreifend ihren Arm um meine Schultern. Dankbar lächle ich sie an. Die große Dunkelhaarige zieht die Augenbrauen hoch, lässt mich aber trotzdem nicht aus den Augen. Als ich an Claudias Arm an ihr vorbeigehe, pfeift sie leise.

Die Bässe wummern so sehr, dass der Boden vibriert. Die DJane legt einen harten Beat auf. Hunderte Körper bewegen sich. Die einen im Takt, die anderen nicht so ganz … im Takt. Eine Nebelmaschine verteilt weißen Qualm im

Raum, der so beißend ist, dass ich überrascht nach Luft schnappe.

Körper pressen sich aneinander. Keine zwei Meter entfernt übt ein Pärchen den tänzerischen Nahkampf. Die Frau in Weiß umgarnt ihre Partnerin und wirbelt wie ein Irrwisch um sie herum. Mit einer schnellen Bewegung legt sie ihren Schenkel um das Bein ihrer Tanzpartnerin. Die große Frau in Schwarz fängt ihre Drehungen locker auf und presst ihren Körper an sie. Lautes Lachen weht zu mir herüber. Die Luft vibriert. Es riecht nach … Alkohol. Und nach … Erschüttert halte ich einen Augenblick inne. Doch. Es stimmt. Es riecht nach Lust. Und nach Sex.

Mir wird heiß. Mein Herz klopft schneller. Viel schneller. Meine Augen irren durch den Raum. Um mich herum tanzen Paare. Die einen eng umschlungen, die anderen mit einem gewissen Sicherheitsabstand. Gleißendes Licht trifft mich. Unfähig mich zu entscheiden, wohin ich als erstes schauen soll, klammere ich mich an Claudias Arm fest.

»Lass uns ein Stück mehr Richtung Bar gehen!«, brüllt Claudia. Sie ist es gewohnt, sich gegen fünfundzwanzig lärmende Kinder, deren Geräuschpegel oft locker mit einem Presslufthammer mithalten kann, durchzusetzen. Trotzdem hat sie Mühe, die wummernden Bässe zu überbrüllen.

Ich nicke zaghaft. Solange Claudia mich nicht einfach alleine stehenlässt ist mir alles recht. Mit zitternden Beinen durchquere ich an ihrer Seite die überfüllte Tanzfläche und bleibe schwer atmend an der Bar stehen.

Der erste Drink brennt in meinem Rachen. Eigentlich wollte ich ja Cola mit Rum haben und nicht Rum mit Cola. Ich werfe Claudia einen strafenden Blick zu, doch die zuckt nur lachend mit den Schultern. Obwohl ich mich innerlich dagegen wehre, kann ich es nicht verhindern, dass meine Beine zu wippen beginnen. Der zweite Drink rutscht schon sehr viel lockerer durch meine Kehle. Meine Füße bewegen sich schneller. Die Musik. Die schwere Luft. Die vielen tanzenden Frauen um mich herum. Ich jauchze vergnügt.

Die DJane schreit ins Mikro: »Seid Ihr alle gut drauf?«

Ich schreie genauso laut wie all die anderen Frauen »Ja!«

»Für die Pärchen unter Euch nun ein langsamerer Song!«, schreit die DJane. Ich hebe meinen Kopf. Und erstarre. Meine Füße sind wie festgeklebt. Meine Augen wie gebannt auf das Pult geheftet, hinter dem die DJane eindeutig mit anderen Dingen als ausschließlich auflegen beschäftigt ist.

8. Janne

Jaaaa!«, brüllt die Masse. Wie immer, wenn ich so einstimmige Rückmeldung bekomme, rasen die Endorphine durch meinen Körper. Es macht mir Spaß, den Frauen dabei zuzuschauen, wie sie sich den Beats, die ich am Pult erzeuge, hingeben. Heiße Körper, eng aneinander gepresst, lassen die Luft vibrieren. Der schwere Dampf aus der Nebelmaschine wabert mir um die Nase.

An meinem Hals hängt eine junge Blondine. Sie hat sich das langsamere Lied gewünscht. Ihre Zunge schiebt sich in meinen Mund. Ich stöhne. Und presse mich an sie. Sie weiß genau, wie sie ihre Reize einsetzen muss, um zu bekommen, was sie will. Im Moment will sie offensichtlich die DJane. Mit einem Ruck reißt sie die Knöpfe meiner Jeans auf. Ich schnappe nach Luft. Kalte Finger schieben sich unter den Bund meines Slip. Kalte Haut trifft auf heiße. Kraftvoll drückt sie mich gegen die Wand in meinem Rücken. Ich presse mich an sie. Und lege den Kopf in den Nacken. Gott sei Dank hört niemand mein Stöhnen. Ich bin wie Wachs in ihren Händen und zerfließe unter ihren Berührungen. Ihre Finger gleiten tiefer, umkreisen den Eingang zu meiner intimsten Stelle. Sie weiß sehr genau, was sie tut. Meine Hand zuckt vor, krallt sich an ihrer Schulter fest. Ich zittere und bebe. Sie soll mich nehmen. Jetzt sofort. Niemand kann uns sehen. Etwas weiter als bis zur Hüfte ist der DJ-Bereich uneinsehbar. *Mach schon endlich.* Ich greife nach ihrer Hand und schiebe sie, von lautem Stöhnen begleitet, noch tiefer. Ihr Finger gleitet in mich.

Ich werfe meinen Kopf herum. Und da sehe ich sie. Wie angewurzelt steht sie vor mir und starrt mich aus weit aufgerissenen Augen an. Claudia. Und neben ihr … Danny. Keine fünf Meter von mir entfernt bekommen sie alles mit, was die blonde Schönheit, deren Namen ich schon wieder vergessen habe, mit mir macht.

Nie wieder werde ich den Ausdruck in Dannys Augen vergessen. Das weiß ich. Schon jetzt.

Die blonde Schönheit müht sich in meinen Jeans ab. Aber ich bin trocken. Staubtrocken. Wie die Wüste Gobi. Sie tut mir weh. Vehement den Kopf schüttelnd greife ich nach ihrer Hand und zerre sie aus meiner Hose.

»Verpiss Dich!«, schnauze ich sie an und schubse sie aus dem Bereich, der eigentlich nur den Djs vorenthalten ist.

Meine Augen gleiten über die Tanzfläche zur Bar und den Sitzgelegenheiten an den Seiten. Von Claudia und Daniela ist nichts mehr zu sehen. »War ja klar!«, knurre ich mit vor Sarkasmus triefender Stimme vor mich hin.

Was eine blöde Situation. An diesem Wochenende sind bestimmt fünfzig oder mehr Veranstaltungen in München und dann müssen die zwei ausgerechnet hier aufschlagen. Als ob das noch nicht reicht suchen sie sich auch noch den perfekten Moment aus. Wenn ich den Ausdruck in ihren Augen richtig interpretiert habe … Mist! Was haben Claudia und Daniela gesehen? Wie soll ich den Beiden jemals wieder unter die Augen treten? Herrgott! Ist das eine Scheiße. Ich muss mit ihnen reden. Sofort.

Ohne auf meine Umgebung zu achten lege ich meine Pausenplaylist ein, schmeiße meinen Kopfhörer in die Ecke und renne los. Obwohl ich wild mit den Armen rudere ist es gar nicht so ganz einfach zum Ausgang zu kommen. Frauen tanzen mich an oder verstellen mir den Weg, dass es eine gefühlte Ewigkeit dauert, bis ich endlich den Ausgang erreiche. Schwer atmend mache ich mich lang und spähe in alle Richtungen. Nichts. Weder Claudia, noch Daniela. Wie haben die das nur geschafft, so schnell zu sein? Einfach in Luft aufgelöst werden sie sich ja wohl nicht haben. Oh man, ich bin so ein Mondkalb.

Da habe ich endlich einen Job, der mir so richtig gefällt und dann treibe ich es vor den Augen meiner Chefin und ihrer Stellvertreterin. Noch peinlicher geht eigentlich nicht.

Ich könnte mich … Schwungvoll kicke ich einen imaginären Stein durch die Luft.

»Alles klar bei Dir, Janne?«

»Frag lieber nicht.«, erwidere ich und schaue die Türsteherin, hilflos mit den Schultern zuckend, an. »Ich habe Scheiße gebaut und zwar so richtig.«

»Na, das ist jetzt nicht so die große Neuigkeit. Passiert Dir doch öfter mal.«

»Schoooon.«, antworte ich gedehnt. »Aber nicht so.« Ich drehe meinen Kopf von einer Seite auf die andere aber Claudia und Daniela sind und bleiben wie vom Erdboden verschluckt. Übellaunig fluche ich vor mich hin.

»Was hast Du diesmal angestellt?«

»Ach … Ich habe mich nur dabei erwischen lassen, wie ich es mit einer kessen Blonden getrieben habe.«

»Oh. Uubs. Aber immer noch kein Grund, so am Rad zu drehen, wie Du es gerade tust. Ist uns doch allen schon mal passiert, oder?«

»Mir nicht. Bis gerade eben zumindest. Du hättest das Gesicht von meiner Chefin sehen sollen … Sie hat mich angeschaut, als sähe sie den Teufel in Menschengestalt.«

»Moment! Nur, dass ich das richtig verstehe … Deine Chefin hat Dich … erwischt? Ich glaube es nicht.«

»Du bist so ein Arsch, Laura. Statt Dich hier über mich kaputt zu lachen könntest Du mir auch sagen, was ich jetzt tun soll.«

»Ich fürchte … haha … Du bist der Brüller, Janne, echt.«

Wut kocht in mir hoch. Warum kann Laura sich nicht ausnahmsweise mal so verhalten, wie man es von Freundinnen erwartet und mir zur Seite stehen, wenn ich sie brauche?

»Und jetzt suchst Du nach Deiner Chefin?«

»Japp! Hast Du sie vielleicht gesehen?«

Mit wenigen Worten beschreibe ich Claudia und Daniela. Laura verzieht die Mundwinkel zu einem Grinsen. Ihre Augen blicken mich jedoch nachdenklich an.

»Oh je. Ich fürchte, wir haben Deine Freundin … «

»Sie ist nicht meine Freundin!«, knurre ich. »Sie ist nur meine Chefin. Aber schön, dass Du Deinen Spaß hast!«

»Sorry, Janne. Aber die Vorstellung ist echt lustig. Allerdings fürchte ich …, dass Du keine Chance mehr hast, sie einzuholen. Vor ein paar Minuten sind die zwei Grazien wie Raketen kurz nach dem Start hier raus gestürmt. Die sahen wild entschlossen aus. Vor allem die eine. So eine kleinere Dunkelhaarige, die sich vorhin verweigert hat, mir ihren Ausweis zu zeigen! Die andere ist hinter ihr her gerannt und hat auf sie eingeredet.«

»Du hast den Ausweis verlangt? Mann, Laura!«

»Kann ich ja nicht wissen. Und das eine oder andere Mal hat es tatsächlich funktioniert.«

»Du und Deine bescheuerten Landeanflüge. Dass da überhaupt eine Frau drauf anspringt … Unglaublich. Wo sind die zwei hin, Laura?«

»Richtung U-Bahn!«, sagt die Türsteherin und ich laufe los.

»Warte, Janne! Das bringt nix. Die U-Bahn ist vor ein paar Sekunden abgefahren. Und ganz ehrlich, die kleine Dunkelhaarige war so in Rage, die würde notfalls zu Fuß durch den Tunnel rennen.«

Als wäre ich gegen eine nicht vorhandene Wand gelaufen falle ich in mich zusammen und lasse die Arme hängen. Wahrscheinlich hat Laura recht. Daniela sah jetzt nicht so aus, als würde sie das, was sie gesehen hat, einfach locker wegstecken. Was habe ich angerichtet? Und vor allem … wofür das Ganze?

Frustriert schiebe ich mich an Laura vorbei durch den Eingang. Jeder Schritt durch die feiernden Frauen ist eine einzige Qual. Die knisternde Erotik, die sonst gerne mal dafür sorgt, dass heiße Schauer meinen Körper in Aufregung versetzen, regt mich nur noch auf. Ich will hier weg. Aber … die Nacht ist noch jung und mein Job, den ich heute ausnahmsweise für eine erkrankte DJane übernehme, noch lange nicht erledigt.

D*er Geist ist willig, das Bett ist warm*, denke ich und drehe mich brummelnd auf die andere Seite. Außerdem ist heute … ein Scheißtag. Montag. Der erste Montag seit …

Oh nein. Stimmt ja. Da sehe ich sie auch schon wieder. Danielas Augen. Dominanter und entsetzender als alles, was ich bisher gesehen habe – und ich habe schon viel gesehen. Sehr viel sogar. Mit beiden Händen ziehe ich das Kissen unter meinem Kopf hervor und stülpe es über mich. Wenn ich das nervige Klingeln meines Weckers nur lange genug ignoriere, vergeht dann die Woche, ohne dass ich zur Arbeit gehen muss? Und vor allem ohne große Katastrophen und ohne, dass ich wieder etwas Dummes anstelle oder jemanden verletze?

Nicht einfach, sich zu überwinden, wenn man nur ahnt, was einen erwarten könnte. Ist Daniela sauer auf mich? Oder entsetzt? Wird sie mich zu einem Gespräch bitten oder mir aus dem Weg gehen? Mir vielleicht sogar die Kündigung vor den Latz knallen? Werde ich ihr überhaupt noch in die Augen schauen können? Ich habe Scheiße gebaut. Und zwar so richtig richtig. Wenn, dann schon anständig. Halbe Sachen und ich … das passt einfach nicht.

Ich fühle mich, als würde ich bis zum Hals im Dreck sitzen und egal, was ich mache, statt wieder raus zu kommen, rutsche ich immer tiefer. Mühevoll schiebe ich erst ein Bein aus dem Bett und dann das nächste. Ich könnte mich doch auch krank melden, aber das würde auffallen. Verdammt. Warum musste ich auch so blöd sein und mich auf das Blondchen einlassen?

Dabei war sie nicht mal mein Typ. Ein bisschen zu blond und trotz ihrer kurzen Haare, die ich zugegebenermaßen ziemlich sexy fand, ein bisschen zu sehr Girlie. Feminine Frauen finde ich toll, aber wenn jemand zu extrem auf femme fatale macht … Egal. Es ist nun mal passiert. Ich hatte meinen Körper nicht unter Kontrolle und jetzt darf ich die Suppe auslöffeln, die ich mir eingebrockt habe.

Tief durchatmend stehe ich vor der Eingangstür der KiTa und bin mir nicht so richtig sicher, ob ich nicht doch lieber wieder gehen sollte. Meine Beine schlottern wie das Laub an den Bäumen, wenn der beißende Herbstwind an ihnen reißt. Und mein Herz … Nun ja. Ein Marathonläufer hat wahrscheinlich auch keinen schnelleren Herzschlag, wenn er nach vielen Stunden knallharter Plackerei endlich über die Ziellinie robbt.

So ähnlich wie ich im Moment müssen sich die zum Tode Verurteilten im Mittelalter gefühlt haben, kurz bevor sie zum Schafott geführt wurden. Mein Magen zwickt, mein Unterbauch grummelt und gibt Geräusche von sich, wie ich sie noch nie von ihm gehört habe, dabei hatte ich nicht mal einen Kaffee zum Frühstück. Ich war viel zu aufgeregt, um irgendetwas Essbares hinunterzubringen.

Die Eingangstür kommt mir heute viel größer und dunkler vor als sonst. So überhaupt nicht mehr freundlich und einladend. Ich könnte doch auch einfach gehen. Auf dem Absatz kehrt machen und abdampfen. Während die Fluchtgedanken sich in meinem Kopf zu einem einigermaßen brauchbaren Plan verbinden öffnet sich die Eingangstür wie von Geisterhand.

»Ach, guten Morgen, Janne.«, wirft mir unsere Küchenfee Ramona freudig entgegen.

»Wie praktisch, dass Du da bist. Du kannst mir auch gleich ein bisschen zur Hand gehen. Du hast doch bestimmt sowieso gerade nichts besseres zu tun, oder?«

Doch, eigentlich schon. Eigentlich möchte ich flüchten. Und noch eigentlicher müsste ich mit Daniela reden, oder zumindest mit Claudia. Da es in unserer Einrichtung aber als ungeschriebenes Gesetz gilt, unserer Küchenfee keinen Wunsch abzuschlagen, tappe ich hinter ihr her zu ihrem Van.

Sie öffnet die Tür und ich reiße meine Augen auf. Was hat die denn vor?

»Heute ist Montag. Schon vergessen?«, neckt sie mich. Montag ist immer ihr Einkauftag. Sie besorgt sämtliche Lebensmittel, die sie für die kommenden fünf Tage braucht, um uns und unsere Kinder mit ihren Kochkünsten zu verwöhnen. Wie konnte ich das nur vergessen? Ramona schaut mich prüfend an.

»Alles okay bei Dir? Du wirkst irgendwie ziemlich zerstreut. Was ist nur los, mit Euch jungen Frauen? Erst Danny und dann Du auch noch … «

»Alles okay.«, murmle ich und greife nach einer Palette Milch. Um es ihr unmöglich zu machen, mich mit ihren Fragen zu löchern, lasse ich sie stehen und wuchte die Palette und mich ins Haus.

»Ramona? Hast Du Janne gesehen?«, höre ich Claudia mit lauter Stimme rufen und mache mich vorsichtshalber so klein, dass ich hinter der Küchentür kaum auffalle.

»Morgen, Claudia. Die ist in der Küche. Sie hilft mir beim Ausladen.«

»Super. Wenn sie fertig ist, soll sie sich bitte in meinem Büro melden.«

Claudia klingt ernst. Viel zu ernst für meine Begriffe. Ich werfe Ramona einen hilflosen Blick zu.

»Na, die ist ja heute auch drauf. Was hast Du ausgefressen?«

»Iiiich? Nichts!«, flunkere ich und gebe mich entrüstet. Zur Belohnung fange ich mir einen entsprechenden Blick ein.

»Verkauf mich nicht für blöd, Janne. Ich kenne Claudia lange genug. Was hast Du angestellt?«

»Nichts von Bedeutung. Wirklich nicht. Brauchst Du meine Hilfe noch? Ansonsten … «, werfe ich ein und versuche möglichst unauffällig den Rückzug durch die Küchentür anzutreten.

»Moment! Schön hiergeblieben, junge Frau. Der Van ist noch lange nicht leer. Du kannst Dich danach bei Claudia einkratzen.«

Einkratzen … Unsere Küchenfee hat gut reden. Würde einkratzen helfen, wüsste ich schon so ungefähr, was zu machen wäre, doch leider wird es so einfach wahrscheinlich eher nicht sein.

Etwas mehr als eine halbe Stunde später stehe ich nach Luft japsend vor Claudias Büro. Ich fühle mich genauso scheiße wie den ganzen gestrigen Tag schon. Mein Arsch geht auf Grundeis. Was wird mich hinter der Tür erwarten? Unsicher hebe ich die Hand und klopfe an.

»Komm rein!«, schallt es von drinnen. Ich kann mir nicht vorstellen, dass es jemanden gibt, der den Griff einer Tür noch langsamer herunterdrücken kann als ich. Als es sich nicht länger hinauszögern lässt, straffe ich meine Schultern und richte mich zu voller Größe auf. Vielleicht hilft es mir ja, wenn ich so tue, als wäre nichts passiert. Möglichst unschuldigen Ausdruck in mein Gesicht pflanzen und dann vielleicht …

»Mach bitte die Tür hinter Dir zu.«

Oh je. Das klingt ja schon mal gar nicht gut. Wobei Richtig schlecht trifft es besser. Keinerlei Regung lässt sich aus Claudias Gesicht ablesen. Was hat sie vor?

»Setz Dich. Willst Du Kaffee?«

Ich schüttle den Kopf.

»Okay. Dann kommen wir gleich zum Punkt … Warum hast Du am Samstag beim Frauenfest aufgelegt?«

»Ich bin spontan eingesprungen, weil die DJane, die eigentlich für den Abend gebucht war, mit Magen-Darm im Bett lag.«

»Aha. Nun gut. Kannst Du Dir ansatzweise vorstellen, wie … «

»Kann ich nicht … «, falle ich der stellvertretenden Einrichtungsleitung ins Wort, frage mich allerdings, warum ich mich überhaupt zu diesem Vorfall äußere. Soweit ich mich erinnere ist das Wochenende privat und in meinem Privatleben kann ich immer noch machen, was ich will.

»Lass mich ausreden, bitte. Es hat mich einige Mühe gekostet, Danny davon abzuhalten, ihre Kündigung einzureichen. Sie meint, dass sie nicht weiß, wie sie Dir jemals wieder in die Augen schauen soll.«

Ach schau einer kuck an. Tatsächlich noch jemand, der sich mit den gleichen Gedanken herum quält wie ich. Sowas aber auch. Leise brummle ich vor mich hin und kratze mich am Kopf.

»Wie hätte ich denn ahnen sollen, dass Ihr auftaucht? Ich dachte, dass Ihr beide hetero seid.«

»Sind wir nicht. Also, eine von uns zumindest nicht.«

»Aber Danny hat doch gesagt, dass sie … «

»Manchmal sind die Dinge nicht, wie sie scheinen, Janne.«

»Und warum sagt Danny mir das nicht selber?«

»Weil sie nicht bereit dazu ist. Sie kann nicht. Verstehst Du?«

»Aber, Claudia … Ich wollte niemanden verletzen. Ich wollte einfach nur meinen Spaß haben. Ich bin Single und ungebunden. Da steht es mir zu Spaß zu haben, wenn mir danach ist.«

»Das stelle ich doch auch gar nicht in Frage, aber … «

»Sei ehrlich zu mir, bitte. Steht Danny auf mich?«

»Dazu möchte ich nichts sagen.«

»Aber wie kann ich verhindern, dass ich unbewusst in ein Fettnäpfchen trete, wenn ich nichts weiß. Das ist doch scheiße.«

Aufgebracht springe ich auf und laufe durch das Büro, das noch kleiner und kärglicher ist als das von Daniela. Ich bin angepisst. Und frustriert. Aber vor allem habe ich keine Ahnung, wie ich die Wogen, die sich vor mir auftürmen wie die Eiger Nordwand, wieder glattbügeln soll.

»Ist Danny da? Dann würde ich gerne mit ihr reden.«

»Gib ihr eine Pause, Janne.«

»Steht Danny auf mich? Sag es mir bitte. Ich muss es wissen.«

»Nein. Sie steht nicht auf Dich. Sie war nur geschockt, Dich in einer so eindeutig intimen Situation gesehen zu haben.«, sagt Claudia und schaut mich offen an. Warum werde ich trotzdem das Gefühl nicht los, dass sie mich anlügt?

»Ach, Janne, bevor ich es vergesse … Wir wichteln jedes Jahr in der Weihnachtszeit. Bist Du auch dabei?« Und da dachte ich, ich wäre Profi im Thema wechseln. Einen Scheißdreck bin ich gegen Claudia. Ich ziehe die Augenbraue hoch.

»Ihr wollt mich nicht entlassen?«

»Nein. Warum denn das?«, fragt Claudia und schaut mich irritiert an.

»Na ja, wegen Samstag und so …«, stottere ich.

»Das ist eine private Angelegenheit. Glaubst Du nicht, dass Danny und ich Weibs genug sind, um zwischen dienstlich und privat zu trennen? Und jetzt schreib Deinen Namen auf den Zettel und leg ihn in den Korb.«

Vor meinen Augen vermischt Claudia die Zettel und hält mir das Körbchen hin. Ein paar Zettelchen sind noch da. Ich greife nach einem der Zettelchen und falte ihn langsam auf.

»War ja klar, dass ich ausgerechnet Danny ziehe!«, murmle ich kopfschüttelnd vor mich hin und schiebe etwas lauter »Kann ich bitte tauschen?« hinterher.

»Hast Du Dich selber gezogen?«, fragt Claudia, obwohl ich mir ganz sicher bin, dass sie gehört hat, wie ich Danielas Namen geflüstert habe.

»Kein Tausch, sorry. Du hast Danny gezogen, richtig?«

Ich nicke zaghaft und weiß nicht so genau, was ich denken oder sagen soll.

»Wir machen das immer so, dass wir einmal pro Adventswoche ein kleines Geschenk für unseren Wichtel besorgen. Von Woche zu Woche sollte es mehr Hinweise enthalten. Kurz vor Weihnachten gehen wir miteinander Essen. Dort wird dann entwichelt.«

»Entwichelt?«

»Wir lösen alle zusammen auf, wer wessen Wichtel war. Und Janne, tauschen ist absolut verboten. Sieh es als Chance, Danny etwas Gutes zu tun. Okay?«

Wieder nicke ich nur und verabschiede mich, eine Ausrede vor mich hin murmelnd, von der stellvertretenden Leitung. Soll ich kurz bei Daniela vorbeischauen? Ihr sagen, dass es mir leid tut, was am Samstag passiert ist? Es juckt mich in den Fingern, an ihre Tür zu klopfen und nur das Wissen, dass ich ihre Grenzen überschreiten würde, hält mich zurück.

9. Danny

Schau mal, was mir mein Wichtel geschenkt hat.«

»Socken? Ooookay … «, sagt Claudia gedehnt, was meiner Freude aber keinen Abbruch verpasst. Ich freue mich wirklich. Ich liebe flauschige Kuschelsocken. Und wenn sie handgestrickt sind, liebe ich sie noch mehr.

»Handgemacht?«

»Ja. Hast Du eine Ahnung, wer von den Mädels stricken kann?«

Grinsend schüttelt Claudia den Kopf und ich werde das dumpfe Gefühl nicht los, dass sie nicht nur ahnt, wer mein Wichtel ist. Aber ich kenne Claudia. Wenn sie beschlossen hat das Tuch des Schweigens über einer Sache auszubreiten, kann ich mich auch auf den Kopf stellen und mit den Füßen Fliegen fangen und sie wird trotzdem nichts sagen. So ist Claudia nun mal. Nicht nur mir gegenüber.

»Was hast Du denn noch bekommen?«

»Tee, einen zuckersüßen Teebecher und selbst gebackene Plätzchen.«

»Und Du hast tatsächlich keine Ahnung, wer dahinter steckt?«

»Nööö. Keinen Plan.«

»Heute Abend erfährst Du es ja sowieso. Hast Du eigentlich in der letzten Zeit mit Janne gesprochen?«

Ich schüttle den Kopf. Warum fängt Claudia ausgerechnet jetzt DAMIT an? Der Ausdruck in meinen Augen verfinstert sich. Es ist mir nicht leichtgefallen, Jana während der letzten Wochen aus dem Weg zu gehen, aber ich hätte nicht gewusst, worüber ich mit ihr reden sollte. Ein oder zweimal hat sie versucht, das Gespräch mit mir zu suchen, aber ich bin ihr ausgewichen. Ich bin nicht bereit mit ihr über das zu sprechen, was ich gesehen habe. Und noch weniger bin ich bereit, mit ihr über das zu sprechen, was sie gesehen hat, als unsere Augen sich über die Tanzfläche hinweg trafen. Ich bin mir ziemlich sicher, dass sie sehr genau weiß, wie es um mich bestellt ist. Trotzdem kann ich es ihr nicht sagen. Ich will sie nicht verlieren. Jana ist eine hervorragende Arbeitskraft. Ich könnte es mir nicht verzeihen, wenn wir sie verlieren würden, weil ich meine Gefühle nicht unter Kontrolle habe.

Seit vorgestern versuche ich, langsam wieder ein bisschen mehr auf sie zuzugehen. Es fühlt sich gut an, wieder mit ihr an einem Tisch zu sitzen und mit ihr und den Kindern zu lachen. Ramonas Essen schmeckt seitdem auch wieder sehr viel besser. Wie Jana wohl reagiert, wenn sie erfährt, dass ich ihr Wichtel bin? Gar nicht so einfach, kleine persönliche Geschenke zu finden, wenn das Herz bei jedem kleinen Einkaufsbummel höher schlägt und ich Jana als Geschenk am liebsten die Sterne vom Himmel holen würde.

»Weiß Jana eigentlich, wer ihr Wichtel ist?«

»Natürlich nicht. Sie löchert zwar sämtliche Leute, aber Du kennst ja unsere Mädels.«

»Dann ist es ja gut. Du, etwas anderes. Ich möchte vor dem Essen noch zum Friseur gehen. Begleitest Du mich?«

»Klar. Warum nicht? Was willst Du machen lassen?«

»Die Haare sollen ab.«

»Wie ab?« Claudia schaut mich so irritiert an, dass es mir schier unmöglich ist, ein Lachen zu verbeißen. Herrlich. Dieser Blick. Eine Herde Schafe kann auch nicht belämmerter aus der Wäsche schauen.

»Na, ab halt. Komplett. Und eine neue Farbe hätte ich gern.«

»Wenn Du mir jetzt noch sagst, dass Du blond färben willst schreie ich. Meinst Du nicht, dass Du es ein bisschen übertreibst? Seitdem Du Janne mit diesem Blondchen im Club gesehen hast bist Du regelrecht besessen davon, Dein Äußeres ihren Vorstellungen anzupassen. Du bist gar nicht mehr Du selber … «

»Aber … das stimmt doch gar nicht.«, unterbreche ich Claudias Redefluss.

»Oh doch. Und das weißt Du auch. Dass Du neuerdings drei oder viermal die Woche ins Fitnessstudio rennst, kann ich ja noch irgendwo nachvollziehen, aber die Haare …? Neee, Danny. Das bist nicht mehr Du.«

»Aber wenn sie doch auf schlanke blonde Frauen steht…«

»Die Blonde war eine Idee größer als Janne. Und? Wie willst Du dieses Problem lösen? Auf die Streckbank gehen oder was?«

»Du übertreibst.«

»Eben nicht! Seit Janne bei uns arbeitet beobachte ich Dich. Dass Du für sie schwärmst kann ich verstehen, aber das, was Du machst, ist nicht mehr gesund. Du verlierst Dich total. Diese neue Ausgabe hat nichts mehr mit Dir zu tun. Es macht mich traurig, dass Du Dich so verbiegst, weil Du denkst, dass es Dir damit gelingt Jannes Herz zu erobern.«

Claudia redet sich richtig in Rage. Ich weiß, dass sie meinen Gefühlen für Jana skeptisch gegenübersteht. Irgendwie bin ich auch froh darüber. Claudia sorgt sich um mich und hat Angst. Jana muss nicht wirklich viel tun, um mir das Herz zu brechen. Das habe ich gemerkt, als ich sie im Club gesehen habe, die Hand einer anderen Frau in ihrer Hose. Den ganzen Sonntag habe ich mich nach jener verhängnisvollen Nacht bei Claudia ausgeheult. Und danach habe ich eine Entscheidung getroffen. Wenn Jana auf sportliche Frauen mit kurzen blonden Haaren steht, soll sie sie eben haben. Seitdem quäle ich mich fast jeden Tag nach der Arbeit im Fitnessstudio und versuche, jedes noch so kleine überflüssige Pfündchen loszuwerden, was leider gar nicht so ganz einfach ist, vor allem jetzt, wo hinter jeder Ecke die köstlichsten weihnachtlichen Verlockungen darauf lauern, dass ich auf die süßen Düfte, die sie verströmen, hereinfalle.

Aber ich bin kein Seemann. Und die Düfte keine Sirenen. Ich bin stark. Und bleibe standhaft. Meistens jedenfalls. Dass meine Laune seitdem im Keller ist und ich mitunter ziemlich übellaunig bin ist mir schon aufgefallen. Aber … hey … Es ist kalt. Und regnerisch. Und so gar nicht weihnachtlich. Da darf ich doch wohl ab und zu einen kleinen Winterblues haben, oder?

Ist doch so. Wenn Sina mit Mundwinkeln bis zum Boden durchs Haus schlurft stört sich keiner mehr daran, aber sobald ich es auch so mache, kassiere ich aus allen Richtungen fragende Blicke und werde mit Samthandschuhen angefasst. Meine Kolleginnen gehen mir aus dem Weg und auch die Eltern meiden mein Büro wie der Teufel das Weihwasser.

»Ganz ehrlich, Danny, ich weiß nicht, was ich mit Dir machen soll. Rede endlich mit ihr oder lass es bleiben. Aber hör bitte auf, Dich zu verbiegen. Schau Dich doch mal an. Das bist nicht mehr Du. Wenn, dann soll sie sich doch in Dich verlieben und nicht in einen Abklatsch von wem auch immer, der mit der Danny Maus, die sie kennengelernt hat, so gut wie gar nichts mehr gemeinsam hat.«

Ich öffne den Mund, um meiner Kollegin zu widersprechen, schließe ihn aber wieder und starre betroffen die Tischplatte an.

»Ist es wirklich so schlimm mit mir?«

»Du kannst schon glauben, was ich Dir sage. Vielleicht solltet Ihr eine Weile Abstand voneinander haben. Du könntest sie im neuen Jahr versetzen.«

»Und wohin? Die einzige KiTa, in der wir dringend jemanden brauchen ist in Trudering. Und wer da arbeitet weißt Du.«

»Ja. Ich weiß. Kurzes dunkelblondes Haar, sportliche Figur, ein paar Zentimeter größer als Janne. Und lesbisch. Mist! Verdammter!«

»Eben. Frag nicht, wie oft ich während der letzten Tage darüber nachgedacht habe, aber erstens will ich nicht ganz auf Janne verzichten und zweitens bin ich nicht so blöd und treibe sie direkt in die Arme von Kim.«

»Auch irgendwie klar. Aber denk doch noch mal drüber nach. Wenigstens für zwei oder drei Wochen, damit Du mal durchatmen kannst. Die Wohngruppe in Riem hat doch angefragt, ob wir jemanden für ein paar Tage ausleihen könnten. Die haben total Notstand.«

»Und wenn es ihr dort gefällt und sie nicht mehr zurück will?«

»Dann wäre sogar das eine Chance. Du wärst nicht mehr ihre Vorgesetzte und könntest … «

»Hör doch auf, Claudia. Janne will nichts von mir. Für sie ändert sich nichts.«

»Dann wirst Du so oder so lernen müssen, damit umzugehen, egal, wo sie arbeitet. Hast Du jemanden, mit dem Du über alles reden kannst? Außer mir, meine ich.«

Nachdenklich lege ich die Stirn in Falten. Ich habe ein paar Freunde, aber die verstehen meine Situation nicht. Für sie ist klar, dass Jana sich niemals zu unserem Kuss vor ein paar Monaten hätte hinreißen lassen, wenn sie nicht wenigstens ein bisschen Interesse an mir hätte. Nicht mal mein Argument, dass Jana größere Frauen mit kurzen blonden Haaren und sportlicher Figur bevorzugt konnte sie überzeugen. Sie sind der Meinung, dass ich einen günstigen Moment abpassen und zuschlagen sollte. Wenn Jana mir dann keine schallert hat sie Interesse. So die Meinung meiner Freunde.

»Weißt Du was, wir gehen jetzt erst mal zum Friseur und verpassen Dir einen lässigen Look, dann ziehst Du etwas Geiles an und haust sie vom Hocker. Und dann schauen wir weiter.«

»Aber Claudia, ich kann doch nicht einfach … «

»Warte es doch einfach ab. Sollte sie die Richtige für Dich sein wird sie es früher oder später kapieren und bis dahin musst Du eben dafür sorgen, dass sie Dich nicht vergisst.«

»Aber Du sagst doch selber, dass ich mich verrenne.«

»Das sage ich, weil Du eine tolle Frau bist. Du hast es nicht verdient, Dich für jemanden verbiegen zu müssen. Entweder sie will Dich irgendwann so wie Du bist oder sie ist nicht die Richtige. DAS versuche ich die ganze Zeit, Dir klarzumachen.«

»Meinst Du, ich habe eine Chance bei ihr?«

Claudia springt auf. Und wirft die Hände in die Luft. Sie schaut ziemlich genervt aus.

»Ich weiß es nicht, Danny. So, wie Du im Moment drauf bist, bestimmt nicht.«

»Hat sie Dir gegenüber mal etwas erwähnt?«

»Mensch, Danny. Janne ist nicht doof. Sie weiß, dass wir befreundet sind. Garantiert bin ich die *erste*, zu der sie läuft, wenn sie mit jemandem über ihre Gefühle reden will. Komm, lass uns gehen. Bis heute Abend ist es nicht mehr lang.«

Hat jeder sein Geschenk?«, ruft Claudia und begutachtet die vielen bunt eingewickelten Pakete auf dem Tisch. Erst als sie sich ihrer Sache ganz sicher ist, hebt sie ihren Kopf und strahlt. »Gut, dann auf drei! Eins … zwei … drei!«

Sämtliche Kolleginnen greifen gleichzeitig nach dem Päckchen vor ihrer Nase. Papier knistert, aufgeregtes

Summen erfüllt die Luft um uns herum. Ich kann mich nur schwer konzentrieren und daran wird sich auch nichts ändern, solange Jana so dicht neben mir sitzt.

»Danny? Auspacken!«, ruft Claudia, die ihren Platz auf meiner anderen Seite gefunden hat, erneut und tippt auf das große flache Päckchen. Ihr Blick ruht erwartungsvoll auf mir.

»Noch schneller und Du musst nicht mehr raten. Danny, was Du machst ist unfair.«

Aber warum denn? Nur, weil ich mir Zeit lasse und es genieße, das liebevoll eingewickelte Geschenk auszupacken, bin ich jetzt plötzlich unfair? DAS ist nicht fair. Ich lasse mich nicht beirren. Betont ruhig schiebe ich meinen Zeigefinger unter das Papier und hebe die erste Lage an. Was ist das? Ein dünnes Buch? Oder ein Kalender?

»Wow.«

»Cool. Mein Wichtel ist … Ramona!«

»Meiner Caro.«

Die Namen fliegen mir nur so um die Ohren. Jana schweigt. Aus den Augenwinkeln erkenne ich, dass sie mich beobachtet und den Bewegungen meiner Finger folgt. Bilde ich es mir nur ein, oder ist sie tatsächlich nervös? Also, ich BIN nervös. Als ich mit Claudia eintraf, glitten Janas Augen hungrig über meinen Körper. Glaube ich jedenfalls. Allerdings kann ich mich auch täuschen und der Ausdruck in ihren Augen war nichts anderes als reine Freundlichkeit. Ich weiß es nicht und das macht mich kirre.

Für die kleine Weihnachtsfeier mit unseren Kolleginnen haben Claudia und ich uns besonders Mühe gegeben. Ich trage ein schwarzes Kleid, dessen fließender Schnitt meinen Körper äußerst vorteilhaft in Szene setzt. Claudia und ich sind extra ein paar Minuten später angekommen. Wenn Jana nicht komplett desinteressiert ist, sollte ihr auffallen, dass ich keine hässliche Frau bin. Der Friseur, den ich vor ein paar Stunden vor ein großes kreatives Problem gestellt habe, ist ein wahrer Zauberkünstler. Ich fühle mich wohl mit dem Ergebnis, das er fabriziert hat.

»Du?«, flüstere ich, als ich den Inhalt des Päckchens erfasse. Ich hebe meinen Kopf und drehe ihn zur Seite. Jana schaut mich an. Ich schaue sie an. Unsere Blicke treffen sich. Sämtliche Geräusche um uns verstummen. Ich sehe nur noch sie. Ihre leuchtend braunen Augen, das Grinsen, das ihre Lippen umspielt. Ihre kleine Nase und die in Falten gelegte Stirn.

Janas Lippen bewegen sich. Für mich klingen ihre Worte wie … keine Ahnung. Unverständlich jedenfalls. Sie lächelt wieder und senkt die Augen. Kann das sein, dass sie tatsächlich ein bisschen schüchtern ist? Ein Hauch Röte überzieht ihre Wangen. Süß.

Tief in Gedanken versunken lasse ich die Spitzen meiner Finger über das Deckblatt des Kalenders, den Jana mir geschenkt hat, gleiten. Eine wunderschöne Aufnahme der

Golden Gate Bridge in San Francisco. Die untergehende Sonne taucht die Brücke in warmes Licht. Dort zu stehen muss ein erhebendes Gefühl sein. Wie es wohl wäre, Hand in Hand mit IHR durch den Sand zu laufen und die Sonne beim Untergehen zu beobachten?

An der warmen Atemluft, die weich meine Wange streichelt, spüre ich, dass sie wieder etwas sagt. Und wieder verstehe ich kein Wort. Sie hebt ihren Arm, anscheinend, um einen Kellner auf sich aufmerksam zu machen. Ein Schlag trifft meine andere Seite, der so hart ist, dass ich eine Verbeugung zur Seite mache. Die Haut, an der Janas Arm meinen Rücken berührt kribbelt. Das Kribbeln breitet sich in rasender Geschwindigkeit in meinem Körper aus. Ihre Brust streift meine. Mein Kopf ruht an ihrer Schulter. In meinem rechten Ohr vernehme ich leises Lachen.

Verdattert rapple ich mich auf, murmle eine Entschuldigung und wende meine Aufmerksamkeit höchst interessiert dem Kalender zu. Die Fotos sind toll. Ob Jana die alle selbst gemacht hat?

Ein kleines Kärtchen fällt mir in die Hand. Meine Augen erfassen die Worte eindeutig schneller als mein Hirn.

»Ich habe noch eine Kleinigkeit für Dich, aber die bekommst Du erst später.« steht da.

Was meint Jana mit später? Sollte sie es darauf angelegt haben, mich aus der Fassung zu bringen, ist ihr das definitiv geglückt. Obwohl der Stoff des Kleides ziemlich leicht ist, fühle ich mich eingeengt. Ich schwitze. Und wie. Hoffentlich stinke ich wenigstens nicht. Jana neigt ihren Kopf zu mir. Maximal fünf Zentimeter trennen ihre Lippen von meinem Ohr und meiner Wange. Ich müsste nur den Kopf ein bisschen drehen und dann … Mhmmm. Oh Mann. Das kann ein langer Abend werden.

»Danke.«, flüstert sie. »Die Cap ist cool. Kommt es Dir nicht komisch vor, dass ich Dich gezogen habe und Du mich?«

Jetzt, wo sie es sagt … Komisch ist das schon. Als hätten wir eine stumme Absprache getroffen heben wir beide unseren Kopf und schauen uns in die Augen. Ich versinke im unergründlichen Braun. Sieht sie, was in meinen Augen geschrieben steht? Sieht sie den arrhythmischen Schlag meines Herzens? Das nervöse Stolpern und Hüpfen?

»Ich verwette meinen Allerwertesten, dass Claudia ihre Finger im Spiel hat.«, sagt sie leise und nur für meine Ohren bestimmt. Sie lacht. Ich lache auch und wende mich Claudia zu. Claudias Grinsen reicht von einem Ohr zum anderen. Entschuldigend hebt sie die Hände und lächelt unschuldig.

»Ich habe keine Ahnung, was Ihr zwei Euch in Euren Köpfen ausmalt, aber ich bin unschuldig.«

Genau. Claudia und unschuldig. Das passt ja sowas von. Meine Lippen formen ein stummes »Wir sprechen uns noch.« Trotzdem kann ich es nicht verhindern, dass meine

Mundwinkel steil nach oben zucken. Ob es Jana wohl ähnlich schwer gefallen ist, das perfekte Geschenk für mich zu finden, oder hatte sie gleich einen guten Einfall? Es ist nicht so, dass ich keine Ideen gehabt hätte, aber nicht eine davon war für die Augen anderer geeignet. Ich hatte Phantasien, die ich nicht haben sollte. Nicht haben darf. Und doch kann ich nichts dagegen tun. Solange Jana mich nicht sieht und nicht auf mich zugeht, werde ich mich zügeln müssen. So hart es ist, daran führt kein Weg vorbei, egal wie viel Claudia sich noch einfallen lässt.

»Einmal Penne al Salmone.«, ruft der Kellner. Jana hebt den Kopf. Ihre Augen leuchten. Wie soll ich jemals wieder etwas essen können, wenn ich in Zukunft bei jedem Bissen, den ich zu mir nehme an den verträumten Ausdruck in Janas Augen denken muss? Jana beim Essen zuzuschauen ist eine Zumutung für sämtliche Zellen in meinem Körper. Nach dem zehnten Mal höre ich auf zu zählen, wie oft meine Augen sich mit ihren verfangen oder die Gabel in ihrer Hand fixieren.

Ich kann mich nicht erinnern, schon mal jemanden gesehen zu haben, bei dem Essen so … ist. Ich finde keine Worte.

Ich schlucke. Und krächze. Mein Messer gleitet durch ein butterweiches Fleischstückchen. SO der Plan. Dumm nur, wenn das Fleisch widerspenstig ist und sich heftigst zur Wehr setzt. Jana lacht leise. Und ich studiere peinlich berührt die Tischplatte.

Brrrr. Verdammt ist das kalt. Dicke weiße Flocken segeln um uns herum dem Boden entgegen. Das erste Mal in dieser Saison. Warum habe ich mich nur dazu hinreißen lassen, diesen Fetzen hauchdünnen Stoffs anzuziehen? Claudias Plan ist nicht aufgegangen. Jana hat sich während der letzten Stunden zwar irgendwie um mich bemüht, aber nicht so, dass ich sicher sagen könnte, dass sie Interesse an mir hat. Im Gegenteil.

Nachdem sie von der Toilette kam, grinste sie von einem Ohr zum anderen und flüsterte mir schließlich ins Ohr, dass sie die Nummer von der süßen Blonden an der Bar bekommen hätte. Ich dachte, mir fällt das Gesicht aus dem Kopf. So was blödes. Warum bin ich nicht blond? Und etwas größer? Und schlanker? Trainierter?

Meine Gene sind schuld. Sonst nichts. Hätte ich andere Gene könnte ich mit Jana glücklich sein. So aber muss ich dabei zuschauen, wie sie drauf und dran ist, eine andere Frau glücklich zu machen.

Ich pflanze ein Lächeln in mein Gesicht und verabschiede mich bei meinen Kolleginnen. Heute war unser letzter Arbeitstag vor den Weihnachtsferien. Zwei Wochen Urlaub. Zwei Wochen keine Jana. Meine Brust krampft sich schmerzhaft zusammen. Wie kann ich dafür sorgen, dass sie mich nicht vergisst, wenn ich sie zwei

Wochen nicht sehen kann? Im Gegensatz zu mir stehen der kessen Blonden von der Bar alle Möglichkeiten offen. Oh, ich könnte diese Frau … vierteilen.

»Ich bringe Dich heim.«, erklärt Jana bestimmt, woraufhin sie von mir einen Blick kassiert, der locker als treudoof durchgehen würde.

»Hmh?« Grenzdebil. Eindeutig.

»Ich habe gesagt, dass ich Dich heimbringe.«

»Aber ich muss nicht weit.«

»Tschuldichung.«, murmelt Claudia. Anscheinend ist sie gestolpert und hat den Halt verloren. Sie stößt gegen mich und ich gerate aus dem Gleichgewicht. Jana ist eine aufmerksame Frau. Ihrem beherzten Eingreifen ist es zu verdanken, dass ich nicht der Länge nach auf den Asphalt krache.

Sie grinst. Ich weiche ihrem Blick aus. Claudia schiebt sich neben mich und zischt »Natürlich lässt Du Dich heimbringen.« in mein Ohr. Sie hat nichts von Janas Triumphzug auf die blonde Frau hinter der Bar mitbekommen und denkt wahrscheinlich, dass sie mir etwas Gutes tut. So ist es aber nicht. Wie soll ich mich an Janas Seite entspannen, wenn ich weiß, dass sie bei nächster Gelegenheit mit einer anderen Frau ins Bett springt?

»Ich schaffe das wirklich allein. Ich wünsche Euch frohe Weihnachten.«, sage ich, umarme Claudia zum Abschied und setze mich in Bewegung. Bis zur U-Bahn ist es nicht mehr weit und je mehr Abstand ich zwischen Jana und mich bringe, desto besser. Tränen brennen in meinen Augen. Mein Herz klopft. Laut und hektisch. Hysterisches Lachen findet seinen Weg über meine Lippen. In der Gegend, aus der ich komme, spricht man »Ja« und »Nein« so aus, als würde man nach Jana rufen. Immer abwechselnd Ja Na, Ja Nein. Was für eine Ironie, dass ich mich genau SO fühle. Ja und nein. Ich würde so gerne und doch kann ich nicht. Alles spricht dagegen. Janas Verhalten mir gegenüber, ihr Verhalten anderen deutlich attraktiveren Frauen gegenüber und überhaupt … sie ist meine Angestellte. Ich würde so gerne. Es geht nicht. Ja Na, Ja Nein.

Besonders weit komme ich nicht.

»Danny! Warte!«, ruft Jana. »Ich habe doch noch ein kleines Geschenk für Dich.« Ihr Atem geht stoßweise. Jeder Atemzug verhüllt ihr Gesicht mit einer weißen Dampfwolke.

Sie ist mir so nah, dass ich ihren Atem fühlen kann. Und sie schaut so süß aus. Zum Anbeißen. Verdammt! Hirn! Setz Dich endlich durch. Ich halte das so nicht mehr länger aus. Warum kann Jana nicht wenigstens hässlich sein? Oder ein Ekelpaket? Und warum kann sie nicht einfach das machen, was jede andere Frau in ihrer Situation machen würde? Sich daran freuen, dass sie die Nummer einer süßen Frau bekommen hat, die eindeutig Interesse an ihr hat, und mich in Ruhe lassen?

Es macht mich fertig ihr so nahe zu sein und doch nicht das tun zu können, was ich gerne würde. Claudia hat recht. Ich brauche Abstand. Gleich Anfang Januar werde ich Arturo Rinaldi, den Leiter der Wohngruppe in Riem anrufen und ihm sagen, dass ich eventuell jemanden habe, die für ein paar Wochen bei ihm einspringen könnte. Es juckt mich in den Fingern, sämtliche Bedenken über Bord zu werfen, aber solange Jana nicht den ersten Schritt macht habe ich keine andere Wahl. Und nach erstem Schritt schaut Jana nicht aus. Leider. Hätte ich sie doch bloß nie eingestellt.

»Was willst Du, Janne?«, keife ich ärgerlich.

»Alles okay bei Dir? Was ist denn auf einmal los? Vor ein paar Stunden hast Du noch so ausgeschaut als würde es Dich freuen, dass ich noch eine kleine Überraschung für Dich habe.«

Stimmt. Da hast Du allerdings noch nicht mit der kessen Blonden hinter dem Tresen geflirtet und kein Date mit ihr klargemacht. Groll krabbelt in mir hoch. Bevor ich etwas richtig richtig Dummes machen kann laufe ich los.

Natürlich ist Jana viel schneller als ich. Und natürlich braucht sie nur ein paar Sekunden, bis sie mich eingeholt hat.

»Ich werde Dich jetzt nach Hause begleiten und dann wirst Du mir erzählen, was Dein Problem ist.«, schimpft sie ärgerlich. Ihre Augen blitzen. Das Licht der Straßenbeleuchtung bricht sich im Braun der Iris. Ich zucke mit den Schultern. Wenn sie meint, soll sie mich eben begleiten. Ich weiß, dass ich mich wie eine kleine zickige Teeniegöre benehme, aber was soll ich denn machen? Mein Herz schmerzt und da kann ich doch nicht so tun als wäre alles super. Unwirsch weiche ich ihren Blicken aus und gehe einfach weiter, doch sie greift nach meiner Hand und zwingt mich dazu, mich zu ihr umzudrehen. Ihre Augen suchen meine. Mist. Ein Blick in das tiefe Braun und schwupp … schon fallen die Mauern und ich bin verloren. Mein Herz hämmert so kräftig in meiner Brust, dass ich überrascht um Luft ringe.

»Danny, ich bin nicht blöd. Ich merke doch, dass irgendetwas im Busch ist. Rede mit mir. Bitte.«

»Was soll das bringen?«

»Dass es Dir besser geht, vielleicht?«

»Vergiss es. Es wird sich nichts ändern, nur weil ich mit Dir rede. Schöne Feiertage, Janne. Wir sehen uns Anfang Januar.«, japse ich atemlos und versuche erneut, ihr zu entwischen. Sie muss mich für eine Oberzicke halten. Kein Wunder, dass ich für sie nicht besonders interessant bin.

»Warte! Ich möchte gerne mit Dir reden.«

»Aber ich nicht mit Dir. Mach Dir keine Gedanken. Es ist alles in Ordnung.«

»Du kannst mich nicht einfach anschnauzen und mich dann stehen lassen.« Janas Stimme wird merklich lauter. Sie ist ärgerlich und zwar so richtig.

»Gut. Wenn Du nicht mit mir reden willst, rede ich eben mit Dir. Es tut mir leid, Danny.«

»Was tut Dir leid?«, keife ich. Warum lässt sie mich nicht einfach in Ruhe?

»Das neulich im Club tut mir leid. Ich dachte nicht … Ich wusste nicht … Jedenfalls tut es mir leid. Außerdem tut es mir leid, dass ich … naja, das mit der Blonden hinter dem Tresen tut mir leid. Ich mag Dich, Danny. Das letzte, was ich will, ist Dir wehzutun.«

Die Schritte, die mich eigentlich von ihr wegbringen sollen, werden kleiner und kleiner. Es ist wie verhext. So sehr ich es vielleicht will … ich komme nicht vorwärts. Wie in Zeitlupe drehe ich mich zu ihr um.

»Warum hast Du mich geküsst?«, keife ich. Sie zuckt mit den Schultern und weicht meinem Blick aus.

»Ach, küsst Du immer einfach so irgendwelche Frauen?« Meine Stimme trieft vor Sarkasmus. Ich will nicht glauben, dass sie einfach aus einer Laune heraus Frauen küsst. Nicht sie. Das darf nicht sein. Nicht Jana. Eigentlich neige ich nicht zu aggressiven Ausrastern aber im Moment bin ich so wütend, dass ich meine Gefühle nicht im Griff habe. Am Liebsten würde ich alles kurz und klein schlagen.

»Natürlich nicht.«, sagt sie leise.

»Ach. Und was ist mit der Frau aus dem Club? Und was ist mit mir?«

»Sie hat mich überrumpelt.«

»Und dann wusste Deine Zunge sich nicht anders zu helfen oder was?«

»Sie war geil. Ich war geil. Es war geil.«

»Lass gut sein, Janne. Das hier führt doch zu nichts.«, versuche ich, mich aus der Affäre zu ziehen, bevor mir etwas raus rutscht, was ich lieber nicht gesagt hätte. Wer kann denn ahnen, dass Jana noch hartnäckiger ist als Claudia, wenn sie etwas will.

»Warum macht Dich das so sauer? Es war Wochenende. Ich bin Single und ungebunden. Und ich wollte Spaß haben.«

»ES macht mich nicht sauer. DU machst mich sauer.«, motze ich atemlos. Warum kapiert sie denn nicht, was mit mir los ist? Sie ist doch sonst nicht so schwer von Begriff.

»Hör zu, Danny. Ich kann nicht aufpassen, dass ich Dich nicht verletze, wenn ich nicht weiß, was mit Dir los ist.«

»Du willst wissen, was mit mir los ist? Ich bin unglücklich verliebt. Das ist los. Es tut mir weh zu sehen, wie Du die Frauen abschleppst und Deinen Spaß hast und ich immer noch Single bin.«

»Ah. Oh. Okay … «, sagt sie gedehnt. Mit kleinen Schritten tappt sie hinter mir her. »Sag das doch gleich. Ich werde mich zurückhalten, wenn Du in der Nähe bist. Versprochen. Und … im neuen Jahr suchen wir eine Frau für Dich.«

Ich reiße meine Augen weit auf. Anscheinend ist Jana doch dümmer als ich dachte. Unglaublich, dass sie nichts kapiert.

Abrupt bleibe ich stehen und drehe mich zu ihr um. Meine Augen sind zwei schmale Schlitze. Ich bin nicht aggressiv, aber Jana bringt mich einfach auf die Palme. Wie sie dasteht und mich mit ihrem treuherzigen Dackelblick anschaut. Verständnislosigkeit liegt in ihrem Blick. Entweder rafft sie wirklich nichts oder sie will es nicht raffen. So genau weiß ich das nicht.

Ich bin sauer. Und traurig. Und enttäuscht und was weiß ich noch alles. Wütend greife ich nach ihrem Arm und schubse sie zur Seite. Sie stolpert rückwärts. Eine Hauswand bremst sie, sonst wäre sie wahrscheinlich hingefallen. Ich weiß, dass ich eine Grenze überschreite, aber das ist jetzt auch schon egal. Ich kann nicht mehr. Entweder … oder ich drehe durch.

Ich lege beide Arme um ihren Hals und stelle mich auf die Zehenspitzen. Sie schluckt. Ich schlucke auch. Und dann lege ich meinen Mund auf ihren. Ein heißer Stoß jagt durch meinen Körper. Ich zittere. Und kralle mich mit beiden Händen an ihr fest. Das Verlangen nach ihr geht mit mir durch. Ich will sie. Jetzt. Sofort. Und auf der Stelle. Und wenn es das letzte ist, was ich tue.

Ihr fester Körper presst sich an meinen. Ihre Zunge streichelt mich mit so viel Gefühl, dass mir die Sinne schwinden.

»Du bist mein Problem.«, krächze ich, als wir den Kuss zum Luft holen unterbrechen. Sie schaut mich an mit diesem typischen Jana Blick. Lieb. Süß und voller Leidenschaft.

Dann jedoch löst sie sich so abrupt, dass ich zurück taumle.

»Tut … Tut mir leid.«, stottere ich, obwohl Jana vermutlich genauso gut wie ich weiß, dass das eine Lüge ist. Es tut mir nicht leid. Im Gegenteil. Hätte sie nicht gebremst, würde ich nach ihrer Hand greifen und sie hinter mir her in meine Wohnung zerren. Meine Hände würden über ihre nackte Haut gleiten und ich würde mir nehmen, wonach ich mich so sehr sehne.

Sollte ich für einen Augenblick die Kontrolle verloren haben ist sie jetzt wieder da. Mit voller Wucht. Was habe ich gemacht? Ich habe meine Angestellte genötigt, mich zu küssen. Entsetzt schlage ich die Hand vor den Mund.

»So … Tut mir leid, Janne. Wirklich.«

»Schon okay. Du küsst gut, weißt Du das?«

»Hör auf damit. Bitte.«, jammere ich und versuche, ihrem Blick auszuweichen. »Das alles ist mir sowieso schon furchtbar peinlich.«

»Muss es nicht. Also, wenn ich Du wäre könnte ich mir auch nicht widerstehen.« Sie grinst. Ihr Lachen ist so einnehmend, dass ich nicht anders kann als mit ihr zu lachen. Irgendwie bin ich erleichtert, dass sie den Kuss anscheinend tatsächlich ziemlich locker nimmt.

»Warum bin ich Dein Problem, Danny?«

»Weil … ich … « Ich stocke. Und schaue sie an. Suche in ihren Augen einen Anhaltspunkt. Heißt es nicht immer, dass die Augen das Tor zur Seele eines Menschen sind? Wenn dem so ist, müsste in ihnen doch die Antwort auf meine Fragen zu finden sein.

»Ich habe mich in Dich verliebt, Janne.«, platzen die Worte aus mir heraus, ehe ich sie zurückhalten hätte können.

»Uh. Ou. Ähm … « Mehr sagt sie nicht mehr. Dafür schaut sie mich an. Lange. Und intensiv. Sie zieht mich in ihre Arme. Ihre Lippen treffen auf meine. Ihre Zunge streichelt mich mit einer Sanftheit, dass mein Herz ihr mit einem riesigen Satz in die Arme springt.

»Und jetzt?«, keuche ich atemlos.

»Ich weiß es nicht. Ich will ehrlich sein, Danny … « Oh je. Nicht gut. Gar nicht gut. Ich bin so blöd. Setze alles auf eine Karte und dann kabumm … knalle ich ungebremst auf den eiskalten Boden der Realität. Warum habe ich das Gefühl, dass das, was sie zu sagen hat, mir nicht schmecken wird?

»Ich will ehrlich sein … Du suchst eine Beziehung, aber dafür bin ich nicht gemacht. Ich liebe meine Freiheit. Verstehst Du?«

»Was willst Du mir damit sagen?«

»Komm schon, Danny, Du weißt es doch. Ich will keine Beziehung. Mit niemandem. Im Moment zumindest nicht.

Ich will aber auch keine Affäre mit Dir oder ein einmaliges Erlebnis. Dafür mag ich Dich zu gern. Das will ich Dir nicht antun.«

»Und warum küsst Du mich dann einfach?«

Sie zuckt mit den Schultern. »Ich weiß es nicht. Es ist einfach so passiert. Irgendwie.«

So verletzlich schaut sie auf einmal aus, dass mich schlechtes Gewissen überrollt. Ich habe mir keine Gedanken um sie und ihre Gefühle gemacht, habe immer nur an mich gedacht. An das, was ich will. An das, wonach mir der Sinn steht. Keinen Gedanken habe ich daran verschwendet, dass Jana vielleicht Angst vor Verletzung haben könnte und deshalb ihr Herz hinter einer dicken Mauer verborgen hält.

»Kann ich Dir irgendwie helfen?«, frage ich vorsichtig.

»Damit ich mich auf eine Beziehung mit Dir einlasse? Sorry, Danny. Such Dir lieber eine andere Frau. Ich weiß nicht, ob ich jemals wieder bereit bin, mich auf jemanden einzulassen.«

»Sie hat Dich sehr verletzt, oder?«

»Ja.«, ist das letzte, was sie sagt. Den Rest der Strecke läuft sie schweigend neben mir her. An der Haustür bleibe ich stehen. Sie schaut mich an. Schaut die Haustür an.

»Da wohnst Du also.«, sagt sie leise. »Nicht schlecht. Ich wünsche Dir schöne Weihnachten, Danny. Und einen guten Rutsch.«

Sie lehnt sich vor. Ich komme ihr entgegen. Unsere Lippen treffen sich. Zärtlich. Und liebevoll. Leises Seufzen huscht über meine Lippen. Sie lächelt schief und verabschiedet sich schnell.

Die Stelle, an der Janas Lippen meine berührt haben, hört auch Stunden später nicht auf zu kribbeln. Ich kann nicht schlafen. Also krabble ich aus dem Bett, werfe meinen Bademantel über und lasse mich auf das Sofa fallen.

Gedankenverloren blättere ich in dem Roman, den Jana mir, bevor sie ging, zugesteckt hat. Er handelt von zwei Frauen. Eine weiß sehr genau, was sie fühlt und was sie will. Die andere … zieht aber nicht … Was für eine Ironie. Hat Jana den Roman bewusst ausgesucht oder war es Zufall? Frustriertes Seufzen huscht über meine Lippen. Obwohl es mich juckt, zu erfahren, ob die zwei Protagonistinnen zusammenfinden, bin ich zu müde um zu lesen. Ich lege das Buch wieder weg und schließe die Augen.

Das Jahr ist so gut wie vorüber. Ist jetzt nicht die perfekte Zeit, die Vorsätze fürs nächste Jahr festzuhalten? Ich habe nur einen Vorsatz. Janas Herz erobern und sie für mich gewinnen. Aber wie fange ich das an?

10. Janne

Meine Hosentasche brummt. Die Blicke meiner Mutter ruhen auf mir. Besonders begeistert schaut sie nicht aus. Sie kann es nicht leiden, wenn das Familienweihnachtsessen von brummenden oder klingelnden Telefonen gestört wird.

»Tschuldichung.«, murmle ich und angle nach dem Handy. Eine Nachricht. Von Danny.

»Jana?«

»Hmh?«

»Von einer neuen Verehrerin?«, neckt meine Mutter.

»Nein. Nur von meiner Chefin. Sie wünscht uns frohe Weihnachten.«

»Wie schaut sie denn aus, Deine Chefin?«

Ich hebe den Kopf und starre meine Mutter aus zusammengekniffenen Augen an.

»Willst Du ein Bild von ihr sehen?« Oh mein Gott. Geschockt halte ich die Hand vor den Mund. Wir reden nicht über eine möglicherweise irgendwann einmal Freundin, sondern über meine Chefin. Was in aller Welt hat mich geritten, meiner Mutter ein Bild zu zeigen?

»Du hast ein Bild von Deiner Chefin auf Deinem Handy?«

»Hat sich so ergeben. Wir haben bei der Weihnachtsfeier Selfies gemacht.«

»Aha. Nur Deine Chefin also.«, sagt meine Mutter.

»Ja. Genau. Nur.«, brumme ich unwirsch, reiche meiner Mutter aber trotzdem das Handy.

»Eine attraktive Frau. Ihr seht glücklich aus.« Meine Mutter reicht das Handy an meinen Vater weiter. Er grinst. »Den guten Geschmack hat Janne von mir.«, lacht er.

»Danny ist nur meine Chefin. Nicht mehr.«

»Ja. Nee. Ist klar. Und wem willst Du hier etwas vormachen?«

»Warum vormachen? Ist so.«

»Schade, dass Du nicht sehen kannst, was ich sehe. Ich kenne Dich, Janne. Und ich kenne diesen Blick.«

»Welchen Blick?«, keife ich. »Mama, Danny ist meine Chefin.«

»Ist das die Danny, für die Du die Socken gestrickt hast?«

»Ja.«

»Die Danny, über deren letztem Wichtelgeschenk Du tagelang gebrütet hast? Jedes Kalenderblatt hast Du Dir gut überlegt und erst als Du zu vollen einhundert Prozent zufrieden warst … Soll ich weiter reden?«

»Nein. Sollst Du nicht.«

»Reden wir von der gleichen Danny?« Ich nicke … und könnte meine Mutter erwürgen. Warum kann sie nicht einfach nichts mehr dazu sagen? Wir könnten übers Wetter reden. Von mir aus sogar über Politik. Alles besser als Danny. Aber es wäre ja auch zu schön, wenn meine Mutter mein stummes Flehen erhören würde.

»Wann hast Du das letzte Mal etwas für eine Frau selber gemacht? Wann hast Du das letzte Mal gestrickt? Nach der Grundschule meine ich.«

»Umpf.«

»Belüg Dich nur weiter, Jana, aber ich sage Dir, Du bist verliebt. Hättest Du Deinen Blick gesehen, als Du die Nachricht geöffnet hast, würdest Du mir recht geben.«

»Ich mag sie. Das stimmt. Ich mag sie sogar sehr. Aber… Wie Du weißt stehe ich auf einen anderen Frauentyp. Und außerdem … ist sie meine Chefin.«

»Du wärst nicht die Erste, die ihr Glück jenseits ihres Beuteschemas findet. Du wärst auch nicht die Erste, die etwas mit einer Vorgesetzten anfängt. Schau Deinen Vater und mich an. Scheint irgendwie in der Familie zu liegen.«

»Aber … «

»Weißt Du was, wir sprechen in einem Jahr noch mal darüber und wer weiß, vielleicht bist Du da ja schon nicht mehr allein. Es wird Zeit, dass Du vergisst, was Simone Dir angetan hat. Du hast ein Recht auf eine glückliche Zukunft.«

»Ich kann aber nicht vergessen.«

»Und deswegen versperrst Du Dein Herz hinter einer dicken Mauer und lässt niemanden an Dich heran, egal, wie gut er es vielleicht mit Dir meint? Das ist ein trauriges Leben, Janne. Ich wünschte … «

Ich schüttle den Kopf. »Hör bitte auf.«, sagt mein Blick. Meine Mutter nickt. Und schweigt. Zu diesem Thema zumindest, was ich ihr sehr hoch anrechne.

Nach fast vierzehn Tagen Weihnachtsurlaub fällt es mir schwer, in den Alltag zurückzukehren. Daniela und ich haben während der Urlaubstage ab und zu miteinander geschrieben und sogar zweimal kurz telefoniert – und jedes einzelne Mal habe ich einen vielsagenden Blick von meiner Mutter kassiert.

Meine Mutter hat sich leicht reden. Sie hat nicht das durchgemacht, was ich mit Simone durchmachen musste. Für sie ist die Sache klar. Jana liebt Daniela und Daniela liebt Jana. Alles easy, in den Augen meiner Mutter.

Außerdem hat die Sache einen Haken. Ich liebe Daniela nicht. Jedenfalls nicht so. Ich finde sie süß. Und sexy. Außerdem hat sie einen tollen Charakter. Sie ist hartnäckig und manchmal ein bisschen tollpatschig. Aber vor allem nimmt sie sich selbst nicht allzu wichtig und kann gut über sich selbst lachen, Eigenschaften, die ich sehr zu schätzen gelernt habe.

Trotzdem … Sie ist so überhaupt nicht mein Typ. Wie kommt meine Mutter nur darauf, dass ich in sie verliebt sein könnte? Kann ich irgendwie nicht richtig nachvollziehen. Ganz abgesehen davon will ich mich auch gar nicht verlieben. Weder in Daniela, noch in eine andere Frau. Ich bin glücklich mit meinem Leben, so wie es jetzt ist. Es ist nicht so, dass ich mich nicht ab und zu nach der weichen Haut einer Frau sehne. Oder nach weichen Lippen, die mich sehnsüchtig küssen. Oder liebevollen Händen, die mich so berühren, dass ich meine Zurückhaltung aufgebe und meine Lust in die Dunkelheit der Nacht schreie. Ich liebe Sex. Und ich liebe Frauen. Gelegentlich.

Nie wieder möchte ich so etwas erleben müssen wie mit Simone. Dann bleibe ich lieber Single, wenn es sein muss für den Rest meines Lebens. Sie hat mich und meine Gutmütigkeit ausgenutzt. Und zwar nach Strich und Faden. Ich habe sie geliebt. Mit jeder Faser meines Herzens habe ich sie geliebt. Ich war so verblendet und von ihr geblendet, dass ich die Vorzeichen nicht erkannt habe. Ich habe mich ihr angepasst, wurde zu der Frau, die sie haben wollte. Dass ich mich dabei selbst verloren habe und schlussendlich nur noch wie das wandelnde Elend aussah, ist ihr natürlich nicht verborgen geblieben. Und schwupp war ich uninteressant.

Das Ende kam für mich sehr überraschend, kurz vor Weihnachten vor ein paar Jahren. Ich kam von der Arbeit nach Hause und stolperte über einen Koffer. *Will Simone verreisen?*, fragte ich mich und so war es auch. Simone wollte verreisen. Für eine sehr sehr lange Zeit. Ohne mich. Dafür mit einer anderen Frau, die sie irgendwo in einem Club kennengelernt hat. Ihre Worte zum Abschied trafen mich mehr als die Trennung an sich.

»Du bist so naiv, Janne.«, sagte sie und lachte hämisch. »Glaubst Du allen ernstes, dass das, was Du zu bieten hast, einer Frau wie mir auf Dauer reicht? Ich will mehr. Verstehst Du? Ich habe keinen Bock mehr auf Dich.«

Als ich eine Erklärung fordern wollte, schubste sie mich so heftig zur Seite, dass ich rückwärts auf ein Sideboard fiel und mir mehrere Rippen anknackste. Ich weinte. Wie ich noch nie zuvor geweint habe. Über die schmerzenden Rippen, über meinen Traum, der schwer bepackt die Wohnung verließ und über meine verlorene Liebe. Aber am meisten beweinte ich die Frau, die aus mir geworden war.

An diesem Tag schwor ich mir, nie wieder eine Frau so nahe an mich heranzulassen, dass sie mir das Herz brechen kann.

»Guten Morgen, Janne! Na, gut ins neue Jahr gerutscht?«

Claudia eilt mit langen Schritten auf mich zu. Ein breites Lächeln ziert ihr Gesicht. Schön, wenn jemand so gute Laune hat. Meine Laune ist heute alles andere als gut. Ich hätte gut noch ein paar Tage Urlaub brauchen können.

»Hat scho so gepasst.«, sage ich und bemühe mich ernsthaft um einen lockeren Gesichtsausdruck. Claudia schaut mich an, legt ihre Stirn in Falten.

»Besonders toll klingt das ja nicht gerade.«

»Doch, war wirklich ganz okay. Ich habe mit meinen Eltern gefeiert.«

»Mit Deinen Eltern?«

Ich rolle mit den Augen. Wie sie das sagt. Als wäre ich eine totale Katastrophe, die mit ihren Eltern feiern muss, weil sich sonst niemanden erbarmt hat. SO ist es dann doch nicht. Ich wollte mit meinen Eltern feiern, wollte gemütlich mit ihnen ins neue Jahr starten. Hatten wir lange Jahre nicht mehr gemacht, weil ich normalerweise Silvester immer irgendwo auflege. Und es war schön. Wirklich schön. Besser als ich dachte. Ich war stocknüchtern. Nicht mehr als zwei Bier und ein Glas Sekt habe ich getrunken. DAS ist auf jeden Fall schon mal erwähnenswert.

»Apropos. Hat Danny Dich eigentlich angerufen?«

»Ja. Schon. Zweimal. Warum?«

»Ich meine gestern.«

Ich lege meine Stirn in Falten und schaue Claudia mit großen Augen an. Warum sollte Daniela mich anrufen? Wovon spricht die stellvertretende Leitung?

»Schau nachher einfach kurz bei ihr im Büro vorbei.«

Mit diesen Worten lässt Claudia mich stehen und verschwindet hinter der Tür zu ihrem Gruppenbereich.

Lautes Kindergeschrei brüllt mir entgegen. Wahrscheinlich wieder Claudias Neuzugang, der ein Organ wie eine Feuerwehrsirene hat. Unglaublich, was aus diesem kleinen Kerl für Töne herauskommen, wenn er sich nur lange genug anstrengt. Kopfschüttelnd setze ich mich in Bewegung und klopfe an Danielas Bürotür.

»Komm ruhig rein, Janne.«

Also, entweder hat Daniela heimlich vor ihrer Tür eine Kamera installiert oder sie beherrscht den Röntgenblick. Eine andere Erklärung, warum sie so genau weiß, wer vor der Tür steht, gibt es nicht.

»Guten Morgen, Janne. Bist Du gut ins neue Jahr gerutscht?«

Ich nicke und schenke ihr ein Lächeln. Allerdings zieht ein Mann, der am Fenster steht und langsam auf mich zukommt, meine Aufmerksamkeit auf sich. Ich kenne ihn nicht.

»Janne, darf ich Dir Arturo Rinaldi vorstellen? Er ist der Leiter unserer Wohngruppe in Riem.«

Wohl erzogen reiche ich dem attraktiven Mittvierziger die Hand. Er hat einen angenehmen Händedruck. Und ein entwaffnendes Lächeln. Vom Namen und von seinem Äußeren her würde ich davon ausgehen, dass er Chilene ist, oder Peruaner oder so. Jedenfalls kein Europäer. So viel steht fest. Was er hier macht und was ich damit zu tun habe, erklärt sich mir aus Danielas und seinen Blicken noch nicht.

»Du wunderst Dich sicher, warum ich Dir Arturo vorstelle.«

Japp. Und wie. Auch wenn es mich im Grunde nicht interessiert. Ich bin müde. Und habe heute so überhaupt gar keine Lust zu arbeiten. Außerdem ist heute viel zu tun. Ich muss die Fenster abschmücken, den Jahreszeitentisch umdekorieren, die Spielsachen, die wir in der Vorweihnachtszeit aus der Gruppe verbannt haben, zurückholen und und und.

»Arturo braucht dringend Unterstützung. Für mindestens zwei Wochen.«

Aha. Und was in aller Welt hat das mit mir zu tun? Ich gehe davon aus, das in dem Blick, den ich Daniela zuwerfe, sämtliche Fragen, die mir durch den Kopf geistern, zu erkennen sind. Sie lächelt mich an.

»Wir wollten Dich fragen, ob Du nicht Lust hättest, ein paar Tage in Riem auszuhelfen.«

Kabumm. Die Bombe ist geplatzt. So langsam dämmert es sogar mir. Daniela will mich loswerden und dafür ist ihr jedes Mittel recht. Ich in einer Wohngruppe. Mit Schichtdienst. Wie soll ich das, was sie und dieser Arturo mit mir vorhaben, mit meinem Job als DJane vereinbaren?

Ich brauche die Jobs als DJane. Sie bezahlen meine Schulden, die mir aus der Beziehung mit Simone geblieben sind. Kann ich nicht auflegen, kann ich auch nicht zahlen. Kann ich nicht zahlen bekomme ich richtig Stress. Und Stress kann ich nicht gebrauchen.

»Ähm … Gibt es keine Alternativen?«, frage ich vorsichtig, obwohl ich die Antwort schon kenne. Dieser Arturo wäre nicht hier, wenn es Alternativen geben würde. Mist! Verdammter! Wie soll ich das nur alles unter einen Hut kriegen?

»Hier bist Du natürlich für die Zeit Deiner Abwesenheit freigestellt. Arturo und ich haben schon darüber gesprochen, dass Du am Wochenende in Clubs und bei Veranstaltungen auflegst. Du wirst keine Wochenenddienste bekommen, kannst also alles so weitermachen wie bisher.«

Na wenn es so ist. Warum nicht? Ich lerne gerne andere Einrichtungen kennen. Das habe ich Daniela auch gleich am Anfang unserer Zusammenarbeit erzählt. Es macht mir Spaß, zu sehen, wie andere arbeiten, vor allem, wenn ich nicht die Verantwortung tragen muss. Dass ich allerdings einfach abgeschoben werde behagt mir so überhaupt nicht. Ich mag es nicht, wenn man mit mir umspringt, als wäre ich ein Spielzeug, das man nur hervorholt, wenn man damit spielen möchte, und es ansonsten links liegen lässt. So ein Mensch bin ich nicht. Trotzdem stimme ich mit mäßiger Begeisterung zu.

»Das ist gut. Dankeschön. Du rettest mir echt den Arsch. Wir sind sowieso notorisch unterbesetzt, aber in den Weihnachtstagen ist bei uns der SuperGau ausgebrochen. Dann sehen wir uns heute Nachmittag. Bis später.«

Als die Tür hinter dem chilenischen Wohngruppenleiter ins Schloss fällt, atme ich tief durch und drehe mich langsam zu Daniela um. Meine Augen sprühen Funken.

»Beruhige Dich erst mal, Janne. Es ist doch nur für eine überschaubare Zeit. Wenn die Lage nicht so ernst wäre, hätte ich Dich nicht gefragt. In der WG von Arturo herrscht absolut Land unter, aber sobald die Kollegen wieder auf den Beinen sind, kommst Du zu uns zurück.«

Aha. Wird gemacht, Mylady. Wenn Ihr meinen, Mylady. Groll regt sich in mir. Anscheinend denkt sie tatsächlich, dass sie mich herumschieben kann, wie es ihr gefällt. Und alles nur, weil sie die Chefin ist. Und ich ihre Angestellte. Und weil sie ihre Gefühle für mich nicht unter Kontrolle hat und nicht damit klarkommt, dass ich nicht das Gleiche für sie empfinde wie sie für mich.

»Hattest Du einen schönen Start ins neue Jahr?«

Wie kann sie mich das fragen? Und warum jetzt? Nachdem sie gerade eine Bombe hat platzen lassen? Wenn ein Jahr schon so beschissen losgeht, kann es eigentlich nur noch besser werden. Hoffe ich zumindest.

Damit Daniela nicht merkt, wie sehr es in mir brodelt, verabschiede ich mich eilig von ihr, packe ein paar Sachen zusammen und mache mich auf den Heimweg. Bis zum Nachmittag sind noch ein paar Stunden und die werde ich in aller Seelenruhe im Bett genießen.

11. Danny

Es ist ja nur für eine überschaubare Zeit. Meine eigenen Worte hallen in meinen Ohren wider. Ebenso wie das unheilvolle Krachen, mit dem Jana die Tür ins Schloss geschmissen hat.

»Es ist nur zu Deinem Besten.«, sage ich leise und frage mich, wem ich hier etwas vormachen will. Mein Herz legte einen kurzen Hüpfer ein, als ich Janas Stimme vor der Tür hörte und einen noch größeren, als ich in ihre Augen blickte. Es fühlt sich so falsch an, sie an Arturos Gruppe abzuschieben, aber im Moment kann ich mir nicht anders helfen. Die letzten zwei Wochen waren der blanke Horror für mich und nicht nur einmal habe ich darüber nachgedacht, mich einfach ins Auto zu setzen und zu ihr zu fahren. Meine Freunde würden sich wahrscheinlich tot lachen, wenn sie wüssten, auf welche Weise ich mir Jana für die nächsten Wochen vom Hals geschafft habe, obwohl ich mir doch nichts sehnlicher wünsche, als ihr nahe zu sein. So richtig nahe. Näher als jeder andere Mensch ihr sein darf.

Was habe ich angerichtet? Ich muss verrückt sein. Völlig out off control.

»Und? Wie hat sie reagiert?«, fragt Claudia, als sie ein paar Minuten später bei mir im Büro aufschlägt.

»Was denkst Du?«

»Nicht sehr begeistert, vermute ich mal.«

»Das ist die positive Formulierung. Sie hat mir ein paar Sachen an den Kopf geknallt und dann ist sie gegangen. Hast Du die Tür nicht gehört? Ich dachte, unser Haus fällt zusammen, so schwungvoll hat sie die Tür ins Schloss geballert.«

»Und Du hast etwas anderes erwartet?«

»Irgendwie schon. Sie hat doch selber gesagt, dass sie gerne andere Einrichtungen kennenlernen würde.«

»Dass sie nicht blöd genug ist, um Dich nicht zu durchschauen ist Dir dabei nie in den Sinn gekommen?«

»Doch. Schon. Irgendwie.«, gebe ich leise zu. Claudia hat ja recht. Ich hätte Jana sagen sollen, dass ich es nicht geschafft habe, ausreichend Abstand herzustellen, um mit meinen Gefühlen klarzukommen. Allerdings geht es mir im Moment auch keinen Deut besser. Ich kann sie nicht mehr sehen und auch nicht mehr hören. Für mindestens zwei weitere Wochen, wenn nicht sogar noch länger. Hätte ich mir vielleicht vorher überlegen sollen.

»Wer hilft eigentlich bei den Horties aus?«

»Ich natürlich.«

»Warum Du?«

»Aus Mangel an Alternativen und weil Janne sich beschwert hat, dass Sina den Arsch nicht vom Stuhl hochbekommt.«

»Jana also.«

»Was ist daran so schlimm? Ich muss überprüfen, ob Sina wirklich so wenig Überblick hat. Danach kann ich weiter schauen.«

»Und diese Idee ist jetzt besser als Deine erste?«

»Klar. Warum nicht?«

»Wenn Du Sina in den Krankenstand treiben willst vielleicht … Du weißt auch, dass Du riesigen Ärger mit der Fettuccine bekommen wirst.«

»Fettuccine sind italienische Nudeln, Claudia. Wie oft denn noch? Der Ärger mit Heike Figliuzzi ist mir egal, ehrlich gesagt. Wenn Sina nicht arbeitet, dann darf ich das auch kritisieren, Heike hin oder her.«

»Na hoffentlich täuschst Du Dich da mal nicht.«

»Das hoffe ich auch.«

»Mal was anderes … Wie schauts denn aus auf dem Frauenmarkt?«

»Frauenmarkt … Wie das klingt. Irgendwie gaga.«

»Hör zu, Maus, wir legen jetzt ein Profil für Dich an und dann wirst Du Frauen daten. Wäre doch gelacht, wenn wir nicht ein passendes Deckelchen für Dich finden würden. Vergiss nicht, mein zweiter Name ist Amor.«

»Seit wann? Und warum bist Du dann selber Single?«

»Weil halt. Ich habe meine Pfeile ein paar Mal falsch geschossen. Jetzt warte ich lieber ab, nicht, dass ich noch irgendwann aus Versehen einen Baum treffe, in den ich mich unsterblich verliebe. Oder einen Turm, oder eine Brücke. Oder einen richtigen Vollhorst. Du weißt doch … zielen ist nicht so meine Stärke.«

Claudia lacht. Tief und kehlig. Die Frau ist eine Nummer für sich. Ich kenne niemanden, der so lässig mit seinem Single-Dasein umgeht wie meine Kollegin.

»Und Du willst mich jetzt wirklich bei einem dieser Single-Portale anmelden?«, frage ich vorsichtig und schaue Claudia skeptisch an.

»Natürlich. Ich will doch nicht, dass Du irgendwann zu einer vertrockneten alten Jungfer verkommst. Das wäre Verschwendung.«

Ich öffne meinen Mund und klappe ihn wieder zu. Für den Moment weiß ich nicht, was ich sagen soll. Ich bin sprachlos. Und zwar so richtig, was zugegebenermaßen nicht besonders oft vorkommt. Claudia lacht so sehr, dass Tränen über ihre Wangen laufen.

»Also, bei welcher App sollen wir Dich anmelden, Maus?«

»Bei gar keiner.«, schniefe ich. »Das ist alles nichts für mich.« Ich setze meinen Dackelblick auf und versuche Claudias Herz für mich zu erweichen. Sie kann doch nicht allen ernstes verlangen, dass ich mich auf einem dieser

Portale offenbare? Oder auf mehreren? Niemals. Lieber bleibe ich Single.

»Du bist untervögelt, Danny!«

»Also hör mal!«, schimpfe ich und springe entrüstet auf. »Du weißt aber schon, wen Du hier vor Dir hast, oder? Meinst Du nicht, dass Du ein wenig zu sehr meine Grenzen überschreitest?«

»Tue ich das?«

Natürlich überschreitet Claudia meine Grenzen. Wie immer, wenn sie sich etwas in den Kopf gesetzt hat. Allerdings ging es sonst eher darum, dass sie versuchte, mich zu überreden, ein paar zusätzliche Scheinchen für ihre Gruppe locker zu machen oder um irgendwelche größeren Neuanschaffungen fürs Haus. Um MICH ging es dabei noch nie. Dass sie trotzdem so hinterlistig meine Grenzen überschreitet und mir vor Augen führt, was für ein armseliges Leben ich führe, ist nicht nett. Und vor allem nicht fair. Gar nicht fair.

Die Galle kocht in mir hoch. Was habe ich mit Claudia nur falsch gemacht? Ärgerlich rolle ich mit den Augen, was sich hoffentlich auf Claudias Lachflash auswirkt. Tut es auch. Allerdings minimal anders als gewollt. Claudia lacht. Sie wiehert und gackert sogar. Unglaublich, diese Frau.

Ich schüttle den Kopf und wende mich ab. Dating-Portale sind scheiße.

Als ich mich das nächste Mal zu ihr umdrehe blinkt mir vom Display meines Laptop der aufdringliche Farbton eines jener Portale entgegen. Es blitzt. Na wunderbar. Soll das etwa mein Profilbild werden? Verschreckt. Panisch. Und mit geschlossenen Augen?

»Das kannst Du vergessen, Claudia.«

»Aber warum denn?«, säuselt sie so zuckersüß, dass ich aufpassen muss, nicht gleich am ersten Arbeitstag im neuen Jahr einen Zuckerschock zu erleiden.

»Das Bild ist zumindest echt. Nichts gestelltes, nichts kaputt bearbeitetes.«

»Dafür aber ziemlich grauenhaft.«, meckere ich.

»Sollte es Dir echt nicht gefallen, können wir später gerne ein Neues machen.«, lenkt Claudia milde ein. Geht doch. »Also, wie soll sie sein, die Frau Deiner Träume?«

Während Claudia darauf wartet, meine Erwartungen an eine potenzielle Partnerin, in den den PC zu hämmern, fange ich an, Eigenschaften aufzuzählen. Claudia springt auf. Und ich starre sie an, unfähig zu erkennen, was die plötzliche Unruhe zu bedeuten hat. Meine Kollegin baut sich vor mir auf und stemmt die Hände in die Seiten.

»Ich will nicht wissen, wie Jana aussieht.«, knurrt sie.

Ich hebe den Kopf. Wir starren uns an. Wie zwei Kampfgockel, die kurz davor sind sich aufeinander zu stürzen.

»Alles, was Du bis jetzt aufgezählt hast, trifft eins zu eins auf Jana zu.«

»Na und?« Ich zucke mit den Schultern. Jana ist eben meine absolute Traumfrau. Kann ich sie nicht haben, dann wenigstens eine, die ihr in möglichst vielen Bereichen ähnelt.

»Du bist ein hoffnungsloser Fall, Maus.«, brummt Claudia.

»Sag ich doch. Lässt Du mich jetzt in Ruhe?«

»Erst wenn wir das Profil fertig haben.«

»Solltest Du nicht sowieso langsam wieder in Deiner Gruppe auftauchen?«, frage ich, hoffnungsvoll einen kurzen Blick auf die Uhr werfend.

»Alles gut. Anna und Verena haben die Kids gut im Griff. Also, Maus. Erzähl.«

Ich starre auf das leere Feld auf dem Monitor. Wie soll ich denn Eigenschaften einer Frau aufzählen, wenn ich sehr genau weiß, was ich will? Ich will nur eine und die habe ich vor einer dreiviertel Stunde weggeschickt. Wie blöd kann ein Mensch sein?

Eine weitere halbe Stunde später hebt Claudia entnervt die Hände. Anscheinend habe ich es geschafft und sie lässt mich endlich in Ruhe. Ich will allein sein. Und Trübsal blasen. Das Leid der Welt im Allgemeinen beweinen. Und meines im Besonderen. Ich mag es nicht, wenn ich so bin, aber manchmal … kann ich nicht anders.

Deute ich den Blick, den Claudia mir beim hinausgehen zuwirft, richtig, darf ich mich anscheinend glücklich schätzen, dass sie wenigstens ein Dating-Portal for lesbians only ausgegraben hat. Wenigstens etwas. Nicht, dass ich besonders viel Erfahrung mit Portalen dieser Art hätte, aber was man da so für Geschichten hört … Heteropaare, die auf der Suche nach etwas Abwechslung eine Frau suchen, die ihr Sexleben aufwertet, Frauen, die neben ihrem Mann erotische Abenteuer mit anderen Frauen suchen und und und … Oder Männer und Frauen, die schon in der ersten Nachricht sehr eindeutige Fotos mitschicken. So etwas braucht kein Mensch. Hoffentlich behält Claudia recht und die Seite, auf der sie mich angemeldet hat, ist tatsächlich so diskret und seriös wie sie behauptet.

In Gedanken versunken betrete ich wenig später tief durchatmend Janas Gruppenbereich. Janas Gruppenraum ohne Jana ist nur noch ein x-beliebiger Gruppenraum. Unzufriedenes Seufzen huscht über meine Lippen. Wenigstens ist Sina schon da. Immerhin. Man soll sich ja auch an den Kleinigkeiten freuen und genau das werde ich jetzt lernen.

»Hallo Sina. Ich wünsche Dir ein frohes neues Jahr.«, flöte ich etwas zu übertrieben fröhlich um normal zu klingen.

»Hallo. Hat Janne sich bei Dir gemeldet? Ich warte schon eine halbe Ewigkeit, dass sie endlich auftaucht.«, knurrt meine Kollegin. Mit in die Seiten gestemmten Händen steht sie in der Mitte des Gruppenraums und schaut aus, als hätte sie keine Ahnung, was sie machen soll. Genervt rolle ich mit den Augen.

»Janne kommt heute nicht.«

»Ist sie krank?«

»Nein. Wir haben sie für die nächsten Wochen an eine Wohngruppe in Riem verliehen.«

»Verliehen? Die nächsten Wochen?«, kiekst Sina und schaut nicht besonders glücklich aus. »Wer übernimmt dann mit mir die Horties?«

»Ich.«

»Du? Aber … aber das geht doch nicht … «, stottert sie. »Du bist doch freigestellt.«

Das schon. Allerdings heißt das nicht, dass ich nicht einspringe, wenn irgendwo die Hütte brennt. Normalerweise sollte Sina das eigentlich wissen, aber eben … Erkläre ich es ihr eben noch mal ganz in Ruhe.

Ich hatte keine Ahnung, dass Hortkinder so anstrengend sein können. Wie hält Jana das nur aus? Und ist dann auch noch meistens gut drauf? Wo nimmt sie nur ihre Gelassenheit her?

Ich bin mir nicht mehr so ganz sicher, ob es eine gute Idee war, Jana an Arturo Rinaldi und seine Wohngruppe zu verleihen. Seit dem Mittagessen läuft Sina mit einem dicken Schal durch den Gruppenraum und zieht ein

Gesicht, bei dem einem Angst und Bange wird. Sie seufzt und jammert und bekommt die Füße kaum vom Boden hoch. Jede Wette, dass sie morgen krank ist und ich die Horties alleine betreuen darf.

Hätte ich mir das doch nur früher überlegt. Aber nööö. Ich sah nur mich und meine Gefühle, die nicht erwidert werden. Was hätte ich denn sonst machen sollen? Ich hasse Pattsituationen. Und dass ich ab morgen allein mit den Horties arbeiten darf, hasse ich noch mehr. Vielleicht sollte ich Arturo Rinaldi anrufen und ihm verklickern, dass ich einen riesigen Fehler gemacht habe. Aber wie stehe ich denn dann da?

12. Janne

Meine Füße fühlen sich an, als hätte jemand eine Ladung Blei an meine Beine geschnürt. Ich bekomme sie kaum vom Boden hoch. Die Glocken einer Kirchturmuhr schlagen. Elf Mal. Seit fünf Tagen quäle ich mich durch den Spätdienst und ungefähr genauso lang weiß ich, dass Schichtdienst nichts für mich ist. Wenn ich nicht so müde wäre, könnte ich Daniela … und mich gleich mit. So eine Scheiße, dass ich nicht in der Lage war, einfach *Nein* zu sagen.

Das Handy in meiner Tasche vibriert und obwohl ich keinen Namen sehe, weiß ich doch, wer mich um diese Uhrzeit anruft.

»Hey, Danny.«, sage ich leise. Zu mehr bin ich nicht mehr in der Lage. Wie machen die Leute in der Jugendhilfe das bloß, dass sie den Job so locker bewältigen? Mir gehen die Schicksale der Jugendlichen nahe. Bin ich in der Einrichtung, rödle ich mir einen ab, bin ich daheim, finde ich keine Ruhe. Ich muss gestehen, dass ich nicht wirklich auf das, was ich jeden Tag erlebe, vorbereitet war. Eigentlich dachte ich, dass ich locker mit allem umgehen kann, aber so ist es nicht. Vor drei Tagen mussten wir einen kleinen Jungen aufnehmen, der für sein Alter von gerade mal sechs Jahren schon so viel erlebt hat, dass es für drei Leben reicht. Er war ein Zwilling. Bis vor ein paar Wochen.

Er weint sehr viel. Vermisst seinen Zwillingsbruder. Und seine Eltern – so unlogisch das erst mal erscheinen mag. Jeden Abend sitze ich stundenlang an seinem Bett, höre ihm zu und versuche, ihn zu beruhigen. Erst wenn er sicher schläft bringe ich es übers Herz zu gehen.

»Na Janne, geht's Dir gut?«, fragt die Stimme in meinem Headset.

»Jo. Passt schon.«, flunkere ich. Nichts passt. Und zwar überhaupt nichts. Ich fühle mich so ausgelaugt wie schon sehr sehr lange nicht mehr. So ausgelaugt, dass ich sogar meine Termine zum Auflegen abgesagt habe. Ich sehe keinen anderen Weg, wenn ich nach dem Wochenende wieder einigermaßen wiederhergestellt im Hort aufschlagen will.

»Du klingst nicht so.«

Ach Daniela. Du hast doch keine Ahnung. Wenn Du das erleben würdest, was ich erlebe, würdest Du auch nicht mehr wie das blühende Leben klingen. Dann könntest Du nachvollziehen, warum ich mir vorkomme wie eine alte Frau, die die Achtzig schon vor längerer Zeit überschritten hat.

Obwohl ich nicht will zucken meine Mundwinkel ein kleines bisschen Richtung Augen. Daniela hat sich von Arturo Rinaldi meinen Dienstplan geben lassen und ruft, seit ich Spätdienst habe, jeden Abend zur gleichen Zeit an, um mich telefonisch nach Hause zu begleiten. Ich habe einen Heimweg von ungefähr einer Stunde, viel Zeit also, um über Gott und die Welt zu plaudern. Hätte mir jemand vor ein paar Wochen gesagt, dass ich mich so über die spätabendlichen Telefonate freuen würde, hätte ich ihn ausgelacht. Ich mag Daniela. Schon von Anfang an mochte ich sie. Dass sie mir jedoch so wichtig sein könnte, dass ich sie vermisse, war SO nicht geplant.

»Was verschafft mir die Ehre Deines Anrufs?«, necke ich.

»Ich will nicht, dass Du ganz allein am S-Bahnhof bist.«

»Ich bin nicht allein.«, flunkere ich. Der sorgenvolle Unterton in Danielas Stimme gefällt mir nicht. Ich will nicht, dass sie sich Sorgen um mich macht. Ich will ein lockeres Telefonat, so wie jeden Abend.

»Doch, bist Du. Fast zumindest. Lass mich raten, außer Dir wartet nur noch ein Mann.«

Woher weiß sie das denn? Verwundert drehe ich meinen Kopf in alle Richtungen, damit ich den S-Bahnhof überblicken kann. Am anderen Ende des S-Bahnhofs steht eine junge Frau mit langen dunklen Haaren. Ich sehe nur ihre Rückseite. Mit einem Handy am Ohr läuft sie hin und her und gestikuliert ziemlich wild. Nett. Kopfschüttelnd wende ich mich wieder ab. Fünfzehn Minuten muss ich noch warten, dann erst kommt meine Bahn.

»Du brauchst Dir keine Sorgen machen, Danny. Ich bin nicht allein.«

»Doch, bist Du.«

Meine Beine zittern. Ich zucke zusammen. Und drehe mich um. Danielas Augen blitzen fröhlich. Sie zieht mich in ihre Arme.

»Lügnerin.«, sagt sie leise.

»Was …? Was machst Du denn hier?«, stottere ich.

»Ich hole Dich ab.«, sagt sie und rollt so unauffällig mit den Augen, dass es schon wieder auffällig ist. *Siehst Du doch.*, steht in ihren Augen. Sie legt ihren Arm um meine Schulter und schiebt mich immer weiter vom Bahnsteig weg.

»Du sagst doch immer, dass Du nach dem Dienst so Hunger hast, dass Du eine ganze Kuh verdrücken könntest… «

Wo sie recht hat … Wie jeden Abend knurrt mein Magen schon seit Stunden und verlangt nach Aufmerksamkeit. Ich grinse schief.

»Was hältst Du davon, wenn wir eine Kleinigkeit Essen gehen und danach fahre ich Dich heim?«

Keine gute Idee, sagt mein Kopf. *Oh ja, genialer Einfall*, hält mein Bauch dagegen und knurrt noch etwas lauter. Daniela lacht. Es ist schön, sie lachen zu hören. Gerade an einem Tag wie heute tut es gut, mit ihr zusammen zu lachen. Außerdem … Verdammt, es fühlt sich gut an, ihr so nahe zu sein. Von den Stellen, an denen ihr Körper meinen berührt, steigt Wärme auf. Meine Haut kribbelt. Aber … das kann doch gar nicht sein. Ich bin nicht in Daniela verliebt. Niemals. Ich stehe auf blonde Frauen, die eine Idee größer sind als ich. Frauen, deren trainierter Körper ein Fest für meine Sinne darstellt. Bei Gelegenheit muss ich darüber nachdenken, was die Reaktionen meines Körpers zu bedeuten haben, aber für den Moment will ich einfach nur Danielas Nähe genießen, ihren Duft inhalieren und an ihrer Seite den menschenleeren S-Bahnhof verlassen.

Unauffällig drehe ich meinen Kopf zur Seite. Zufrieden schaut Daniela aus. Und irgendwie glücklich. Sie steuert so zielsicher nach rechts, als wüsste sie ganz genau, wo wir um diese Uhrzeit noch etwas Essbares herbekommen.

Knappe fünfzehn Minuten später sitzen wir uns gegenüber. Zwischen uns ein kleiner Tisch, auf dem ein gut gefülltes Tablett steht. Burger und Pommes. Wohin das Auge reicht. Ein Fest für meinen knurrenden Magen. Und für die Fettpölsterchen, die heute Nacht garantiert wieder dafür sorgen, dass meine Jeans eingehen.

»Greif zu.«, sagt Daniela und reicht mir einen der Burger. Richtig richtig schön fett, mit einer ordentlichen Portion Bacon. Oh, ich liebe Bacon. Vor allem nach einem Dienst wie heute.

»Wie geht es Dir?«, fragt sie. Ihre Stimme klingt etwas undeutlich und verwaschen. Kein Wunder. Ich will nicht wissen, wie groß das Stück ist, das sie unauffällig in ihre Backen zu schieben versucht. Ein Grinsen huscht über meine Lippen.

»Jetzt geht es mir gut. Danke … auch fürs Abholen.«, nuschle ich kauend.

Mein Blick fällt auf Danielas Gesicht. Sie nickt. Und lächelt. Und scheint zu überlegen, was sie sagen soll. Tief Luft holend sucht sie meine Augen.

»Ich habe jemanden kennengelernt.«, bricht es so unvermittelt aus ihr heraus, dass ich zusammenzucke.

»Oh, wow. Das ist doch cool. Wie heißt sie? Wie sieht sie aus? Was macht sie? Was macht ihr Vater?«

Danielas Lächeln ist so warm, so liebevoll, dass es mir durch und durch geht, mich an einer Stelle berührt, von der ich glaubte, ich hätte sie doppelt und dreifach gegen Angriffe von außen geschützt. Pusteblume. Nichts habe ich geschützt. Ich schlucke. Meine Hände verknoten sich miteinander. In meinem Hals sitzt ein dicker Knoten, der mir das Schlucken zusätzlich erschwert. Will ich wirklich wissen, wer sie ist? Was sie macht? Wie sie aussieht? Und wie toll sie ist?

Betroffen schlage ich die Augen nieder. Schon erstaunlich, wie schnell manche Menschen sich verlieben und wieder entlieben können. Unmerklich schüttle ich den

Kopf. Und ich Mondkalb habe mir Sorgen gemacht, Daniela verletzt zu haben.

Es kostet mich tatsächlich ein gehörige Portion Mühe, Daniela die Aufmerksamkeit zukommen zu lassen, die sie verdient.

»Ihr Name ist Brigitte. Sie ist Polizeibeamtin. Bei der KriPo.«, sagt Daniela leise, fast tonlos und schiebt ihr Smartphone über den Tisch. Eine junge Frau lächelt mir entgegen, die … mir tatsächlich ein bisschen ähnlich sieht. Sie könnte glatt meine Schwester sein. Wenn ich denn eine hätte. Allerdings sehe ich besser aus. Eindeutig. Nein … eingebildet bin ich nicht. Meine Augenbraue zuckt. Ich versuche mich an einem Lächeln, von dem hoffentlich nur ich merke, dass es irgendwo zwischen Mundwinkeln und Augen einfriert. Warum fällt es mir so schwer, mich ehrlich mit Daniela zu freuen? Ist eine neue Liebe nicht das, was ich mir für sie gewünscht habe? Was ich mir für sie wünschen sollte?

Gehört es sich nicht so, dass man einem Menschen, der einem viel bedeutet, nur das Beste wünscht? Und wenn diese Brigitte nun das Beste für Daniela ist? Dann sollte ich mich doch für sie freuen können. Warum fällt es mir trotzdem so unglaublich schwer, mir ein echtes Lächeln abzuringen?

Beim Versuch, Daniela ein offenes Lächeln zu schenken, verkrampft mein Kiefer so sehr, dass es weh tut. Dumpfer Schmerz krabbelt durch meinen Körper. Ich stöhne frustriert auf. Eine vorwitzige Strähne springt in Danielas Gesicht. Süß, wie schüchtern sie lächelt und die Strähne wieder hinters Ohr schiebt. Nein! Nicht süß, sondern sexy. Warum fällt mir das erst jetzt auf? Jetzt, wo sie mich nicht nur zwangsversetzt, sondern sogar ausgetauscht hat?

Ich habe keinen Hunger mehr. Appetit erst recht nicht. Ich will einfach nur noch weg. Mich in mein Bett verziehen und mir die Decke über den Kopf ziehen. Nichts mehr hören, nichts mehr sehen. Und vor allem nichts fühlen.

Der ganze Tag heute war irgendwie Mist. Wie sehr habe ich mich gefreut, als ich Daniela gesehen habe. Ich hätte sie am liebsten nicht mehr losgelassen, wobei mir noch nicht so ganz klar ist, woran das liegt.

»Bist Du schon satt?«, fragt sie. Ihr Blick ruht auf mir. Sie schaut mich so durchdringend an, dass meine Pobacken beginnen, auf dem unbequemen Stuhl hin und her zu rutschen.

»Meine Augen waren wohl doch größer als der Hunger.«, erkläre ich leise. Was ist nur los mit mir? Wüsste ich es nicht besser, würde ich glatt glauben, dass irgendjemand einen kleinen Funken in mein Herz gepflanzt hat. Aber ich bin doch nicht verliebt! Niemals!

»Macht es Dir was aus, wenn wir nachher gehen? Deine Freundin wartet doch bestimmt schon auf Dich.«

»Sie hat heute Nachtdienst.«

Ah ja. Deswegen hat sie also so viel Zeit. Ob die *tolle* Brigitte weiß, mit wem Daniela sich herumtreibt? Wenn sie es wüsste, wäre sie bestimmt nicht besonders angetan. Wäre ich an ihrer Stelle, würde es mir zumindest so gehen. Allerdings bezweifle ich, dass Daniela ihr von mir und ihren Gefühlen für mich erzählt hat. Unauffällig mustere ich mein Gegenüber. Daniela ist eine attraktive Frau. Definitiv. Sollte die oh so tolle Brigitte sie jemals verletzen werde ich ihr höchstpersönlich den Arsch aufreißen, ganz egal, ob sie bei der KriPo und mir wahrscheinlich total überlegen ist. Dann vergesse ich sogar meine gute Kinderstube. Versprochen.

»Janne?«

»Hmh?«

»Wo bist Du in Gedanken?«

»Ach, ich habe nur an Max gedacht. Du weißt schon, der kleine Junge, der vor ein paar Tagen in Arturos WG einziehen musste.«, flunkere ich ohne mit der Wimper zu zucken. »Sein Schicksal geht mir irgendwie nicht aus dem Kopf.«

»Willst Du darüber sprechen?«

Obwohl sich das Herz in meiner Brust schmerzhaft zusammenzieht, schüttle ich den Kopf. Ich wüsste auch gar nicht, was ich sagen sollte. Die Gedanken fliegen so kreuz und quer durch meinen Kopf, dass ich nicht in der Lage bin, einen Anfang zu finden. Wie soll ich Daniela an meinen Gedanken teilhaben lassen, wenn ich sie selbst nicht verstehe?

»Danny, sei mir bitte nicht böse, aber ich glaube, ich bin müde. Der Job in der WG hat mir doch mehr zugesetzt, als ich dachte. Ich würde gerne gehen.«

»Klar. Kein Problem.«, sagt Daniela und springt mindestens so schnell auf wie ich.

»Du musst mich nicht heimfahren.«, erkläre ich leise, während ich in Gedanken überschlage, wie groß das Loch wohl sein wird, das eine Taxifahrt nach Hause in meinen Geldbeutel reißt. Ich unterdrücke ein frustriertes Seufzen.

»Aber ich habe doch versprochen, dass ich Dich heimfahre.«

»Meinst Du allen ernstes, dass Deine Brigitte sich darüber freut, wenn sie erfährt, mit wem Du Deinen Abend verbracht hast?«, knurre ich ziemlich ungehalten. Wie kann sie es wagen? Sie hat eine Freundin und dann besteht sie darauf, einen auf Gentlewoman zu machen. Genervt schüttle ich den Kopf.

»Aber … Nur weil ich eine Freundin habe heißt das doch nicht, dass wir keine Zeit mehr miteinander verbringen können. Als Freunde, meine ich.«

»Freunde? Belügst Du Dich da nicht selber, Danny? Erst vor ein paar Wochen hast Du mir gesagt, dass Du in mich verliebt bist. Du hast Dich entliebt, schön. Freut mich für Dich. Ehrlich. Aber dann kommst Du daher und willst mit mir befreundet sein. Also ganz ehrlich, mit dem Tempo, das Du vorlegst, komme ich nicht mit.«

»Ich will mit Dir befreundet sein, Janne. Ich mag Dich. Daran hat sich doch nichts geändert, nur weil ich jetzt in festen Händen bin. Wir können auch gerne mal was zu dritt machen, oder mit Claudia und … «

Zynisches Lachen huscht über meine Lippen. Was für eine grandiose Idee. Die Turteltäubchen und ich. Ich kotze gleich. Sicher bin ich für vieles geeignet. Mich zum Deppen zu machen und mir selbst die Rolle als bemitleidenswertes drittes Rad am Wagen zu verpassen gehört nicht dazu. Mein Bauch rumpelt. Den fettigen Burger zu essen war wohl doch keine so grandiose Idee. Ob ich es irgendwann lerne, am Abend auf fettiges Essen zu verzichten? Wahrscheinlich nicht. Dafür bin ich dann doch zu sehr ich. Mich quälen und mit unzufriedenem Bauch ins Bett gehen gehört definitiv nicht so direkt zu meinen Stärken.

Nachdenklich lege ich meine Stirn in Falten. Sollte eine Freundschaft mit Daniela tatsächlich möglich sein? Ist es das, was ich wirklich will? Unsicher wiege ich den Kopf. Danielas Nähe ist so präsent, dass mir schier die Luft wegbleibt. Verdammt! Warum habe ich es nur nicht eher kapiert? Mein Herz schlägt so schnell aus, dass es locker mit der Tachonadel eines Formel1-Wagens mithalten kann.

»Bist Du glücklich?«, frage ich vorsichtig, obwohl ich meine Frage auch gut selbst beantworten könnte. Ein kurzer Blick in Danielas Augen reicht aus. So sehr wie sie leuchten und blitzen muss sie glücklich sein. Überglücklich sogar.

»Ja.«, murmelt sie, unterbricht unseren Blickkontakt jedoch nicht. Ihre Hand gleitet fahrig durch ihr Haar. Es fällt mir so verdammt schwer, mich mit ihr zu freuen. Trotzdem bemühe ich mich, das drückende Gefühl in meiner Brust mit einem schiefen Grinsen zu überspielen.

»Komm, lass uns gehen.«

An Danielas Seite durch die tief verschneite Münchner Winternacht zu laufen fühlt sich so gut an. Herrje, es könnte so romantisch sein … wäre sie nicht die Partnerin einer anderen und ich nicht so unglaublich doof. Was ist nur los mit mir? Könnte meine Mutter uns so sehen, würde sie glatt wieder behaupten, ich wäre verliebt. In Daniela. Meine Chefin. Was für eine absurde Idee. Ich mag Daniela einfach. Sie ist eine interessante Frau. Eine faszinierende Frau. Trotz der Kälte fühlt sich ihre Hand, die sie, nachdem wir das Schnellrestaurant verlassen haben, wie selbstverständlich in meine gelegt hat, so warm an, dass sich das angenehme Gefühl von meiner Hand über meine ganze rechte Seite ausbreitet. Meine Haut kribbelt. Mein Herz pocht.

Nachdenklich kicke ich einen großen Schneebrocken durch die Luft. Daniela ist eine wirklich besondere Frau und diese Brigitte ein Glückspilz.

Wahrscheinlich ist das, was mein Herz mir als verliebt sein vorgaukeln will, nichts anderes als Torschlusspanik.

Daniela steht nicht mehr zur Verfügung, also laufe ich innerlich Amok. Vielleicht sollte ich einen Psychologen aufsuchen, der mir hilft, die Knoten in meiner Brust und in meinem Kopf zu lösen. Besser ist das wahrscheinlich, bevor ich mir selbst ein Bein stelle über das ich fallen kann.

Der Schnee knirscht unter unseren Füßen. Außer uns ist in dieser Ecke der Stadt anscheinend niemand unterwegs. Jedenfalls nicht zu dieser Uhrzeit.

Ich unterdrücke ein Gähnen, will den Abend noch nicht enden lassen, obwohl mein Zustand bereits jetzt weit über müde hinausgeht.

»Du hättest Sinas Gesicht sehen sollen … «

Häh? Was? Wovon spricht Daniela? Ich bleibe stehen, schaue sie verwirrt an.

»Na, als ich vor zwei Wochen völlig überraschend in Eurem Gruppenraum aufgetaucht bin und ihr mitgeteilt habe, dass ICH Deine Vertretung übernehme.«

Oha. Nicht nötig, ihr Gesicht zu sehen. Ich kann es mir lebhaft vorstellen, wie bedröppelt meine Gruppenkollegin aus der Wäsche geschaut haben muss. Und … ich verwette meinen Allerwertesten …

»Lass mich raten … ab dem zweiten Tag war sie krank.«

»Richtig.«

Tschagga. Wusste ich es doch. Mein Arsch bleibt bei mir.

»Und was ist dann passiert?«

»Dann habe ich zwei Wochen alleine Deine Gruppe geschmissen. Das ist passiert.«

Oh oh. Nicht gut. Gar nicht gut. Es fällt mir nicht schwer, mir vorzustellen, wie *lustig* die zwei Wochen für Daniela gewesen sein müssen. Meine Kinder bilden eine sehr muntere und temperamentvolle Mischung, der jede Menge Mist einfällt. Garantiert war Daniela am Abend genauso fertig wie ich während der letzten zwei Wochen, in denen ich in Arturos Gruppe Vertretung gemacht habe.

»Hat das ständige krank feiern eigentlich irgendwelche Folgen für Sina?«

»Solange wir ihr nichts beweisen können, sind mir die Hände gebunden. Oder hast Du irgendwelche Beweise? Wenn ja, wäre jetzt der perfekte Moment, damit herauszurücken.«

Ich lege meine Stirn in Falten. Selbst wenn ich Beweise hätte, würde ich sie Daniela bestimmt nicht auf die Nase binden. Es gehört sich nicht, seine Kollegen in die Pfanne zu hauen, auch dann nicht, wenn wir alle Sina am liebsten gestern als morgen wieder los wären.

Schweigend traben Daniela und ich durch den Schnee. Das Licht des Mondes lässt einzelne Flocken wie Diamanten glitzern. Ich strecke meine Hand aus und fange einen der tanzenden Schneesterne mit der Kuppe meines Zeigefingers ein.

»Hier, für Dich.«, erkläre ich. Danielas Wangen sind gerötet. Ein sanftes Lächeln umspielt ihre Lippen. Sie kommt mir immer näher. Nur noch wenige Zentimeter trennen unseren Gesichter voneinander. Ihr heißer Atem streicht über meine Haut. Mein Herz legt einen wilden Galopp ein.

»Und das ist für Dich!«, jauchzt Daniela und drückt mir einen riesigen Schneeball ins Gesicht.

»Scheiße! Ist das kalt!«, kreische ich. Wild mit den Armen rudernd hüpfe ich wie ein Gummiball auf der Stelle. Der Schnee ist hartnäckig. Statt sich entfernen zu lassen rutscht er tiefer. Eine eiskalte Spur zieht von meinen Wangen über meinen Hals in meinen Ausschnitt. Bilde ich es mir nur ein, oder folgen Danielas Blicke tatsächlich der weißen Masse?

»Ich dachte, Du könntest eine kleine Abkühlung brauchen.«

»Und Du eine Abreibung.«

Mit lautem Getöse stürze ich mich auf sie. Sie ist kleiner als ich. Und nicht so athletisch. Ich muss mich nicht mal besonders anstrengen, um sie in den Schnee zu befördern. Ich liege auf ihr. Sie unter mir. Ihre Zungenspitze streicht über ihre Lippen. Sie atmet schnell. Und abgehackt. Ihre Augen sind groß. Und mindestens eine Nuance dunkler als sonst. In meinem Hirn herrscht Leere. Sämtliche Brigittes und wie sie alle heißen sind mir egal. Ich sehe nur noch Daniela. Und ihre verführerisch geöffneten Lippen.

Es klatscht. Eine weitere Ladung Schnee trifft mich mitten ins Gesicht. Ich quietsche. Und jaule. Und jammere. Und gebe Daniela augenblicklich frei. Ich springe auf und tänzle schimpfend durch den Schnee. Mittlerweile sind meine Klamotten tropfnass, meine Füße tiefgefroren. Danielas Wangen leuchten. Ihr Grinsen reicht von einem Ohr zum anderen.

»Muskeln sind nicht alles.«, kommentiert sie lakonisch und dafür könnte ich … ihr den Hals umdrehen. Natürlich sind Muskeln nicht alles. Sie tut gerade so, als ob ich das nicht wüsste. Hallo? Ganz doof bin ich auch nicht. Nur eben nicht ganz so durchtrieben wie sie.

Die Decke in meinem Schlafzimmer ist genauso weiß wie der Schnee. Obwohl mich seit Stunden bleierne Müdigkeit quält liege ich wach. Ebenfalls seit Stunden. In meinem Kopf dreht sich alles und fliegt so munter durcheinander, als wären meine Hirnwindungen in einen Tornado geraten. Kaum taucht ein Gedanke auf, verflüchtigt er sich schon wieder und räumt seinen Platz für … Danielas Gesicht. Ihre leuchtenden Augen. Die geröteten Wangen. Und ihr fieses Grinsen, als sie den Schnee in meinem Gesicht verteilt hat.

Daniela. Ständig sehe ich ihr Gesicht und finde keine Ruhe mehr. Ich habe keine Ahnung, wie oft ich während der letzten Stunden die Was-wäre-wenns abgewägt habe. Was wäre, wenn Daniela Brigitte nicht getroffen hätte? Was wäre, wenn ich Danielas liebevollem Drängen vor ein paar Wochen nachgegeben hätte? Was wäre, wenn Daniela optisch meinem Beuteschema entsprechen würde? Was wäre, wenn alles anders gekommen wäre? Was ist überhaupt anders?

Ich knurre frustriert. Warum beschäftige ich mich überhaupt mit solchen Gedanken? Daniela ist vergeben und ich bin nicht verliebt in sie. Das verrückt spielen meines Körpers sortiere ich in die gleiche Schublade wie mein wild klopfende Herz. Die Schublade trägt die Aufschrift *Torschlusspanik,* die ich definitiv nur habe, weil ich mich in einer neuen Situation zurechtfinden muss, was mir in persönlichen Dingen noch nie sonderlich behagt hat. Private Veränderungen mag ich nicht. Ich suche Verlässlichkeit, brauche meine Zeit, um mich auf neue Situationen einzustellen. Genau. Das ist es. Deswegen spielen mein Herz und mein Körper so verrückt.

Mit Daniela hat das rein gar nichts zu tun. Gefühle sind auch keine im Spiel. Jedenfalls nicht solche …

Wieder mit mir und meiner Welt im Reinen kann ich mich endlich fallen lassen und schlafe ein, während vor dem Fenster unzählige Schneeflocken munter durch die dunkle Nacht tanzen.

13. Danny

Bist Du glücklich?« Seit Wochen geistert Janas so lässig in den Raum gestellte Frage durch meinen Kopf. Aber noch viel mehr beschäftigt mich die Frage, warum ich lediglich mit einem einsilbigen »Ja« geantwortet habe.

Es stimmt schon. In DEM Moment war ich glücklich. Und zwar so richtig. Ich hätte die ganze Welt umarmen können. Allerdings nicht aus dem Grund, den Jana vermutlich im Kopf hatte, als sie mir in die Augen schaute. Für sie war die Sache klar. Brigitte liebt Daniela und Daniela liebt Brigitte. Noch heute, Monate später, kann ich kaum glauben, dass sie mir tatsächlich zutraut, mich so schnell zu entlieben und neu zu verlieben. Entsprechend dumpf war der Schmerz, den ihre beißenden Worte in meinem Herzen hinterließen.

Brigitte und ich … nun ja, wir haben uns im wahrsten Sinn des Wortes gesucht und gefunden. Sie war allein und vom Leben und der Liebe enttäuscht. Ich war allein und vom Leben und der Liebe enttäuscht. So war es eigentlich völlig logisch, dass wir uns nicht nur einmal miteinander verabredet und viele schöne Stunden miteinander verbracht haben. Aber mehr …?!? Nie im Leben. In meinem Herz ist nur Platz für eine Frau und die heißt nicht Brigitte. Leider, könnte ich schon fast sagen. Brigitte ist eine aufmerksame Frau, aber genauso wie ich ist sie nicht frei.

Wenn wir ausgehungert übereinander herfallen, sind wir uns dessen immer mehr als bewusst, dass das, was wir miteinander haben, nur von überschaubarer Dauer sein wird. Sollte eine von uns sich tatsächlich neu verlieben oder endlich von der Frau ihres Herzens erhört werden … Allerdings schaut es im Moment weder bei Brigitte, noch bei mir so aus, als könnte sich der seltsame Zustand, in dem wir uns seit Monaten befinden, in absehbarer Zeit ändern.

Langsam aber sicher bin ich mit meinem Latein am Ende und ziemlich verzweifelt, ehrlich gesagt. Jana herauskitzeln hatte ich wollen und was ist passiert? Nichts. Sie freute sich mit mir. Sie. Freute. Sich. Mit. Mir.

Dabei war ich mir doch so sicher, dass das, was mich, mein Leben, mein Herz und meine Gefühle auf den Kopf stellt, nur am Anfang einseitig war. Ich habe es in ihren Augen gesehen. Und ich sehe es immer noch. Jeden Tag, wenn wir uns über den Weg laufen, sehe ich es. Die Glut im Braun ihrer Augen. Ihr verlegenes Grinsen, wenn wir uns zufällig berühren. Das hitzige Funkeln, wenn wir uns wieder in einer unserer Diskussionen verstricken, mit denen wir den Rest unserer Kolleginnen in den Wahnsinn treiben.

Es ist Frühling. Ende Mai, genau genommen, was bedeutet, dass Jana und ich uns seit etwas mehr als einem halben Jahr kennen. Sechs Monate Hoffen und Bangen. Sechs Monate, in denen ich ihr und mir selbst hinterher hechle. Sechs Monate stetig steigende Verzweiflung und Frustration. Wenn sich nicht bald etwas ändert, drehe ich durch. Wenn ich doch nur wüsste, was hinter ihrer Stirn vor sich geht.

Manchmal wünsche ich mir, ich könnte Jana einfach so aus meinem Kopf und meinem Herz vertreiben. Platz machen für eine Frau, die die Gefühle, die ich für sie habe, erwidert. Raum schaffen für etwas Neues. Für etwas, das mich so berührt, wie ich berührt werden möchte. Nicht nur an der Oberfläche. Sondern tiefer als die tiefste Stelle der Tiefsee.

Alles nicht so ganz einfach. Ich könnte kotzen. In Deutschland leben mehr als fünf Millionen Frauen zwischen dreißig und vierzig. Und ich verliebe mich ausgerechnet in Jana. Eine Frau, die so unerreichbar für mich ist wie das Ende des Universums für die Menschheit. Gäbe es einen Preis für Blödheit, wäre ich definitiv die allererste Anwärterin. Wie kann man auch so blöd sein und der Frau, für die man am Liebsten alle Sterne vom Himmel holen würde, erzählen, dass Freundschaft das non plus ultra ist. Ich bin so doof. So unendlich doof.

Ich hätte doch ahnen müssen, dass es Jana sehr viel leichter fällt, mit mir befreundet zu sein als umgekehrt. Doof. Sag ich doch. Wenn wir miteinander durch die Stadt bummeln oder uns bei Eis oder Burger gegenübersitzen möchte ich sie am Liebsten berühren. Mich in ihren Augen verlieren und mit ihr zusammen die Welt erobern. Ich möchte eins sein mit ihr. Aber sie …

… ist einfach Jana. Sie steht mir zur Seite, wie eine Freundin es tun sollte, geht mit mir Essen oder ins Kino, wenn meine *Freundin* arbeiten muss. Ab und zu schleift sie mich sogar in einen der Clubs, in denen sie an den Wochenenden auflegt. Ich fühle mich wohl an ihrer Seite und … wenn ich ehrlich bin, genieße ich die neidischen Blicke der anderen Frauen, wenn Jana besitzergreifend ihren Arm um meine Schultern legt und mich vor allzu aufdringlichen Frauen abschirmt.

Ich liebe Jana. Und ich weiß, dass sie mich auch liebt. Dummerweise auf eine frustrierend asexuelle Weise.

Wenigstens Claudia hält, seit Brigitte offiziell die Frau an meiner Seite ist, die Klappe, was ich als sehr wohltuend empfinde. Sie versucht nicht mehr, mich mit irgendjemandem zu verkuppeln und nimmt Janas und meine Kabbeleien während der Teamsitzungen nur noch mit einem schiefen Grinsen zur Kenntnis. Für sie ist klar, dass meine Gefühle für Jana abgekühlt sind und ich … werde einen Teufel tun und ihr erzählen, was tatsächlich in mir vorgeht.

Meine Gefühle, mein Problem.

»Na Du, alles fit im Schritt?«

Ich rolle mit den Augen. War ja klar. Von wem, außer von Claudia, könnte sonst so ein bekloppter Kommentar kommen? Gut … okay … von Jana vielleicht … Und da ist es schon wieder. Mein Problem. Jana. Unglaublich, wie oft ich gezwungen bin, an Jana zu denken, selbst dann, wenn ich Brigitte oder Claudia gegenübersitze oder versuche, allein in meiner Wohnung Ruhe zu finden.

Ich hebe meinen Kopf. Claudias Augen begegnen meinen, halten meinen Blick stand.

»Was willst Du, Claudia?«

»Och, nichts bestimmtes, Maus. Nur so dies und das.«, antwortet sie vage.

»Was soviel heißt wie?!?«

»Ich frage mich nur schon die ganze Zeit, wann wir Deine Süße endlich mal kennenlernen. So langsam habe ich nämlich das Gefühl, dass Du uns die Story vom Pferd auftischen willst und Deine Brigitte nicht real existiert.«

»Nicht Dein Ernst.«

»Doch, Danny. Käme es Dir nicht auch komisch vor, wenn ich erst bis über beide Ohren in jemanden verliebt bin und schon ein paar Wochen später mein Herz an einen anderen Mann verschenken würde? Siehst Du? Genauso geht es mir mit Dir. Was ist das mit dieser Brigitte und Dir? Liebt Ihr Euch?«

»Was auch immer Liebe bedeutet.«, formen meine Stimmbänder, Lippen, Zähne und meine Zunge die fatalen Worte, bevor ich sie hätte zurückhalten können. Entsetzt schlage ich die Hand vor meinen Mund und ramme meinen Kopf gegen eine imaginäre Wand.

Oh man, Danny!, schimpfe ich mich in Gedanken. Wie in Zeitlupe hebe ich den Kopf und starre Claudia an. Ihr Grinsen reicht von einem Ohr zum anderen. Ich öffne meinen Mund und schließe ihn wieder. Ich brauche ein Seil. Ein ganz dickes. Eines, mit dem man sogar Elefanten aus dem Morast retten könnte. Und einen Abschleppwagen, der mich aus der Scheiße, in die ich mich mit nur einem Satz manövriert habe, herauszieht.

»So so … « Mehr sagt Claudia nicht. Erstmal zumindest. Dafür sprechen ihre Augen Bände. Wie gerne würde ich das, was mir durch den Kopf geistert, aussprechen, aber dann … brauche ich wahrscheinlich eine neue Kollegin, also gebe ich mich lediglich der Hoffnung hin, dass Claudia einfach den Mund hält. Aber Claudia wäre nicht Claudia …

»Besonders glücklich klingt das aber nicht.«

War ja klar. Ich rolle mit den Augen.

»Ich bin glücklich. Aber mal was anderes … «, versuche ich, möglichst unauffällig das Thema auf sicheres Terrain zu lenken. Zu dumm, dass Claudia den Kopf schüttelt und jeden weiteren Gedanken mit einer lässigen Handbewegung abtut. Mühsam ein Seufzen unterdrückend schiebe ich mich aus meinem weichen Sessel und gehe ans Fenster. Meine Augen tasten den Garten ab. Was ich sehe, gefällt mir. Jana jagt mit einigen Kindergarten- und Hortkindern einem Ball hinterher. Ihr Haar, das sie, wie fast immer, wenn sie mit den Kindern tobt, zu einem Zopf zusammengebunden hat, hüpft bei jedem ihrer Schritte munter auf und ab. Die Kinder quietschen und jauchzen. Sogar der Dreikäsehoch, der mit seinem Geschrei, das erstaunliche Ähnlichkeit mit einer Feuerwehrsirene hat, Claudia seit ein paar Monaten an den Rand der Verzweiflung bringt, jauchzt und lacht glücklich. Mit dem Ball vor den Füße umrundet er Jana, die dafür sorgt, dass niemand ihm seinen Schatz abluchsen kann. Lautes Lachen gurgelt in meiner Brust. Ein paar Zentimeter weniger und der Kleine wäre gerade so groß wie der Ball.

»Was gibt es da unten so spannendes?«, fragt Claudia und kommt neugierig näher.

»Och, nur Deine Feuerwehrsirene.«

»Hör mir auf mit Yanni. Der treibt mich in den Wahnsinn. Wenn er so weitermacht, bin ich taub, bis er in die Schule kommt.«

»So schlimm?«, frage ich scheinheilig, erleichtert darüber, endlich ein anderes Thema gefunden zu haben.

»Noch schlimmer! Was macht er?«

»Er spielt mit Jana Fußball.«

»Du machst Witze. Ich glaube Dir kein Wort!«

»Dann sieh selbst.«

Claudia schiebt sich an mir vorbei und drückt ihre Nase an der Fensterscheibe meines Büros platt. Kopfschüttelnd dreht sie sich wieder zu mir um. Fassungslosigkeit und Verwunderung zeichnen einen Ausdruck in ihr Gesicht, der mir Tränen in die Augen treibt. Dick und rund kullern sie über meine Wangen. Ich halte meinen Bauch.

»Dass Du mich auslachst ist nicht nett von Dir, Maus! Überhaupt nicht nett!«, schimpft Claudia. »Ich quäle mich seit Monaten mit dem Kerl herum und dann … spielt er einfach so Fußball und lacht so laut, dass die Wände wackeln. Pha!«

»Höre ich Eifersucht in Deinen Worten?«

»Nein. Frustration!«

Claudia schüttelt immer noch den Kopf, kann genauso wenig wie ich fassen, was sich im Garten unter uns abspielt. Yanni ist ein anhängliches Kind. Wenn er nicht gerade wie eine Sirene schreit und heult, klebt er so an Claudias Seite, dass sie kaum noch die Möglichkeit findet, alleine auf die Toilette zu gehen. Ich kann mir gut vorstellen, dass das, was sie im Moment empfindet, nicht ausschließlich Freude ist.

»Also, Maus, wann lernen wir Deine Brigitte endlich mal kennen?«

Ungläubig starre ich Claudia an, hatte ich mich doch für ein paar Minuten sicher gefühlt. So schnell, wie sie das

Thema wechselt, bin nicht mal ich – und das muss was heißen.

»Sie kommt mich heute abholen.«, sage ich. Hoffentlich bin ich die einzige, die die etwas eigenwilligen Wackler in meiner Stimme bemerkt. Brigitte kommt heute tatsächlich, um mich abzuholen, allerdings nur, weil sie unbedingt Jana kennenlernen will. Oft genug muss sie sich den stetigen Wechsel aus Schwärmerei, Hoffnung und Verzweiflung ja auch anhören. Da ist es nur recht und billig …

»Na wunderbar. Ich hatte echt schon die Befürchtung, dass sie nur eine Geburt Deiner überschäumenden Phantasie ist. Sag mir Bescheid, wenn sie da ist. Ich bin wieder unten.«

Erleichtert lausche ich dem Klappen der Tür und Claudias Schritten, die sich auf der Treppe immer weiter von meinem Büro entfernen. Endlich kann ich ungestört meine Aufmerksamkeit auf das widmen, was mich wirklich interessiert. Die Kinder. Und Jana.

Hallo! Kann ich Ihnen irgendwie helfen?«, dröhnt Janas Stimme zu mir herauf. Unauffällig schiebe ich den Vorhang zur Seite und beobachte das Geschehen auf dem Rasen. Neben Jana steht … oh shit … Brigitte. Sie ist zu früh dran. Wie immer.

Mein Herz rutscht einen halben Meter tiefer und klemmt irgendwo zwischen Knie und Wade.

»Ich bin auf der Suche nach Danny.«

»Die ist im Büro.«

»Sie müssen Janne sein.«

»Live und in Farbe … und Sie sind … oh … Brigi … «

»Brigitte. Ich bin Brigitte. Freut mich, Sie kennenzulernen. Danny erzählt sehr viel von Ihnen.«

Mein Blick fällt auf Jana. Sie hat die Augen zusammengekniffen. Mittlerweile kenne ich sie gut genug, um zu wissen, dass sie verzweifelt nach einer passenden Reaktion sucht, die nicht sofort verrät, dass sie so gut wie nichts über Brigitte weiß.

»Sie müssen nicht so tun, als wüssten Sie besonders viel von mir.«, sagt Brigitte und lacht so laut, dass die Peinlichkeit über ihr Verhalten unangenehme Hitze von meinem Herz über meinen Hals bis zu meinen Wangen jagt, wo sie sich eiskalt niederlässt.

»Ich kenne Danny. Sie geht sehr sparsam um, mit dem, was sie von sich preisgibt.«

»Wahrscheinlich.«, antwortet Jana vage. Sie dreht ihren Kopf in alle Richtungen und sieht aus, als suche sie nach einer Möglichkeit, Brigittes prüfenden Blicken zu entrinnen. Vielleicht denkt sie aber auch nur nach. So genau lässt sich das von hier oben nicht erkennen. Dafür erkenne ich Brigittes Hand, die vertraulich über Janas Schulter gleitet. Hallo?!? Gehts noch?!?

»Haben Sie Samstag Abend Dienst?«

»Nope. Ausnahmsweise habe ich tatsächlich einen freien Samstag. Warum fragen Sie?«

»Weil ich am Samstag beim Frauenfest auflege. Wenn Sie Lust haben … «

»Klar kommen wir.«

Groll krabbelt in mir hoch. Wie kann diese Frau einfach so über mich bestimmen, ohne vorher ein Wort in diese Richtung mit mir gewechselt zu haben? Ich bin so fassungslos, dass meine Hände zittern. Meine Zähne knirschen, so sehr beiße ich sie zusammen. Wusste ich es doch, dass es keine gute Idee ist, Brigitte zu erlauben, mich von der Arbeit abzuholen. Normalerweise mag ich Brigitte und komme ganz gut mit ihr aus. Sie ist ein sehr … spezieller Mensch. Anders als andere. Aber manchmal ist sie mir schlicht peinlich. Dann würde ich am Liebsten vor Scham im Erdboden versinken.

Anscheinend fühlt Brigitte sich unbeobachtet. Sie wagt es tatsächlich, Jana so offen und unverfroren anzuschauen, dass sie ihre Blicke Janas Körper regelrecht abtasten. Kann ich mir schon denken, dass ihr gefällt, was sie sieht. Jana sieht heute wieder zum niederknien aus. Ihr dunkles Tanktop liegt so eng auf ihrer gebräunten Haut, dass meine Sinne … zur Abwechslung nicht das machen, was sie sollen. Nicht nur einmal stand ich während der vergangenen Stunden schwer atmend am Fenster und habe sie heimlich dabei beobachtet, wie sie mit den

Kindern Fußball oder Fangen gespielt hat oder mit dem Spaten ein Beet umgegraben hat. Jede ihrer Bewegungen legt Muskeln frei, die meine Sinne dazu verführen, Samba mit meinen Nerven zu tanzen.

Sollte dieser Sommer ähnlich heiß werden, wie der letzte, habe ich ein Problem. Wie soll ich es aushalten, Jana nicht anfassen zu dürfen, wenn ihr Körper eine ständige Reizüberflutung darstellt? Die Sehnsucht nach Jana lässt das Blut nur so durch meine Adern pulsieren. Verzweifelt schnappe ich nach Luft.

Ein hart geschossener Ball fliegt so schnell am Fenster vorbei, dass ich einen kurzen Augenblick brauche, um zu realisieren, dass es sich um einen Lederball handelt – die bei uns eigentlich verboten sind. Ich reiße meinen Mund weit auf, doch der erwartete Schrei bleibt irgendwo hängen. Jana dreht sich um. In diesem Moment knallt es. Der Ball. Gegen Janas Gesicht. Sie taumelt. Und klammert sich mit beiden Händen an Brigitte fest. Aus ihrer Nase tropft Blut.

Ich drehe mich um und laufe los. Zwei Stufen auf einmal nehmend fliege ich förmlich die Treppe hinunter. Dass ich nicht stürze grenzt an ein Wunder. Nicht auszudenken, wenn wir beide verletzungsbedingt ausfallen würden. Obwohl … Sie … und ich … in einem Bett … *Oh nein, Maus. Jana ist verletzt und Du denkst an …*

»Alles in Ordnung?«, japse ich, als ich nach einer gefühlten Ewigkeit endlich schwer atmend bei Brigitte und Jana aufschlage.

»Ja. Ja, ich schenke don.« Janas Stimme klingt verwaschen. Außerdem verdreht sie die Buchstaben. Nicht gut. Gar nicht gut.

»Donnerwetter. Das war mal eine harte Flanke.«, kommentiert Brigitte grinsend. Ich verdrehe die Augen und werfe ihr einen Blick zu, wie ich ihn grundsätzlich immer aufsetze, wenn ich jemanden zum Schweigen bringen will. Und tatsächlich, es funktioniert. Brigitte klappt ihren Mund, den sie gerade geöffnet hatte, um noch etwas zu sagen, wieder zu. Ich nicke ihr zu und führe Jana mit ihrer Unterstützung in den Gruppenraum der Horties.

Stöhnend sinkt Jana in die weichen Kissen des Sofas, für das sie mir erst vor ein paar Wochen das Geld aus der Tasche geleiert hat. Sie hält sich den Kopf. Ihr linkes Auge ist geschwollen. Die Nase blutet immer noch. Und ich laufe Amok.

»Verzieh Dich!«, schnauze ich Brigitte an.

»Aber … «

»Wärst Du nicht gewesen, hätte Janne den Ball bemerkt und hätte ihm ausweichen können!«

»Aber … «

»Nix … aber. Wo steckt eigentlich Sina?« Ich schaue Jana fragend an. »Sina!!!«, schreie ich aufgelöst. Jana stöhnt.

Und hält sich immer noch den Kopf. Ihre Augen sind geschlossen.

»Sina baut Überstunden ab.«, sagt sie leise.

Mir liegt ein bissiger Kommentar auf den Lippen. *Wie kommt Sina denn zu Überstunden, wenn sie so oft* krank *feiert* ist ein bisschen freundlicher ausgedrückt als das, was mir durch den Kopf jagt.

»Jana? Mach mal bitte Deine Augen auf. Wie viele Finger siehst Du?«

»Vier.«

Okay. Wirklich nicht gut. Ich schaue Brigitte an. Brigitte schaut mich an. Zusammen schauen wir auf die zwei ausgestreckten Finger. Sie zuckt mit den Schultern.

»Schaut nach einer Gehirnerschütterung aus. Janne sollte ins Krankenhaus.«

»Nein. Kein Krankenhaus. Bitte nicht. Wer kümmert sich denn dann um meinen Kater?«

Ich lege meine Stirn in Falten. Als ob es keine wichtigeren Dinge gäbe als einen Kater, der auf die Ankunft seiner Dosenöffnerin wartet. Das kann doch auch ihr Vermieter übernehmen, oder?

»Brigitte, kannst Du bitte ein Handtuch nassmachen? So richtig schön kalt? Danach gehst Du in den ersten Gruppenraum hinter der Eingangstür. Sag Claudia Bescheid, dass sie zu uns kommen soll.«

Meine Stimme ist klarer als mein Kopf. Wenn ich meinen Befehlston anschlage kann ich mich selbst nicht leiden. Aber was soll ich denn tun? Jana liegt hier. Vor mir. Und sie ist verletzt. Und alles nur wegen Brigitte, deren Verhalten Jana so sehr abgelenkt haben, dass sie den Lederball kurz aus den Augen gelassen hat. Nie mehr werde ich das unangenehme Knirschen vergessen, das so laut war, dass ich es bis in mein Büro gehört habe.

»Brigitte?«, sagt Jana leise. »Das mit dem Auflegen am Samstag wird wohl nichts werden. Wenn Du mit Danny zum Frauenfest gehen willst, sag einfach am Eingang Bescheid. Die lassen Euch kostenlos rein.«

Brigitte nickt, während ich unmerklich den Kopf schüttle. Das ist wieder so typisch für Jana. Ich drehe Brigitte ein Gesicht zu, das die hoch gewachsene Kommissarin dazu bringt, den Kopf einzuziehen und mit hängenden Schultern den Gruppenraum zu verlassen. Endlich. Erleichtert atme ich auf.

»Du hättest sie nicht so anschnauzen sollen.«, kritisiert Jana mich ganz offen.

»Aber sie ist doch Schuld an Deiner Verletz … «

»Eben nicht. ICH habe nicht aufgepasst. Dafür kann sie doch nichts.«

»Trotzdem. Du solltest wirklich ins Krankenhaus.«

»Ich habe niemanden, der meinen Kater hütet. Heinzi ist im Urlaub.«

Ich zucke mit den Schultern. Einen kleinen Kater füttern, ihm Wasser geben und sein Klo saubermachen kann so kompliziert ja nicht sein.

»Ich kann das machen, wenn Du mir sagst, wo alles ist.«

Jana lacht leise. Und ich reiße die Augen weit auf. Ich will lieber nicht wissen, wie deppert ich aus der Wäsche schaue. Als hätte sie meine Gedanken erraten sagt Jana leise:

»Fritzi ist ein bisschen … kompliziert. Wenn ich nicht da bin isst er nicht.«

Ich kratze mich am Kopf.

»Na gut.«, lenke ich ein. »Wenn Du meinst. Aber …, zum Arzt fahre ich Dich und danach bringe ich Dich heim. Du wirst Dich strickt an die Anweisungen des Arztes halten und sollte es Dir schlechter gehen, bringe ich Dich sofort ins Krankenhaus. Verstanden?«

»Ja. Danke.«, haucht Jana so leise, dass ich sie kaum verstehe. Ihre Augen fallen zu. Das feuchte Tuch bedeckt ihre Stirn, ihr linkes Auge und ihre Nase, die immer noch blutet. Ein eiskalter Schauer jagt über meinen Rücken. Hoffentlich ist wenigstens nichts gebrochen. Meine Augen brennen. Ich fühle mich auf einmal so unglaublich schwach wie schon lange nicht mehr. Ach, was sage ich, wie noch nie. Und so hilflos. Ich möchte Jana helfen und doch kann ich es nicht. Dieses Gefühl ist grausam.

Vor der Tür bricht ein Tumult los.

»Du kommst mit!«, höre ich Claudia schimpfen. Ich runzle die Stirn. Mein Blick fällt auf Jana. Sie stöhnt. Und ich kann mir wahrscheinlich nicht mal ansatzweise vorstellen, wie sehr ihr Schädel dröhnt.

»Ich habe den Torschützenkönig gleich mitgebracht.«, sagt Claudia und schiebt Aaron, einen schlaksigen Viertklässler mit kecker Frisur und dunklen Baggypants vor sich her. Der Junge hat Tränen in den Augen.

»Aber das war doch gar keine Absicht.«, beteuert er. »Ich dachte doch gar nicht, dass der Schuss so arg ist.«

»Nicht denken, Aaron, aufpassen. Dann gibt es auch keine Verletzten.«, knurrt Claudia und schiebt ihn unsanft weiter.

»Wer hat Euch eigentlich erlaubt, dass Ihr mit einem Lederball spielt?«

»Das war ich.«, dringt Janas Stimme leise unter dem nassen Handtuch hervor.

»Na, dann hat es ja wenigstens die Richtige getroffen.«, brummelt Claudia. Dann erst schaut sie sich Jana genauer an. Sie reißt ihre Augen weit auf.

»Oha, gegen wen hast Du denn geboxt? Du solltest doch eigentlich wissen, dass Du nicht Regina Halmich bist.«

Claudia lacht verhalten. Unter dem Handtuch grunzt es leise. Ich halte die Hand vor meinen Mund. Bin ich froh, dass Claudia da ist. Tausendmal besser als Brigitte. Sie hat das Talent, Situationen zu entzerren und ihnen den Schrecken zu nehmen. Außerdem sorgt sie dafür, dass ich mich nicht mehr ganz so schlecht fühle.

»Wo ist Brigitte?«, frage ich leise.

»Heim gefahren. Hielt sie wohl für besser. Sie hat gesagt, Du sollst sie anrufen, wenn Du weißt, was mit Janne los ist. Vielleicht wäre es keine ganz schlechte Idee, Dich bei ihr zu entschuldigen. Sie ist fix und fertig und gibt sich die Schuld an Jannes Unfall.«

Ich wiege meinen Kopf hin und her. Auch wenn ich es mir nicht gerne eingestehen will, hat Claudia nicht ganz unrecht. Ich habe mich Brigitte gegenüber ziemlich unfair verhalten.

»Übernimmst Du bitte ausnahmsweise die Horties?«

»Was ist mit Sina?«

»Überstundenabbau.«

»Wie kommt die denn zu Überstunden?«, platzt die Frage aus Claudia heraus, die ich vorhin mühsam hinuntergeschluckt habe. Meine Mundwinkel verziehen sich zu einem Grinsen.

»Woher soll ich das wissen?«, grunzt Jana und lugt vorsichtig unter dem Handtuch hervor. »Ihr braucht nicht so einen Aufstand zu proben. Mir geht es schon wieder fast richtig ganz gut.«

»Janne!«, schimpfe ich. »Du hast mir etwas versprochen.«

Da sie für einen kurzen Augenblick unter dem Handtuch hervor blinzelt pflanze ich den strengsten Ausdruck in mein Gesicht, der mir im Moment möglich ist.

Sobald ich etwas Näheres weiß, ruf ich Dich an.«, sage ich im Vorbeigehen leise zu Claudia.

»Klar. Kein Problem. Hoffen wir mal, dass nichts Schlimmeres passiert ist. Ich plane sie für die nächsten Tage auf jeden Fall nicht ein.«

»Mich bitte auch nicht, Claudia.«, sage ich und raffe mit beiden Händen meine Sachen zusammen.

»Warum nicht?«

»Weil ich Überstunden abbaue. Ich möchte Jana jetzt nicht alleine lassen.«

»Ah ja. Deine Partnerin lässt Du runterlaufen und Jana willst Du nicht alleine lassen. Da läuft doch eine Kleinigkeit verkehrt. Findest Du nicht auch? Bist Du sicher, dass Du glücklich bist?«

Ich hebe nur kurz den Kopf und schaue Claudia an, ohne sie jedoch bewusst wahrzunehmen.

»Natürlich bin ich glücklich mit Jana.«

Uuubs, das war wohl ein klitzekleiner Freudscher Versprecher. Mit hochroter Birne tauche ich unter dem Schreibtisch auf.

»So so. Mit Jana also. Und was ist mit Brigitte?«

»War nur ein Versprecher. Natürlich meine ich Brigitte.«, stottere ich und könnte mir die Haare raufen vor lauter Blödheit. Claudia grinst nur wissend.

»Du musst wissen, was Du tust.«

Genau. So schaut es aus. SO und nicht anders. Solange ich weiß, was ich tue, ist alles in Ordnung. Bevor Claudia mir noch weitere Fragen, deren Inhalt mir definitiv nicht gefallen wird, um die Ohren knallt, schiebe ich mich lieber an ihr vorbei und flüchte aus meinem Büro.

Vor der Tür lehne ich mich gegen die Wand und atme tief durch. Ein Lächeln huscht über meine Lippen. Mein Herz legt einen kleinen Stolperer ein, der sich eher anfühlt, als würde sich ein riesiger Stein lösen. Obwohl Jana Schmerzen hat und ich noch gar nicht so genau weiß, was sie von meiner Idee, mich ein paar Tage um sie zu kümmern hält, breitet sich ein Glücksgefühl in mir aus, wie ich es sehr lange nicht mehr erlebt habe. Fortuna scheint es ausnahmsweise gut mit mir zu meinen und bietet mir die perfekte Möglichkeit, Jana nahe zu sein, ohne gleich den Anschein zu erwecken, ihr sofort an die Wäsche zu wollen.

14. Janne

Ich fühle mich matt. Und leer. Und ziemlich matschig. Wie ein Schlückchen Wasser in der Kurve hänge ich im Beifahrersitz von Danielas Auto und versuche nicht zu kotzen. Mir ist übel. Nein. Genaugenommen ist mir sogar schlecht. Richtig schlecht. Was gab es heute Mittag gleich wieder zum Essen? Oh ja. Lasagne. Oh oh. Nicht schon wieder eine Kurve. In der Hoffnung, dass das flaue Gefühl in meinem Bauch sich endlich verzieht, schließe ich die Augen. Ein Fehler. Mein Schädel dröhnt, mein Magen dreht sich einmal um die eigene Achse. Nie wieder werde ich den Kids erlauben, mit einem Lederball im Garten Fußball zu spielen. Definitiv. Nie. Wieder. Und wenn doch soll mich bitte jemand schlagen. Alles besser, als unerwartet mit einem harten Lederball zu knutschen.

»Halt bitte an.«, krächze ich.

»Hmh?«

»Anhalten! Aussteigen!«

Mehr bekomme ich nicht mehr hin. Inzwischen steht mir die Lasagne schon an der Oberkante der Unterlippe.

Nur kraftvolles Zusammenbeißen der Zähne verhindert, dass ich Danielas Auto als Kotztüte missbrauche.

Als sie endlich bremst und das Auto in eine viel zu kleine Lücke zwängt, reiße ich die Tür auf und hechte aus dem noch fahrenden Auto an den Straßenrand. Die Geräusche, die während der nächsten zwei bis drei Minuten von mir zu hören sind, sind alles andere als lecker. Jemand streicht mir das Haar hinter die Ohren und hält meinen Kopf. Kleine warme Frauenhände. Ein heiseres Seufzen huscht über meine Lippen. Das grauenhafte Gefühl, das Mittagessen wieder und wieder zu essen, wird ganz allmählich besser. Trotzdem fühle ich mich beschissen. Außerdem ist es mir peinlich, dass ich die Kontrolle über mich und meinen Mageninhalt verloren habe. Langsam richte ich mich auf und versuche mich an einem Lächeln.

»Ich fahre Dich jetzt ins Krankenhaus. Du hast eine Gehirnerschütterung. Damit ist nicht zu spaßen.«

»Aber mein Kater … «

»Wird auch noch ein paar Stunden ohne Dich auskommen. Keine Widerrede. Steig ein.«

Ich kneife das Auge, das den heimtückischen Angriff des Killerfußballs unbeschadet überstanden hat, zusammen und mustere Daniela durchdringend. Dieser Ton, der keinen Widerspruch duldet. Dieser Blick. Irgendwie sexy. Automatisch ziehe ich den Kopf ein und wackle wie ein Hündchen, das gerade von seinem Herrchen gerügt worden ist, zum Auto zurück.

Während ich mich darum bemühe, meine Konzentration ausschließlich auf das zu lenken, was sich vor meiner Nase abspielt, lenkt Daniela das Auto mit schlafwandlerischer Sicherheit durch den Großstadtdschungel. Allein dafür hat sie meine Bewunderung verdient.

Hat sie vielleicht ein Abo mit dem Krankenhaus? Oder warum braucht sie nicht mal ein Navi um den Weg zu finden? Wahnsinn. Die Frau hat eine bessere Orientierung als sämtliche Frauen, die ich kenne, zusammen. Um meine Orientierung ist es hingegen nicht so besonders gut bestellt. Ich habe keinen blassen Schimmer, wo wir uns befinden.

Wäre sie ein boshafter Mensch könnte sie mich einfach irgendwo hinfahren und mich in der Pampas aussetzen. Wahrscheinlich bräuchte ich Wochen, um den Weg nach Hause zu finden. Aber Gott sei Dank gehört Daniela nicht zur Spezies boshafter Mensch. Obwohl sie nicht so aussieht, ist sie manchmal etwas ruppig und donnert Leuten wie mir schon mal ihre Anweisungen um die Ohren, dass es nur so kracht. Trotzdem trägt sie ihr Herz am rechten Fleck. Und sie ist verlässlich. Wenn sie etwas sagt, macht sie es auch. Ohne mit der Wimper zu zucken. Ich versuche, mich zu entspannen, was mit schmerzendem Schädel und pochendem Herzen nicht ganz so einfach ist.

Vor meinen Augen schickt ein Schild seine knalligen Farben in alle Richtungen. Notaufnahme steht darauf. Schon wieder wird mir flau im Magen. Ich hasse Krankenhäuser und versuche so selten wie irgendwie möglich Gast in einem zu sein.

Schon als Kind hatte ich ein Problem mit Krankenhäusern. Dummerweise war ich ein sehr aktives Mädchen, das sich ständig irgendwelche Bänder zerrte, Rippen anknackste, oder was weiß ich noch alles anstellte. So blieb es nicht aus, dass ich die eine oder andere Woche in einem dieser supersterilen Zimmer mit den supersterilen weißen Wänden und der genauso supersterilen weißen Bettwäsche verbringen musste.

Seit ich vor ein paar Jahren meine Großmutter in einem dieser Zimmer auf ihrem letzten Weg begleiten musste, habe ich kein Problem mehr mit Krankenhäusern. Nein. Seitdem hasse ich sie. Ich kann einfach nicht vergessen, wie sehr meine Großmutter gelitten hat und wie schwer ihr die letzten Atemzüge gefallen sind.

Seitdem war ich nur noch einmal zu Gast in einem dieser Etablissements. Weil ich dummerweise meinen Finger so saudumm in eine zuschlagende Autotür gebracht habe, dass er innerhalb kürzester Zeit zu doppelter Größe anschwoll und nicht blau sondern sogar lila war. Grund genug für meine Mutter völlig am Rad zu drehen, mich abzuschleppen und sich erst dann wieder einzukriegen, als ich hilflos auf einer der Pritschen in der

Notaufnahme saß und darauf wartete, dass mein Finger genauer unter die Lupe genommen wurde.

Ich hasse Krankenhäuser. Vorsichtig drehe ich meinen Kopf und beobachte Daniela aus den Augenwinkeln. Wenn sie konzentriert ist hat sie immer so einen besonderen Ausdruck in den Augen aber irgendetwas ist anders als sonst. Sie ist viel attraktiver als noch vor ein paar Monaten. Diese Brigitte scheint ihr wirklich gut zu tun. Aber vor allem ist sie ein Glückspilz. Ich bin mir mehr als sicher, dass Daniela ihr den Halt und die Liebe gibt, die sie nach einem harten Arbeitstag braucht. Mein Bauch gibt ein leises Grummeln von sich.

»Erzähl mir jetzt nicht, dass Du Hunger hast.«, murmelt Daniela und starrt hoch konzentriert auf den Asphalt vor ihrem Auto. Die Suche nach einem Parkplatz gestaltet sich, was für eine Überraschung, nicht wirklich einfach. Halb München scheint sich heute hier verabredet zu haben. Weit und breit keine freie Lücke. In mir keimt die Hoffnung, dass ich vielleicht doch um den Besuch in der Notaufnahme herumkommen könnte.

»Da! Da fährt einer raus!«, ruft Daniela freudig. Ich bin überhaupt nicht freudig. Gefrustet schließe ich die Augen. Ob es mir etwas bringt, wenn ich mich schlafend stelle? Macht sie dann kehrt und fährt mich nach Hause? Heim, in meine gemütliche Wohnung, in der mein hungriger Kater darauf wartet, mich mit seinen süßen Kulleraugen zu umgarnen? Für den Fall, dass Daniela nicht bemerkt hat, dass ich tief und fest schlafe, gebe ich leise Schnarchgeräusche von mir.

»Du brauchst Dich nicht schlafend stellen, Janne. Wir sind nämlich da. Komm schon. Es ist doch nur zur Sicherheit. Nicht, dass wir etwas übersehen.«

Ja. Ja. Ja, ich weiß., will ich genervt erwidern, besinne mich aber gerade noch rechtzeitig. Erstens hat Daniela ja recht, zweitens kann ich froh sein, dass sie sich die Mühe macht, mich hierher zu bringen und drittens bringt rummaulen bei ihr sowieso nichts. Sie ist eine knallharte Erzieherin und mit allen Wassern gewaschen. Ich müsste schon härtere Geschütze auffahren, um gegen sie anzukommen. Allerdings fehlt mir für härtere Geschütze im Moment definitiv die Kraft. Ich hätte nie gedacht, dass ein Viertklässler so einen Wumms haben kann, dass mich der Ball regelrecht aus den Latschen haut.

»Mach Dir keine Sorgen, Janne. Alles wird gut.«, sagt Daniela leise, als sie mir die Beifahrertür aufhält und darauf wartet, dass ich nach ihrer Hand greife. Eigentlich kann ich es nicht besonders leiden, wenn ich wie eine alte Schachtel geführt werde. Auf der anderen Seite ist es vielleicht doch nicht so schlimm. Jedenfalls kann ich mir vorstellen, dass die Alternative zu Danielas Hand jegliche Vorstellung von schlimm übersteigt. Sie könnte zum Beispiel einen Rollstuhl holen, oder einen Pfleger anhauen, mich mit der Trage abzuholen. Von der Warte aus betrachtet, ist ihre Hand definitiv die beste Wahl.

Ich greife nach ihr. Meine Hand ist kalt. Ihre warm. Sehr warm sogar. Unsere Finger verschlingen sich miteinander. Überrascht schaue ich sie an – natürlich nur mit einem Auge, das andere ist ja zugeschwollen. Es fühlt sich tatsächlich unglaublich gut an, so an ihrer Seite auf den Eingang mit der Aufschrift Notaufnahme zuzugehen. Oder besser zu schlurfen. Meine Beine sind noch etwas schwer, dafür fühlt sich der Rest meines Körpers an, als würde ich schweben. Mein Herz schlägt ungewöhnlich schnell. Normalerweise habe ich einen ruhigen und gleichmäßigen Herzschlag. Was in aller Welt ist nur los mit mir?

Was bitte hat Ramona heute in die Lasagne gemischt? Drogen etwa? Meine Gedanken passen perfekt zu der Matschbirne, die auf meinem Hals thront und anscheinend nur dazu da ist, meine Haare durch die Gegend zu schaukeln. Viel mehr ist im Moment nicht mehr los in meinem Oberstübchen. Okay. Bis auf die Schmerzen vielleicht, die immer noch hinterhältig gegen die Schädeldecke hämmern.

»Warte hier!«, kommandiert Daniela und setzt sich augenblicklich ohne mich in Bewegung.

»Was hast Du vor?«, krächze ich, von einer dunklen Vorahnung ergriffen. Sie wird doch nicht … Oh doch, sie wird. Und wie sie wird. Mit dem heilen Auge erkenne ich noch mehr als genug. Und vor allem erkenne ich, dass Daniela gerade nach einem der Rollstühle, die wie Taxis direkt hinter der Eingangstür in einer Kolonne auf bemitleidenswerte Fahrgäste warten, greift und ihn heranholt.

»Oh nein. Ganz bestimmt nicht. Ich weigere mich.« Ich jammere und jaule und tue so, als würde ich Daniela nicht kennen.

»Komm schon, Du Schisser. Du hast doch gesagt, dass Du davon träumst, irgendwann eine Jopper zu fahren. Jetzt hast Du die einmalige Gelegenheit dazu.«

Wie sie das sagt. Dieser freche und hinterhältige Unterton in der Stimme. Ich könnte sie … Argh.

»Ich dachte eigentlich eher an eine mit zwei Rädern und ein bisschen mehr PS. Auf so ein Krankenkassenjopperding habe ich keine Lust. Pack das Ding wieder weg.«, jammere ich und schicke schnell noch ein »Bitte.«, hinterher, bevor sie mir einen ihrer Spezialblicke, die jedes weitere Wort augenblicklich im Keim ersticken, zuwerfen kann.

»Komm schon, Janne. Benimm Dich nicht wie ein kleines Kind. Spätestens wenn die an der Anmeldung Dich sehen verfrachten die Dich sowieso in einen Rollstuhl. Also kannst Du genauso gut auch gleich … «

Der Rest ihres Satzes geht in frustriertem Knurren unter. Scheiß Krankenhaus. Scheiß Ball. Scheiß Tag. Ich will heim. Heim zu meinem Kater. Obwohl einen Kater habe ich bereits jetzt. Jedenfalls fühle ich mich so als hätte ich drei Tage durch gesoffen. Der Boden unter meinen Füßen wackelt. Ich schwanke leicht.

»Siehst Du? Jetzt setz Dich hin.«

Forsch schiebt Daniela den Rollstuhl unter meinen Hintern und drückt leicht gegen meine Schulter. Schach matt. Ich gebe auf. Für den Moment wenigstens. Aber … hierbleiben werde ich nicht. Auf keinen Fall. Solange mein Kopf noch auf meinem Hals sitzt werde ich das Krankenhaus heute wieder verlassen.

»Die Versichertenkarte bitte.«, sagt die Frau an der Anmeldung ohne auch nur von ihrem Schreibkram aufzuschauen. Ihre Stimme klingt so sonor, dass man glatt meinen könnte, sie wäre die Sprecherin aller Computerstimmen dieser Welt. Ich schiebe die Karte über den Tresen und warte ab.

»Ah, Frau Wagner. Was ist passiert?«

Ich öffne meinen Mund.

»Sie hat möglicherweise eine Gehirnerschütterung.«, antwortet Daniela an meiner Stelle.

»Und wie kommen Sie zu der Vermutung, Frau … «

»Maus. Mein Name ist Daniela Maus.«

»Gut, Frau Maus. Wie kommen Sie zu dieser Vermutung?«

Erst jetzt hebt die Frau hinter dem Tresen den Kopf. Sie schaut mir ins Gesicht.

»Okay.«, sagt sie. »Wie schaut Ihr Gegner aus?« Sie lacht. So laut und intensiv, dass sie sich krümmt. Freut mich, wenn ich wenigstens zur Unterhaltung beitragen kann. Missmutig brumme ich vor mich hin.

»Wusste ich es doch, dass es eine Schnapsidee war, hierher zu kommen. Können wir jetzt bitte wieder gehen?«

Erstaunt nehme ich zur Kenntnis, wie schnell die Stimmung mancher Menschen sich ändern kann. Gerade noch kullerte sich die Dame hinter dem Empfang schier über den Boden, um maximal eine Minute später wieder jegliche Emotion aus dem Gesicht zu verbannen. Starr und steif fixiert sie den Monitor vor ihrer Nase. Sie schiebt ein Klemmbrett über den Tresen.

»Bitte gehen Sie in den Wartebereich. Dort haben Sie genügend Zeit, die Patienteninformation auszufüllen. Der Nächste bitte.«

Damit sind Daniela und ich entlassen. Kein Wort des Trostes. Nicht mal ein freundliches Lächeln hat die Frau für mich übrig.

Schweigend schiebt Daniela mich in den Wartebereich. Sie lässt sich auf einen freien Stuhl fallen. Das Klemmbrett, an dem ein paar Zettel festgemacht sind, liegt auf ihrem Schoß.«

»Was wollen die alles wissen?«, frage ich.

»So ziemlich alles. Erstaunlich, dass sie nicht fragen, wann Du das letzte Mal Sex hattest.«

Ich hebe meinen Kopf und starre Daniela an. Daniela starrt zurück. Wir prusten los. Au! Verdammt! Keine gute

Idee. Ich kann mich nicht erinnern, jemals solche Schmerzen beim Lachen gehabt zu haben.

»Hattest Du Operationen? Schwerwiegende Erkrankungen? Wann warst Du das letzte Mal beim Röntgen? Warst Du schon mal in diesem Krankenhaus?«

Daniela betet eine Frage nach der anderen herunter, während ich versuche, irgendwo in den verlassenen Windungen meiner demolierten Hirnmasse die passende Antwort hervorzukramen. Ich spreche nicht so besonders gern über mich. Dass ich jetzt meine halbe Lebens- und Leidensgeschichte ausbreiten muss, bereitet mir Schwierigkeiten. Und dann auch noch vor Daniela. Meiner Chefin.

»Frau Wagner!«, höre ich die Stimme eines Mannes rufen. Daniela hebt die Hand und steht auf, das Klemmbrett drückt sie fest an sich. Unsere Taschen liegen auf meinem Schoß. Ein Mann eilt auf uns zu. Er trägt einen blauen Kittel. Ich rutsche ein Stück tiefer in den Sitz meines Notaufnahmejoppers.

»Janne?«, ruft er fragend. »Was treibt Dich denn hierher?«

Obwohl ich nur mit einem Auge sehe, erkenne ich die Überraschung in seinen Augen. Wie überrascht ich wohl aus der Wäsche schaue?

»Hey Rob. Nichts schlimmes. Nur ein kleiner Arbeitsunfall.«

»Klein? Bist Du neuerdings unter die Boxer gegangen, oder was ist hier los?«

Ausgerechnet Robert … Viel schlimmer geht eigentlich gar nicht. Mein ehemaliger Volleyballtrainer kennt meine Fähigkeit, mich ständig irgendwie zu verletzen oder mich selbst zu verstümmeln zur Genüge. Kein Wunder also, dass seine Lippen sich zu einem breitmaulfroschähnlichen Grinsen verziehen. Robert klopft mir auf die Schulter und schenkt Daniela ein Lächeln.

»Und Sie sind?«, fragt er geschäftig.

»Daniela Maus.«

»Sie ist meine Chefin.«

»Oh, also die Besitzerin des Boxclubs! Wow. Nicht schlecht. So eine Chefin hätte ich auch gerne.« Er zwinkert Daniela zu. Wüsste ich es nicht besser, würde ich sein Verhalten als Anmache interpretieren. Allerdings hat Robert so gar nichts übrig für junge dunkelhaarige Frauen. Eher für dunkelhaarige Männer, die eine Idee älter sind als er. Die leichte Röte ziert Danielas Wangen jedoch auf so süße Weise, dass ich schön brav meinen Mund halte und das Schauspiel lieber noch etwas länger genieße.

»Dann wollen wir mal, junge Frau.«, sagt Robert lachend und greift nach dem Rollstuhl. Ich werfe Daniela einen hilflosen Blick zu. *Bitte komm mit.*

»Kann ich mitkommen?«

Dem Himmel sei Dank., juble ich in Gedanken.

»Wenn Janne nichts dagegen hat.«

Ich schüttle den Kopf. Natürlich habe ich nichts dagegen. Hauptsache ich bin nicht allein. In Krankenhäusern fühle ich mich im allgemeinen ziemlich schnell allein und unwohl. In Notaufnahmen noch mehr. Ich brauche jemanden an meiner Seite, der meine Hand hält und mich aufmuntert. Außerdem sollte Daniela in meiner Nähe sein, wenn ich nachher auf meinen zwei Beinen das Krankenhaus wieder verlassen werde.

»Perfekt. Dann können Sie mir bei der Gelegenheit erzählen, wie Sie Janne dazu gebracht haben, sich in einen Rollstuhl zu setzen. Ich war schon oft mit ihr im Krankenhaus, aber DAS habe ich nie geschafft.«

Ich werfe Robert einen vernichtenden Blick zu, doch er lacht nur fröhlich. Die Tür zu den Behandlungsbereichen öffnet sich. Es riecht beißend. Nach Desinfektionsmittel. Und nach Notaufnahme. Ich schüttle mich. Daniela greift nach meiner Hand und drückt sie vorsichtig. Mein Atem beruhigt sich.

»Ist Dir schlecht?«

»Nicht mehr.«

»Sie hat sich schon auf der Fahrt hierher das Mittagessen durch den Kopf gehen lassen.«, beeilt Daniela sich, Robert aufzuklären.

»Sonst irgendwelche Einschränkungen? Kopfschmerzen hast Du vermutlich ordentliche. Aber wie sieht es mit Schwindel aus? Sehstörungen? Auf dem heilen Auge, meine ich.« Und wieder lacht er.

»Keine Sehstörungen. Aber bissl flau ist mir noch.«

»Okay. Nehmt einen Augenblick Platz. Ich kümmere mich darum, dass die Ärztin gleich kommt.«

»Wie oft musste er Dich ins Krankenhaus bringen?«, fragt Daniela, kaum dass Robert den Bereich verlassen hat.

»Viermal.«

»So oft? Wie schafft man denn sowas?«

»Einmal rechter Mittelfinger, einmal Knie links, einmal Knie rechts und einmal Sprunggelenk. Er war früher mein Volleyballtrainer.«

Daniela nickt und lächelt verständnisvoll.

»Sport ist Mord.«, sagt sie nachdenklich. Insgeheim muss ich grinsen. Wenn man es von DER Warte aus betrachtet hat sie definitiv recht.

Was haben wir denn da?«, flötet die Ärztin, kaum dass sie die Tür auch nur einen Spalt aufgemacht hat. Sie sieht mich noch nicht. Ich sehe sie noch nicht. Und doch reicht es aus, ihre Stimme zu hören, damit das Blut in meinen Adern gefriert. Okay. Es geht doch noch schlimmer als Robert. Was für eine beschissene Idee, ausgerechnet hierher zu kommen. Warum hat mir nur niemand gesagt, dass SIE hier arbeitet?

»Oh. Du hier?«, sagen wir beide wie aus einem Mund. Unsere Blicke treffen sich. Mein heiles Auge kämpft mit ihren stechend blauen Augen.

»Ach Du scheiße! Was hast Du denn gemacht?«, fragt sie.

»Si … mo … ne … «, stottere ich. »Was machst Du denn hier?«

»Das könnte ich eher Dich fragen. Hast es wohl ziemlich nötig, mich zu sehen, dass Du Dich sogar zusammenschlagen lässt.«

»Ich habe mich nicht zusammenschlagen lassen. War ein Fußball.«, erkläre ich schnell.

Aus dem Augenwinkel sehe ich Daniela. Sie starrt von mir zu Simone und wieder zurück. Fahrig streicht sie eine Strähne hinter ihr Ohr. Süß. Und irgendwie sexy. Wäre ich nicht verletzt … Wäre sie nicht meine Chefin … Wäre heute nicht so ein Scheißtag … würde mich diese Geste richtig aufheizen.

Simone hat sich kaum verändert. Gut, auch in ihrem Gesicht haben die Jahre ein paar Spürchen hinterlassen. Die Furchen auf der Stirn sind etwas tiefer als früher. Ihr Lächeln etwas gekünstelter. Und überhaupt … Was fand ich an ihr nur so toll, dass ich ihr all ihre Sperenzchen sofort verziehen hätte?

Sie setzt ein professionelles Lächeln auf und untersucht routiniert meine Stirn, meine Auge und meine Nase.

Meine Fresse riecht die nach Desinfektionsmittel. Und Duschgel. Und nach Schweiß.

Angewidert wende ich mich ab.

»Du willst sicher wissen, seit wann ich wieder hier bin.«, sagt sie leise, während sie meine Stirn aufmerksamer Betrachtung unterzieht. Eigentlich interessiert es mich nicht wirklich. Vor ein paar Jahren hätte die Sache noch anders ausgeschaut. Da steckte der Stachel ihres Verrats aber auch noch tief in meinem Herzen.

»Ich war mit Bea für Ärzte ohne Grenzen in Nigeria. Vor einem Jahr bin ich zurückgekommen.«

Oh. Die tolle Simone. Jeden Tag eine gute Tat., denke ich sarkastisch, sage aber nichts. Dafür huscht ein kurzes Seufzen über meine Lippen. Das Zeug, das sie mit einem Tupfer auf meiner Stirn verteilt, brennt wie Hölle.

»Janne, was damals zwischen uns passiert ist tut mir ehrlich leid. Können wir demnächst miteinander reden?«

Ich schüttle den Kopf. Mein Blick fällt auf Daniela. Obwohl sie sich bemüht, möglichst nicht aufzufallen, entgeht mir nicht, wie unwohl sie sich in Simones Gegenwart fühlt. Ich kann sie verdammt gut verstehen. Mir geht es nicht anders.

»Ich wüsste nicht, was es nach all den Jahren noch zu reden gibt. Du hast Deine Entscheidung getroffen und gut. Was ist eigentlich mit Bea?«

»Vorbei. Ich bin wieder frei, Janne. Wäre es nicht schön, wenn wir noch einmal von vorne beginnen könnten?« Oh

Gott. Bloß nicht! Noch mal der ganze Scheiß? Ein eiskalter Schauer jagt über meinen Rücken. Mein Herz verkrampft sich in meiner Brust. Mein Magen zwickt. Auf einen Schlag kehren die Bilder, die ich so gut vergraben glaubte, wieder zurück. Ihr hämisches Gelächter, als sie mit gepackten Taschen im Flur stand. Aber auch die Briefe, die ich während der nächsten Wochen und Monate erhielt. Lauter unbezahlte Rechnungen, für die sie mich anscheinend als Bürgen eintragen hatte lassen. Noch heute zahle ich in mehr oder weniger kleinen Beträgen die letzten großen Batzen ab. Allein dafür könnte ich ihr … den Arsch aufreißen, wenn ich nicht fürchten müsste, dass sie zur erstbesten *Waffe* greift und mir eine Spritze in den Arm jubelt.

Während sie die heilige Samariterin in Weiß gespielt hat, war ich damit beschäftigt, das auszubügeln, was sie mir vor ihrer Abreise alles eingebrockt hat. Neuanfang? Mit Simone? Oh nein. Lieber bleibe ich bis zum St. Nimmerleinstag Single. Selbst wenn jemand sie nackt auf meinen Bauch schnüren würde, würden nicht mal die Spitzen meiner Finger zucken. Irgendwie erleichtert seufze ich auf. Monate und Jahre hatte ich mir ausgemalt, wie ein erneutes Aufeinandertreffen mit ihr sein würde. Wie ich mich fühlen würde. Jetzt weiß ich es. Und ich fühle mich frei. Endlich. Würde mein Schädel nicht so dröhnen, würde ich meine Freude einfach herausschreien. Mir doch egal, was Daniela und Simone über mich denken.

»Das sieht verdammt nach einer Gehirnerschütterung aus. Ich werde auf Station Bescheid geben. Drei oder vier Tage wirst Du wohl hierbleiben müssen. Mach Dir keine Sorgen, ich werde mich um Dich kümmern.«

Na, wenn das nicht der perfekte Grund ist, mir richtig richtig Sorgen zu machen. Ich kann mich sehr gut an ihre Art, sich um mich zu kümmern, erinnern. Nein danke. Ich will nach Hause. Hilfesuchend schaue ich Daniela an.

»Ich will und werde nicht hierbleiben.«, stöhne ich.

»Wenn Du meinst. Aber nur auf eigene Verantwortung. Die Gefahr plötzlich auftretender Komplikationen ist nicht zu unterschätzen. Ich hoffe, Du bist Dir dessen bewusst.«

Oh ja. Natürlich bin ich mir dessen bewusst. Allerdings ist keine Gefahr so groß wie die, Simone ausgeliefert zu sein. Und wenn ich mir die Seele aus dem Leib kotze und für die nächsten Wochen Achterbahn fahre. Alles halb so schlimm wie die Aussicht auf ein paar Stunden unter Simones Fuchtel stehen zu müssen. Was habe ich nur an ihr gefunden? Oder war es der Reiz, eine Frau zu bekommen, die ausnahmslos jeder wollte?

»Hast Du jemanden, der sich um Dich kümmert?«

»Ja.«, flunkere ich. »Ich habe eine Partnerin.«

Simone zieht die Augenbrauen hoch. Daniela zieht die Augenbrauen hoch. Ich ziehe auch die Augenbrauen hoch. Also … die eine. Die andere steckt hinter einem dicken Verband.

»Ach … Echt? Sind SIE Jannes Partnerin?«, fragt Simone. Sie klingt ziemlich erbost. Aber vor allem klingt sie abfällig.

»Stimmt genau. Wenn Sie mir sagen, worauf ich achten muss, würde ich Janne gerne wieder mit nach Hause nehmen. Sie hasst Krankenhäuser nämlich.«

Oh Daniela, ich könnte Dich knutschen. Du bist der allergrößte Schatz, den man sich nur vorstellen kann. Ich schicke ein tonloses *Danke* in ihre Richtung. Lächelnd steht sie auf und kommt auf Simone und mich zu. Ihre Hand streichelt meinen Kopf. Oh ja. Bitte mehr davon. Meine Sinne sind in Alarmbereitschaft. Es fühlt sich gut an, von ihr gestreichelt zu werden. Diese Brigitte ist noch viel mehr als ein Glückspilz. Hoffentlich weiß sie das.

»Ich hätte nie gedacht, dass Du mal so tief sinken könntest, Janne. Die ist doch gar nicht Deine Kragenweite. Du könntest etwas sehr viel besseres bekommen.«

»Ach … Dich etwa?«, knurre ich ungehalten. Wie kann Simone es wagen, Daniela so zu beleidigen? Ein paar passende Worte habe ich noch auf den Lippen, aber als ich meinen Mund öffne, um sie ins Freie zu lassen, hebt Daniela beschwichtigend die Hand.

»Frau … « Daniela studiert betont interessiert das Namensschild an Simones Oberteil. *Was für ein genialer Schachzug. Klasse. Den muss ich mir merken.*, juble ich innerlich. Im Gegensatz zu mir hat Daniela ein hervorragendes Namensgedächtnis. Einmal gehört und schon ist ein Name mit dem dazugehörigen Gesicht gespeichert. Ihr Gesichtergedächtnis funktioniert besser als jeder Großrechner. Wie praktisch, dass Simone davon nichts weiß.

»Frau Krause, wenn Sie uns bitte sagen, worauf wir achten müssen, könnten wir Ihre Station wieder verlassen und Platz für Leute machen, die Ihre Hilfe brauchen.«

Oha. Schleimbeutelkampfalarm. Ich verziehe meine Lippen zu einem Grinsen. Simone hat ein paar nette kleine Übungen mit mir gemacht, um auszuschließen, dass irgendwo vielleicht doch etwas sickert. Sollten die Schmerzen oder die Übelkeit nicht nachlassen, muss ich wieder hier aufschlagen und eventuell sogar in die Röhre. Ich habe eine natürliche Abneigung gegen die engen Röhren und das laute Wummern des MRT. Also wird es mir auf jeden Fall in ein paar Tagen so gut gehen, dass ich darauf verzichten kann. So einfach ist die Sache.

Gott seis getrommelt und gepfiffen, dass es vom Krankenhaus nicht besonders weit zu mir ist. Erleichtert, wieder nach Hause zu dürfen, lehne ich mich im Beifahrersitz zurück.

»An der nächsten links.«, dirigiert das Navi und ich stelle überrascht fest, dass Daniela eiskalt geradeaus weiterfährt.

»Ubbs. Vorbei.«, kommentiert sie lapidar und starrt konzentriert durch die Frontscheibe.

»Nimmst Du eben die nächste.«

Aber auch an der nächsten Kreuzung biegt Daniela nicht nach links ab, sondern nach rechts. Irritiert hebe ich den Kopf und beobachte sie von der Seite. Sie lächelt in sich versunken.

»Was wird das? Wo bringst Du mich hin? Aber nicht in ein anderes Krankenhaus, oder?«

15. Danny

Natürlich nicht. Aber vielleicht erinnerst Du Dich, dass ich mein Versprechen gegeben habe, mich um Dich zu kümmern. Und wie Du weißt halte ich meine Versprechen. Immer.«, kontere ich viel selbstbewusster als ich mich fühle. Genaugenommen geht mir der Arsch auf Grundeis. Jana ist zwar eine spontane Frau, aber ob sie wirklich so darauf erpicht ist, mich für die nächsten Tage um sich zu haben? Leiser Zweifel regt sich in mir, doch ich drücke ihn so schnell wie möglich wieder weg.

Mit einem aufgesetzten Lächeln im Gesicht fixiere ich den Asphalt vor dem Auto. Nur nicht auffallen und so tun, als wäre mein Vorpreschen das Natürlichste der Welt. Jana dreht ihren Kopf zu mir um. In ihrem heilen Auge sehe ich Funken blitzen. Sie öffnet den Mund, klappt ihn aber augenblicklich wieder zu. Kopfschüttelnd brummelt sie vor sich hin.

»Guter Witz.«, sagt sie schließlich.

»Kein Witz.«

»Kein Witz?!?« Ich höre die Verwunderung in ihrer Stimme, was mich nicht sonderlich überrascht. Außerdem sehe ich den fast panischen Ausdruck in ihrem heilen Auge und kann mir lebhaft vorstellen, dass sie, wenn sie könnte, die Stirn runzeln würde. Bestimmt zweifelt sie genauso an meinem Verstand wie ich selbst.

»Aber Du musst doch arbeiten.«

»Muss ich nicht. Ich baue ab morgen Überstunden ab.«

»Vergiss es, Danny. Du musst mich nicht bemuttern.«

»Okay. Wenn Du meinst. Dann bringe ich Dich sofort ins Krankenhaus zurück. Du hast die Wahl.«

»Du bist gemein.«

»Das ist mir nicht neu. Also? Wie schauts aus? Soll ich ein paar Sachen für mich holen?«

»Ja! Ja, verdammt!«

Still grinse ich vor mich hin. Sie schaut nicht besonders glücklich aus. Natürlich ist es gemein und pädagogisch nicht besonders wertvoll, sie vor vollendete Tatsachen zu stellen. Aber so sind nun mal die Fakten und in diesem Punkt lasse ich nicht mit mir reden. Jana ist verletzt und ich habe mein Versprechen gegeben, mich um sie zu kümmern. Und ich werde mein Versprechen halten. Wie auch immer.

Wortlos öffnet Jana die Tür zu ihrem Heiligtum. Während der Fahrt hierher hat sie so gut wie nichts mehr mit mir gesprochen, was dazu führt, dass ich mich nicht besonders wohl fühle in meiner Haut. Einzig die Hoffnung, dass sie sich irgendwann wieder einkriegt, hält mich aufrecht und sorgt dafür, dass ich nicht auf dem Absatz kehrt mache und sie ihrem Schicksal überlasse.

Neugierig schaue ich mich um. Von einem nicht besonders langen, fast quadratischen Flur gehen zwei Türen und zwei Schiebetüren ab. Die weiß gestrichenen Wände sind mit einer großen Garderobe, einer vollgestopften Ablagefläche und mehreren schwarz/weiß-Aufnahmen dekoriert, die mit Spotlights so beleuchtet sind, dass sie interessante Akzente setzen. Soweit ich auf den ersten Blick sehe ist Janas Wohnung nicht besonders groß, dafür aber ziemlich kalt. Kälter als draußen auf jeden Fall. Im Sommer bestimmt ein Traum. Aber im Winter?!? Brrrr. Allein der Gedanke an eiskalte Wintertage in einer noch kälteren Wohnung lässt mich schaudern.

»Herzlich willkommen. Komm doch herein.«, quetscht Jana zwischen zusammengepressten Lippen hervor. Sie schaut so zerknirscht aus, als würde ihr erst jetzt richtig bewusst werden, dass ich hier bin, um ihr zu helfen und nicht, um in ihre Privatsphäre einzudringen.

»Du kannst Deine Tasche ins Schlafzimmer stellen.«

Als ich sie fragend anschaue lacht sie leise.

»Geradeaus, hinter der Schiebetür. Kann ich Dir etwas anbieten? Kaffee? Oder Tee?«

Ich runzle die Stirn. Irgendetwas läuft hier verkehrt. Meine Planung sah eindeutig nicht vor, dass Jana hier einen auf Gastgeberin macht.

»Netter Versuch, aber keine Chance. Du legst Dich ins Bett. Ich mache Kaffee. Wo ist eigentlich Dein Kater?«

Wie auf Kommando fühle ich etwas weiches, ziemlich felliges um meine Beine streichen.

»Mau?«, scheint das schwarzweiße Kuhfellmonster zu fragen und hebt neugierig den Kopf. Jana lacht. Ich lache mit.

»Darf ich vorstellen? Danny, das ist Fritzi, mein schwarzweißer Kuhkater, das größte Kuschelmonster, das Du Dir nur vorstellen kannst. Fritzi, das ist Danny, meine Chefin«, erklärt Jana und schiebt etwas leiser »und Aufpasserin für die nächsten Tage« hinterher. Mein Herz setzt für einen kurzen Augenblick aus. Doch dann hüpft es umso schneller durch meine Brust. Wer bin ich eigentlich, dass ich mir kackfrech herausnehme, Jana meine Anwesenheit aufzudrängen? Schuldbewusst hebe ich die Schultern und suche Janas Blick.

»Tut mir leid, dass ich Dich so überrumpelt habe.«

»Schon gut. Mir tut es leid, dass ich Dich so angemacht habe. Komm, erfüllen wir Fritzis kühnste Futterträume und danach mache ich uns einen Kaffee.«

Als wir uns wenig später, zwei Kaffeebecher vor der Nase, an ihrem Küchentisch gegenüber sitzen, ist Janas Stimmung schon ein bisschen aufgeräumter. Sie versucht sich an einem Lächeln, das jedoch noch etwas schief gerät.

»Ich bin nicht hier, um auf Dich aufzupassen.«, erkläre ich eindringlich. »Ich bin hier, weil ich mich um Dich sorge. Freunde tun so etwas für gewöhnlich.«

»Ja, ich weiß. Für mich ist es nur ungewohnt … «

Das ist wieder so typisch für Jana. Natürlich lässt sie offen, was für sie ungewohnt ist. Freunde zu haben, die sich um sie sorgen? Kann ich mir nicht vorstellen. Die Hilfe von jemandem anzunehmen? Schon eher. Hilfe von MIR anzunehmen? Oh je. Mein Hirn ist wieder da und so ganz allmählich dämmert es sogar mir. Für Jana bin ich in erster Linie ihre Chefin und damit niemand, vor dem sie gerne Schwäche eingestehen will. Das kann ja heiter werden. Ich sehe sie schon vor mir, wie sie mit geschwollenem Auge, dicker Nase und verbundener Stirn durch die Wohnung springt – und alles nur, um mir zu beweisen, dass sie völlig Herrin der Lage ist. Mühsam schiebe ich das Seufzen, das mir über die Lippen huschen will, beiseite. Aus irgendeinem Grund will Jana Stärke demonstrieren, obwohl sie im Moment alles andere als stark ist. Sie ist verletzt und sieht aus wie eine Preisboxerin. Und trotzdem … Wenn ich nur wüsste, warum sie so ungern Hilfe annimmt. Ist schließlich nicht das erste Mal, dass ich am eigenen Leib zu spüren bekomme, wie ungern sie etwas aus der Hand gibt.

Aus einem inneren Impuls heraus lehne ich mich vor.

»Ist diese Ärztin der Grund, warum Du … «, wage ich mich leise vor.

»Warum ich beziehungsunfähig bin, meinst Du?«

So direkt hätte ich es jetzt nicht formuliert, aber ja, genau das meine ich. Ich nicke zaghaft und halte dem Blick aus Janas heilem Auge stand.

»Irgendwie schon.«

»Willst Du darüber sprechen?«, biete ich an, obwohl ich mir nicht sicher bin, ob ich wirklich wissen will, was zwischen Jana und dieser aufgetakelten, aber vor allem ziemlich arroganten Halbgöttin in Weiß vorgefallen ist. Um Jana ein Gefühl von Sicherheit zu vermitteln schenke ich ihr ein aufmunterndes Lächeln. Mein Magen grummelt und als hätten sie eine stumme Absprache getroffen, steigt Janas Bauch direkt darauf ein. Leises Glucksen huscht über meine Lippen.

»Vielleicht später. Erst brauche ich etwas zum Essen.«, gesteht Jana schmunzelnd und ich lächle sie dankbar an.

Es dauert ein paar Minuten, bis wir uns darauf geeinigt haben, unsere leeren Mägen einem italienischen Lieferdienst anzuvertrauen. Alles bio. Darauf bestehe ich. Man gönnt sich ja schließlich sonst nichts.

Mit Janas Telefon in der Hand wandere ich durch die einfache Küche, die, wie ich erstaunt feststelle, einen sehr speziellen Charme ausstrahlt. Es ist keine klassische Küche im herkömmlichen Sinn. Eher ein bunt zusammengewürfeltes Sammelsurium an Geräten, Arbeitsfläche, Servierwagen als Ablagefläche und vollgestopften Regalen. An mehreren Stellen sind Laternen mit Haken und Eisenketten an der Dachschräge befestigt. Erstaunt stelle ich fest, dass ich mich pudelwohl in Janas Wohnung fühle, und das, obwohl jeglicher Komfort zu fehlen scheint. Aufgeregt lausche ich dem monotonen Tuten aus dem Telefon.

»Maus. Schönen guten Tag.«, stammle ich, als am anderen Ende endlich abgenommen wird.

»Hund, Katze.« Klick.

Mit einem Schwung drehe ich mich um die eigene Achse. Jana grinst feixend vor sich hin. Oh, dafür könnte ich sie … ! Knutschen?!? Oh nein, vergiss es, Jana Wagner. Ich will Dich nicht knutschen. Jedenfalls nicht jetzt.

»Versuch es mal mit meinem Namen. Vielleicht kommt der Typ sich dann nicht verarscht vor.«

»Ha ha. Kleinen Scherzkeks gegessen, hmh?«

»Weiß nicht, was Simone mir für Drogen verpasst hat. Seit zwei Stunden fühle ich mich ziemlich leicht. Fast so, als würde ich schweben.«

Ohne auf Janas Kommentar einzugehen drehe ich mich wieder um, hefte meinen Blick auf den Zettel, auf den wir unsere Bestellung gekritzelt haben und versuche mein Glück erneut.

»Wagner.«, sage ich freundlich, im Hintergrund leises Grunzen.

Und tatsächlich. Diesmal klappt es. Manchmal sind aller guten Dinge halt doch tatsächlich zwei. Zwei Anrufe, zwei Frauen, zwei Herzen … Oh man, was habe ich angerichtet? Wie soll ich Janas Nähe nur aushalten, ohne sie zu berühren? Sie ist so unglaublich süß, wie sie auf ihrem Stuhl sitzt und eine Tüten TK-Erbsen an ihre Stirn presst.

»Dauert eine halbe Stunde.«

»Gut. Genug Zeit.«

»Wofür?«, frage ich. Meine Stimme wackelt. Ich fühle mich ziemlich unsicher. Worauf zielt Jana ab? Was will sie von mir?

»Um ein ernstes Wörtchen mit Dir zu reden. Oder woran dachtest Du?« Wieder dieses leise feixen. Mist. Ich fühle mich ertappt. Und komme mir reichlich blöde vor.

»Ich würde gerne wissen, was Dich dazu bewegt, Aufpasserin für mich zu spielen.«

»Das habe ich Dir doch schon erklärt. Ich habe mein Versprechen gegeben.«

»Und das ist wirklich der einzige Grund?«

»Ja.«, flunkere ich und hebe, um meine Aussage zu unterstreichen, die rechte Hand. »Ehrenwort.« Hinter meinem Rücken halte ich meine andere Hand mit zwei überkreuzten Fingern verborgen.

»Okay. Wenn Du meinst …«, antwortet Jana gedehnt. Sie schaut mich ernst an, was allerdings eine gewisse

Situationskomik hat, da einäugiges ernst schauen so gar nichts ernsthaftes ausstrahlt.

»Aber was wird Brigitte dazu sagen?«

Ich schlucke. Und hüstle. Shit. Brigitte. An die habe ich während der letzten Stunden so gar nicht mehr gedacht.

»Oder willst Du sie anlügen?«

Zaghaft schüttle ich den Kopf. Könnte ich nicht einfach nichts sagen? Solange sie mich nicht fragt, meine ich. Was Brigitte nicht weiß, macht Brigitte auch nicht heiß. Außerdem sind wir vielleicht so etwas ähnliches wie ein Paar. Aber eben … Nur vielleicht und auch nur so etwas ähnliches. Doch das Letzte, was ich im Moment will, ist über Brigitte und unsere etwas eigentümliche Beziehung zu reden.

»Ich rufe sie nach dem Essen an.«

»Tu das. Das ist bestimmt eine gute Idee.«

Satt und zufrieden hängen Jana und ich gute eineinhalb Stunden später im weichen Polster von Janas Sofa. Ihr Kater Fritzi hat es sich wie ein kleiner Anstandswauwau zwischen uns bequem gemacht. Mit sich und seinem Menschenesseneroberungsfeldzug zufrieden schnurrt er vor sich hin. Ganz lang hat er sich gemacht. Sein weicher Katzenbauch wölbt sich ein bisschen. Meine Mundwinkel verziehen sich zu einem Grinsen.

»Woran denkst Du?«, fragt Jana und schaut mich prüfend an.

»Der Bauch von Deinem Kater … «, erkläre ich lachend. »ist echt süß.«

»Süß?!? Ziemlich rund trifft es besser, fürchte ich. Wenn wir ihm ständig so viel von unserem Essen geben, wird er bald aussehen wie ein Kugelkater. Fritzi ist so verfressen. Wenn ich nicht aufpasse, frisst er mir irgendwann die Haare vom Kopf. Ne, Fritzi?«

Jana scheint dankbar zu sein, ein unverfängliches Thema gefunden zu haben. Katzen eignen sich ungefähr genauso gut wie das Wetter, um über die wirklich wichtigen Themen hinwegzugehen. Aber nicht mit mir, Frau Wagner. Ich will jetzt wissen, was zwischen Dir und dieser Möchtegern-Göttin in Weiß vorgefallen ist. Was sie Dir angetan hat. Und ich werde nicht eher locker lassen, bis ich alles weiß.

Als hätte Jana meine Gedanken gelesen, fragt sie:

»Willst Du wirklich wissen, was mit mir und Simone war?«

Ich nicke und spiele, um irgendetwas zu tun, verlegen mit meinen Fingern.

»Sie hat mich dazu gebracht, dass ich mich selber aufgegeben habe. Ich war ihr hörig. Du hast schon richtig gehört. ICH. Im Nachhinein verstehe ich selber nicht mehr, wie es dazu hatte kommen können.«, erklärt Jana ungefähr eine dreiviertel Stunde später und schaut mich treuherzig an. Anscheinend hat sie tatsächlich keine Ahnung, warum alles so gekommen ist. Ich hingegen kann gut nachvollziehen, warum sie es so weit hatte kommen lassen. Vor ein paar Monaten war ich in einer ganz ähnlichen Situation. Ich hätte mich vollständig aufgegeben, damit SIE mich endlich erhört. Mann, bin ich froh, dass Claudia die Reißleine gezogen und damit meinen freien Fall gebremst hat.

Jana ist immer noch die Frau meiner Träume. Trotzdem habe ich begriffen, dass ich mich nicht für sie aufgeben darf. Gerade noch rechtzeitig, bevor es zu spät für mich war und ich so tief im Dreck saß, dass ich keinen Weg mehr herausgefunden hätte. Und Jana hätte ich dadurch auch nicht für mich gewinnen können.

Irgendwie bin ich froh, dass Jana mir alles erzählt. Jedes ihrer Worte stellt sie unter ein neues Licht. Der Sockel, auf den ich sie unbewusst gestellt habe, wird kleiner und Jana wird auch wieder menschlicher. Sie ist keine Statue, die ich auf einen Sockel stellen und dort vermodern lassen kann, sondern, genauso wie ich, eine Frau aus Fleisch und Blut. Eine Frau mit Gefühlen, die sie so oft so tief unten verborgen hält. Auf der anderen Seite führt mich jedes Wort, das sie sagt, ein Stück näher zu ihr. Was ich sehe, gefällt mir fast noch besser als das Bild, das ich mir von ihr gemacht habe.

Jana gähnt herzhaft.

»Sorry.«, stöhnt sie. »Ich glaube, Simones Drogen haben eine Nebenwirkung. Ich bin hundemüde.«

Erst jetzt merke ich, wie müde ich selber bin. Der Tag hat seinen Tribut auch von mir gefordert. Aber ich will noch nicht schlafen. Viel zu wertvoll ist die Zeit mit Jana für mich. Keine Sekunde will ich einfach so verstreichen lassen. Allerdings hat Jana eine Gehirnerschütterung. Ich sollte Rücksicht auf sie nehmen.

Alles in mir schreit danach, neben Jana zu schlafen. Nein. Nicht neben. Mit ihr. Quälend langsam möchte ich sie ausziehen. Ihren Körper, den ich mir so oft in letzter Zeit vorgestellt habe, erforschen, mit meinen Händen, meinen Lippen und meiner Zunge erobern. Oh Gott. Mir wird heiß.

Mit »Du kannst im Bett schlafen. Ich nehme das Sofa.«, durchbricht Jana mit klarer Stimme meine Phantasien und katapultiert mich augenblicklich zurück in die Realität. Die sex- und liebesfreie Realität. MEINE Realität. Ich hasse die Realität. Meine Träume und Wunschvorstellungen sind so viel schöner. Gibt es nicht ein Mittel um beides wenigstens ein bisschen miteinander zu vermischen?

Warum muss die Zeit ausgerechnet dann so schnell vergehen, wenn man sich nichts sehnlicher wünscht als sie anhalten zu können? Das Leben ist gemein. Seit fünf Tagen bin ich nun bei Jana. Es fühlt sich richtig an, an ihrer Seite in den Tag zu starten und ihn am Abend mit ihr gemeinsam zu beenden. Einmal mehr wünschte ich, sie würde das Gleiche fühlen wie ich. Dann würden wir nicht wie Freundinnen miteinander auf ihrem Sofa kuscheln, sondern … wild übereinander herfallen, uns gegenseitig die Klamotten vom Leib reißen und unsere Sehnsucht miteinander ausleben.

Gedankenverloren streichle ich über ihren Kopf, den sie, wie so oft in den letzten Tagen, auf meinem Schoß gebettet hat. Sie seufzt leise.

»Mhm … Ist das schön. Kannst Du das bitte immer so machen?«

Oh ja. Nichts lieber als das. Heißes Kribbeln rauscht durch meine Adern. Meine Haut glüht. Dass Jana meine Zärtlichkeiten aufsaugt wie ein trockener Schwamm gefällt mir. Andererseits … sehnt sich mein Herz – oder sollte ich besser sagen mein Unterleib?!? – nach etwas anderem. Ich will mehr. Ich will alles. Das volle Programm. Und vor allem will ich Janas Herz. Ich will … Verdammt! Bin ich eine Egokuh.

Erst vor ein paar Tagen hat sie nach langen Jahren ihre Ex wiedergetroffen. Sie sagt zwar, dass es ihr gut geht damit und dass es ihr geholfen hätte, endlich abzuschließen, ob dem aber wirklich so ist weiß ich nicht. Leider. Irgendjemand muss mich von außen steuern.

Anders kann ich mir nicht erklären, warum meine Lippen über ihrem Kopf schweben und sanfte Küsse auf ihre lädierte Stirn und ihr weiches Haar hauchen.

Sie hebt ihren Kopf. Schaut mich aus einem Auge an. In ihrem Blick wechseln Ernsthaftigkeit und Verwirrung. Schließlich flackert Erkennen im Braun ihres Auges auf.

»Sor … Sorry.«, stammle ich. »Ich wollte nicht … Ich dachte nicht … « Ich stocke. Weiß nicht, wie ich mich erklären soll.

»Schon gut. Ab und zu tauschen Freundinnen ja auch mal Zärtlichkeiten aus. Ist doch so, oder?«

Ich nicke schnell, erleichtert darüber, dass sie mich nicht kurzerhand rausschmeißt.

»Bist Du glücklich, Danny?«, fragt sie leise.

Ich nicke. Zaghaft. Doch dann besinne ich mich und nicke selbstbewusster. Ich bin glücklich. Im Moment kann ich mir keinen besseren Platz vorstellen. Das Leben ist schön.

Leider endet auch die schönste unfreiwillige Urlaubswoche irgendwann. Seit etwas mehr als drei Wochen bin ich wieder in meinem eigenen Zuhause. Meine Wohnung fühlt sich auf einmal so leer an. So überhaupt nicht mehr gemütlich.

Heute Abend kommt Brigitte vorbei. Auch wenn ich die Zeit mit ihr vermissen werde, muss ich einen Schlussstrich unter unser Freundschaft-plus Techtelmechtel ziehen. Ich kann ihr nicht länger etwas vormachen. Aber vor allem muss ich mir gegenüber endlich ehrlich sein. Die letzten Tage mit Jana waren die schönsten in meinem Leben. Ich kann und will mir keine andere Frau an meiner Seite vorstellen. Mein Versuch, sie aus meinem Herzen zu vertreiben, ist gescheitert. Und zwar ziemlich kläglich.

Meine Türklingel gibt ihr atemberaubend ekelhaftes Kreischen von sich. Ich straffe meine Schultern und gehe mit kleinen Schritten durch den Flur, der viel zu kurz ist für meinen Geschmack. Meine Hand ruht auf dem Türgriff. Frustriert schnappe ich nach Luft und atme tief durch.

Auf in den Kampf, Kriegerin!, spreche ich mir in Gedanken Mut zu. Dann öffne ich die Tür.

»Hey, Danny. Schön, Dich zu sehen.«

Brigitte schenkt mir ein breites Lächeln. Sie legt ihre Arme um meinen Oberkörper und zieht mich an sich. Ihre Lippen pressen sich auf meine. Meine bleiben geschlossen. Irritiert schiebt sie mich von sich und schaut mich prüfend an.

»Was ist los?«

»Ich kann das so nicht mehr.«, brechen die Worte aus mir heraus, bevor ich mich bremsen kann.

»Ich will es auch nicht mehr.«

»Oh. Ah. Okaaay.«, antwortet Brigitte gedehnt. In ihren Augen sehe ich Enttäuschung und ich fühle mich wie das Arschloch, das ich bin. Obwohl von Anfang an klar war, dass unser Arrangement nur temporär bedingt ist, fühle ich mich ihr gegenüber ziemlich schäbig. Und mir selbst gegenüber auch.

»Du willst Janne, richtig?«

Ich schüttle den Kopf. Dann zucke ich mit den Schultern. Schließlich nicke ich und fixiere verlegen einen Punkt an der Wand.

»Gut, dann lass uns zusammen überlegen, wie Du sie endlich dazu bekommst, zu ihren Gefühlen für Dich zu stehen.«

»Wie meinst Du das?«

»Sag bloß, Du hast nicht gemerkt, dass sie genauso auf Dich steht wie Du auf sie? Allerdings bremst sie irgendetwas.«

»Simone.«, krächze ich, von Brigittes Geständnis völlig überrumpelt. Klar, Jana hat sich zu dem einen oder anderen Kuss hinreißen lassen, aber mehr ist zwischen ihr und mir nie vorgefallen. Sie hat immer gebremst, bevor es weitergehen hätte können. Dafur muss es einen Grund geben. Entweder liegt Brigitte falsch und sie steht tatsächlich nicht auf mich, oder sie hat Angst.

»Ist das ihre Ex?«

»Ja.«

»Und wie ist die so?«

»Ganz anders als ich. Groß, blond, kurzhaarig, sportlich, attraktiv. Und arrogant.«

»Und woher weißt Du das alles?«

»Weil sie die behandelnde Ärztin in der Notaufnahme war. Jana hat sie nach Jahren dort wiedergetroffen.«

»Oh. Ui. Scheiße. Das ist nicht gut.«

Brigitte fasst mich an den Schultern und schiebt mich vor sich her durch meine Wohnung. Erst in der Küche hält sie an, dreht mich zu sich um, schenkt mir ein breites Lächeln und drückt hinter meinem Rücken auf den On-Knopf der Kaffeemaschine.

»So. Und jetzt entwerfen wir einen Schlachtplan. Was macht Janne heute?«

»Hortübernachtung.«, murmle ich, versuche aber, mir nicht anmerken zu lassen, dass ich Brigittes Worten kaum Beachtung schenke. Mein ganzes Sein dreht sich um Jana und ihre Hortübernachtung. Ich traue Sina zu, dass sie eine Möglichkeit findet, Jana allein zu lassen. Und ich traue Jana zu, dass sie mich trotzdem nicht anruft. Manchmal ist es echt ein Kreuz mit dieser Frau.

Sie macht mich kirre. Treibt mich in den Wahnsinn und jagt meine Pulsfrequenz in schönen regelmäßigen Abständen in schwindelerregende Höhen. Ich seufze frustriert.

»Hast Du mir zugehört?«

»Ja. Ja, na klar.«, sage ich schnell und schaue Brigitte treuherzig an.

»Und was habe ich gesagt?«

»Sorry, Brigitte. Ich habe an Janne gedacht.«

»Das kann ich mir vorstellen. Hör zu, wir machen das so… «

Und Brigitte referiert und referiert, führt Ideen aus und verwirft sie wieder. Ich bemühe mich ernsthaft, ihren Worten zu lauschen und schaffe es zum Teil sogar. Als sie sich nach einer Weile mit entspanntem und ziemlich zufriedenem Gesichtsausdruck in ihrem Stuhl zurücklehnt habe ich das Gefühl, in ihr eine Freundin und eine echte Verbündete in Sachen Jana gefunden zu haben. Manchmal geht das Leben so eigenartige Wege, dass man das Gefühl hat, irre zu werden. Und manchmal schlägt es Wege ein, die man so vorher nie für möglich gehalten hat. Dankbar lächle ich Brigitte an und beginne den Abend zu genießen.

Ihre Idee, Jana morgen mit einem Frühstück zu überraschen gefällt mir ausnehmend gut. Jana isst gerne. Und wie ich sie kenne wird sie sich auf das Frühstück stürzen. Außerdem werde ich meine dämliche Zurückhaltung über den Haufen werfen. Entweder es klappt, oder ich muss mich endgültig damit abfinden, dass zwischen Jana und mir nie etwas laufen wird. Mein Herz zieht sich schmerzhaft zusammen. Was mache ich, wenn…?!?

»Komm gar nicht auf den Gedanken, dass sie Dich abblitzen lassen könnte. Du hast nicht gesehen, wie sie geschaut hat, als ich nach Dir gefragt habe und sie mich erkannt hat. Da war eindeutig Schmerz in ihren Augen. Danny, sie steht auf Dich. Dafür verwette ich meinen dicken Arsch.«

Zur Bestätigung ihrer Worte klopft sie auf ihren Hintern und lacht. Ich kann nicht anders. Ich muss einfach auf ihr Lachen einsteigen. Brigitte ist eine tolle Frau. Und eine noch tollere Freundin. Sie versteht mich, denn sie weiß wie keine andere, wie ich mich fühle. Mit einer riesigen Schüssel Popcorn, einer etwas kleineren Schüssel Nachos und zwei Flaschen Cola in der Hand lassen wir uns nebeneinander in mein Sofa fallen. Brigitte legt ihre Stirn in Falten.

»Du sagst doch, dass Jannes Hortkinder ziemlich temperamentvoll sind. Bestimmt machen sie morgen früh eine Kissenschlacht oder so. Da machst Du einfach mit und schaust, dass Du Janne nahe sein kannst. Du wirst an ihrer Reaktion spüren, was sie fühlt.«

»Aber das kann ich doch nicht machen. Die Kinder … «

»Vergiss für einen Augenblick die Kinder. Du sollst Deine Janne ja nicht gleich flach legen. Wichtig ist, dass Du sie aus ihrem Versteck lockst.«

Eine heiße Welle, die ich mittlerweile schon ziemlich gut kenne, überflutet meinen Körper und droht alles zu verbrennen, was ihr in den Weg gerät. Meine Hände zittern nervös. Allein die Vorstellung von Jana und mir … Oh, mein Gott. Ich sterbe.

»Und das mache ich wie?!?«

»In dem Du sie in einen Kampf verwickelst. Dafür sorgst, dass sie Dir nahe ist, ohne dass es ihr und den Kindern bewusst auffällt. Albere mit ihr und den Kids herum und Du wirst sehen, alles wird gut.«

»Dein Wort in Gottes Gehörgang.«

»Es wird klappen. Verlass Dich drauf. Deine Janne wird bald Dir gehören. Und ganz ehrlich, Danny, ich freue mich mit Dir. Sie ist eine tolle Frau. Aber Du bist eine besondere Frau und hast nur das Beste verdient.«

»Hat Dir schon mal jemand gesagt, dass Du ein Schleimbeutel bist?«

»Japp. Aber da stehe ich drüber.«

Brigitte tätschelt mir freundschaftlich das Bein, legt ihre Füße hoch und hat einen Ausdruck im Gesicht, den ich eindeutig als triumphierend bezeichnen würde. Na, hoffentlich hat sie recht. Ich kann meine Aufregung kaum noch im Zaum halten, hibble nervös mit den Füßen und bin kaum in der Lage, mich auf den Film, den Brigitte extra für heute Abend bei einem Streamingdienst ausgeliehen hat, zu konzentrieren.

Alle paar Minuten schaue ich auf die Uhr. Was macht Jana wohl jetzt? Ob sie schon selig schlafend in den Federn liegt? Oder ist sie mit Sina und den Kids noch auf Nachtwanderung? Ich hole tief Luft und lasse sie mit einem dumpfen Seufzen wieder entweichen. Meine Hirnwindungen sind hinterhältige Dinger. Sie produzieren und produzieren und produzieren. Und alles hat irgendwie mit Jana zu tun. Langsam artet das hier echt in Stress aus. Ich habe eine ernstzunehmende Systemkrise. Wenn sich nicht bald etwas tut … muss ich noch warten. Allerdings kann ich nicht versprechen, ob ich bis dahin nicht irgendwann durchdrehe.

»Ganz ruhig, Dannymaus. Es sind noch ein paar Stunden. Du willst doch fit sein, morgen. Oder? Also fahr Dich mal runter. Es wird alles gut. Ich verspreche es Dir.«

Ich nicke. Und lehne mich zurück. Brigitte legt ihren Arm um mich und zieht mich zu sich heran. Sie atmet langsam und ruhig und ganz allmählich beruhigt sich auch meine Atmung. Zumindest minimal.

»Was schauen wir eigentlich an?«, frage ich interessiert.

»Du bist so … unglaublich. Der Film läuft schon eine halbe Stunde und Du fragst immerhin jetzt schon. Daniela Maus … Ich könnte Dich … «, schimpft Brigitte lachend, wirft eine Handvoll Popcorn in mein Gesicht und geht zurück auf Anfang.

»Also, wie heißt der Film?«

»The life of Jana.«, sagt Brigitte todernst. Allerdings verraten ihre Mundwinkel, dass sie mich nur hochnimmt.

»Da Du so auf Nordamerika stehst habe ich einen Film über den Yellowstone ausgesucht.«

Yellowstone. Cool. Da wollte ich immer schon mal hin. Gut. Erst seitdem ich Jana kenne. Aber seitdem … Brigitte grinst wissend und schaltet auf Play. Die Bilder, die Stimme des Sprechers, die ruhige Hintergrundmusik.

Meine Augendeckel klappen zu und so bekomme ich nur am Rande mit, wie Brigitte sich irgendwann bei mir verabschiedet und mich meinem Schicksal überlässt.

16. Janne

Scheppernde Geräusche wehen von der Eingangstür zu mir herüber. Ich strecke meine Arme und Beine und will aufstehen. Gar nicht so einfach, wenn ein kleiner Riese quer über meinen Oberkörper liegt. Ungläubig betrachte ich das schlafende Kind auf meinem Bauch.

Ben scheint einen ziemlich unruhigen und raumgreifenden Schlaf zu haben. Und ein einnehmendes Wesen. Ich lache leise.

Die letzte Nacht war ein Alptraum. Sina und ich wollten eigentlich mit den Horties auf Ferienfreizeit fahren, konnten aber so spontan kein Freizeitenheim mehr auftreiben, das das Budget nicht so reicher Familien nicht völlig gesprengt hätte. Also entschieden wir uns kurzerhand, eine Übernachtung im Hort zu veranstalten.

Wir haben eine Nachtwanderung gemacht und über einem Lagerfeuer Stockbrot und Würstchen gegrillt. Die Kinder hatten ihren Spaß. Sina und ich auch. Es hat gut getan, sie ausnahmsweise nicht buffelig und mega gestresst zu erleben. Nicht nur einmal habe ich mich dabei erwischt, wie ich mir vorgestellt habe, wie schön die Arbeit mit ihr sein könnte, wenn sie öfter so gut drauf wäre.

Gerade, als wir damit fertig waren, die Liegemöglichkeiten für die Kinder im großen Mehrzweckraum zu verteilen, klingelte Sinas Handy. Sina hob entschuldigend die Arme und nahm das Gespräch an. Ihr Ehemann teilte ihr offenbar mit, dass ihr Sohn erkrankt wäre und sie nach Hause kommen müsse.

Ich hätte es ahnen müssen. Daniela hat mich sogar extra noch darauf hingewiesen, aber ich lächelte freundlich über ihre Worte hinweg. Dass Sina gerne mal ein Wochenende künstlich in die Länge zieht ist ja nichts neues, aber dass sie bei der Übernachtung, auf die sie sich offen freute, ausfällt … Nun. Damit habe ich nicht gerechnet. Daniela hat mir, in weiser Voraussicht, angeboten, dass ich sie jederzeit anrufen könne, falls Sina tatsächlich die Mücke machen sollte. Trotzdem brachte ich es nicht übers Herz, ihren freien Abend zu stören. Ich bin ja selber schuld, wenn ich immer wieder so gutmütig bin und vertraue, obwohl mir die Erfahrung das Gegenteil lehren sollte.

Vorsichtig schiebe ich Ben auf seine Matte zurück und erhebe mich langsam. Ich trage nur Schlafshorts und ein eng anliegendes T-Shirt.

»Kaffee.«, flüstere ich und schlurfe leise durch den menschenleeren Gang der Einrichtung. Außer den Kindern und mir ist niemand hier. Aber was war das gerade an der Tür? Da wird doch nicht …? Nein. Sicher nur Sina, die, von schlechtem Gewissen geplagt, noch vor dem Aufstehen kommt und frische Brötchen mitbringt. Offenbar gefällt meinem Bauch die Vorstellung frischer Brötchen und frischen Kaffees, so laut wie er brummelt.

Barfuß tappe ich weiter. Wieder dieses Rumpeln an der Eingangstür. Komisch. Na wunderbar. Da will anscheinend tatsächlich einer einbrechen und ich habe das Handy im Mehrzweckraum liegen lassen. Kein Wunder nach so einer Nacht. Einige der Kinder mussten ständig aufs Klo, andere hatten Angst. Sämtliche Versuche, sie zu beruhigen halfen nichts und so drapierte ich schlussendlich die Matratzen so, dass jedes der ängstlicheren Kinder mit dem Kopf so nah an meinem Körper lag, dass ich mich kaum noch rühren konnte.

Die Sonne steht schon hoch am Himmel und ich fühle mich wie gerädert. Wer in aller Welt ist so doof und klettert am helllichten Tag in einer Kindertagesstätte ein? Mein Blick fällt auf die Uhr im Gang. Kurz vor sechs. Für den Frühdienst allerdings ein bisschen zu früh. Ich kratze mich am Kopf und fixiere die Eingangstür, die in diesem Moment geöffnet wird. Und zwar ganz normal. Mit einem Schlüssel. Nix Einbrecher.

»Was macht Du denn hier?«, frage ich verwirrt und starre Daniela aus müden Augen an. Ein hartnäckiges Gähnen zwingt mich dazu, meinen Mund weit aufzureißen. Daniela lacht leise. Ihre Blicke ruhen auf mir.

Sie schaut gut aus. Wie immer. Und ich … fühle mich nackt. Ziemlich nackt sogar. Bin ich ja auch. Jedenfalls fast. Das bisschen Shorts und Shirt … Ihr Blick streicht über meinen Körper. Ihre Augen glühen. Ich glühe auch.

»Äh … «, stottern wir gleichzeitig. Als würde gerade wieder Leben in ihren Körper kehren, hebt sie eine Papiertüte und raschelt damit aufreizend vor meiner Nase herum.

»Frühstück.«, kommentiert sie und lacht. Ihre Wangen sind leicht gerötet. Mein Gott, war sie schon immer so sexy? Oder hat sich während der letzten Wochen und Monate etwas Grundlegendes verändert? Überrascht ertappe ich mich dabei, dass meine Augen sich nicht von ihr lösen lassen. Was für eine attraktive und wunderschöne Frau.

»Ich habe Frühstück mitgebracht. Wie war Deine Nacht?«

An ihrer Seite trotte ich in Ramonas Reich. Der Boden ist ziemlich kalt. Obwohl die Temperaturen in den letzten Tagen mehrmals die dreißig-Grad-Marke geknackt haben, fröstle ich leicht.

»Ein Alptraum.«, knurre ich. »Kannst Du Dir vorstellen, dass Manja so oft pinkeln musste, dass ich ernsthaft darüber nachgedacht habe, eine Pippiline zu verlegen?«

»Echt jetzt? So schlimm? Wow. Und was ist mit Sina? Schläft sie noch?«

»Keine Ahnung.«, erkläre ich wahrheitsgemäß. Ich werde Sina sicher nicht vor Daniela in die Pfanne hauen. Sollte sie aber fragen, werde ich ehrlich Auskunft geben.

»Was war es diesmal? Hatte ihr Hund Husten? Oder ihre Kellerspinne einen Beinbruch? Lass mich raten … Hmh … Ihr Sohn. Stimmts?«

In Danielas Augen die unausgesprochene Frage, warum ich sie nicht angerufen habe, sehend nicke ich zaghaft.

»Du hättest mich anrufen können. Nein! Sogar müssen! Was hättest Du gemacht, wenn sich eines der Kinder verletzt hätte und Du hättest ins Krankenhaus fahren müssen?«, poltert sie schon los, bevor ich sie dazu bringen kann, einfach nichts zu sagen. Ich ziehe den Kopf ein. Sie hat ja recht, aber mich so rundzumachen habe ich trotzdem nicht verdient. Ich wollte doch nur ihren freien Abend und ihr Date mit Brigitte nicht stören.

Verdammt. Ich bin so eine richtig blöde Kuh. Ich meine es immer nur gut. Trotzdem bekomme ich die Quittung jedes Mal wieder vor den Latz geknallt. Dumm geboren und nichts dazugelernt. Nächstes Mal rufe ich sie an, egal, mit wem sie sich gerade vergnügt.

»Sorry. Ich wollte Dich nicht anfahren. Ich möchte nur, dass Du für die Zukunft weißt, dass Du mich wirklich anrufen sollst, wenn ich es Dir schon anbiete. Verstanden?«

Erleichtert stelle ich fest, dass sie schon wieder etwas milder gestimmt ist. Sie holt Croissants, Brötchen, Wurst und Marmelade aus ihrer Tüte. Zwei Croissants. Also … entweder wollte sie ursprünglich nicht mit uns frühstücken, oder sie hat tatsächlich geahnt, dass Sina nicht bei mir und den Kindern übernachtet hat.

»Greif zu.«, sagt sie leise und beißt herzhaft in ihr Croissant. Mir stockt der Atem. Sie kaut genüsslich. Mit geschlossenen Augen. Und ich habe spontan keinen Hunger mehr. Jedenfalls nicht auf Croissants. Oder Brötchen. Nach Wurst und Marmelade steht mir auch nicht der Sinn. Was ist nur los mit mir? Werde ich etwa krank?

Oder bin ich tatsächlich endlich auf dem Weg, gesund zu werden? Verwirrt wuschle ich mir durchs wirre Haar.

»Waff iff?«, nuschelt Daniela. Meine Augen verfangen sich mit ihrem Blick. Tiefe Wärme überflutet mich. *Logisch, ist ja auch Sommer und schon wieder fast dreißig Grad.*, bemerkt ein hämisches Stimmchen in meinem Kopf, doch ich weiß schlagartig, dass die Hitze, die sich in mir ausbreitet, ausnahmsweise nicht von den Außentemperaturen kommt. Meine Wangen fühlen sich heiß an. Ich öffne meinen Mund, um etwas zu sagen.

»Jaaaannnneee!«, schreien ein paar Kinder im Chor. Ich seufze und reiße frustriert die Arme hoch. Bei Gelegenheit muss ich dringend über das eigenartige Kribbeln, das meinen Körper neuerdings in Danielas Nähe überfällt, nachdenken.

»Sorry. Muss mich um die Kinder kümmern.«, erkläre ich überflüssigerweise das Offensichtliche. Daniela lässt ihr Croissant fallen und steht auf.

»Iff heffe Diff.«, nuschelt sie, greift nach ihrem Kaffeebecher und nimmt einen großen Schluck. Ein kleiner Tropfen verheddert sich mit ihrem Mundwinkel. Süß. Mühsam unterdrücke ich den Impuls, die Stelle an Danielas Lippen zu säubern, drehe mich stattdessen um, straffe die Schultern und schreite hoch erhobenen Hauptes durch die Küchentür. Und das mit Boxershorts, engem Shirt und rasendem Herzen. DAS muss mir erst mal jemand nachmachen.

Vor der Tür atme ich tief durch. Natürlich habe ich bemerkt, wie Danielas Blicke über meinen Körper gestrichen sind. Dann dieses Feuer in ihren Augen. Oh Gott. Mein Herz rast schon wieder. Ist es eventuell möglich, dass ich … mich tatsächlich in … Daniela verlie…

»Jaaaaannneeee! Kommst Du endlich?!?«

Ich zucke zusammen. Diese Kinder. Wenn sie eine besondere Fähigkeit haben, dann die, mich innerhalb kürzester Zeit auf den Boden der Tatsachen zurückzuholen. Seufzend setze ich mich in Bewegung. Hinter der Tür des Mehrzweckraums ist es erstaunlich ruhig. Das wiederum beunruhigt mich. Sonderbare Dinge nehmen ihren Lauf. Befinde ich mich etwa in einer Art Paralleluniversum und irgendjemand hat meine munteren Horties weggebeamt und gegen schweigsame Zombies ausgetauscht? Vorsichtig schiebe ich die Tür einen Spalt auf. Immer noch Ruhe.

»Ha!«, schreie ich und reiße nun die Tür so schwungvoll auf, dass die Angeln leises Knarzen von sich geben.

»Uff.«, ächze ich. Ein großes Kissen donnert mit Schwung in mein Gesicht. Ein zweites folgt. Dann ein drittes. Wildes Indianergeheul bricht los. Fünf Kinder stürzen sich gleichzeitig auf mich. Ich japse nach Luft.

»Warte, Janne, ich helfe Dir!«, höre ich Daniela rufen. Und dann höre ich nur noch Geschrei und fühle unzählige Kinderkörper um mich herum. Wie ein überdimensional großer Knödel rollen wir ineinander verkeilt über den Boden und lachen so laut, dass die Wände unter unserem Gejohle erzittern. Bilde ich es mir ein, oder lacht Daniela tatsächlich am Lautesten?

»Alle auf Danny!«, schreie ich und laufe los.

»Alle auf Janne!«, schreit Daniela und läuft mir entgegen. Ihre Wangen leuchten. Schweiß steht auf ihrer Stirn. Irritiert stoppe ich und halte einen Augenblick lang inne. Ein riesiger Fehler.

Mit der Unterstützung mehrerer Kinder schmeißt Daniela sich auf mich und bringt mich zu Fall.

»Auf sie mit Gebrüll!«, schreit Daniela. Die Kinder rangeln miteinander. Daniela rangelt mit mir. Im Eifer des Gefechts rutscht ihr Oberschenkel zwischen meine Beine. Die kurze Berührung fühlt sich für mich an, als würde ein Blitz mich treffen. Ich bin bewegungsunfähig. Völlig out off control. Ich sehe nur noch sie. Ich atme nur noch ihren Duft. Ich spüre nur noch sie. Ihr Bein zwischen meinen Schenkeln. Ihr Gesicht schwebt über meinem. Oh, mein Gott.

17. Danny

Oh, mein Gott. Mein Bein liegt zwischen Janas Schenkeln. Ihr Gesicht nur wenige Zentimeter unter meinem. Ich könnte sie küssen. Ihr all das geben, wonach ich mich seit Monaten sehne. Von ihren süßen Lippen kosten und sie mit meinen einnehmen. Ich könnte so vieles … wenn die Kinder nicht wären.

Janas Körper ist warm. Und mir ist heiß. Ein gezielter Schubs eines Viertklässlers. Mein Körper bedeckt Jana fast vollständig. Ihre Brüste drängen gegen meine. Es kostet mich alle Anstrengung, nicht nach ihr zu greifen und meine Lippen nicht auf ihre zu legen. Das Leben ist wirklich gemein. Einen Moment gibt es uns die perfekte Gelegenheit, um sie uns im nächsten Augenblick zu nehmen. Um uns herum bricht Getöse aus. Mehrere Kinder stürzen sich auf Jana und mich, wodurch es sich nicht verhindern lässt, dass mein Körper sich noch kraftvoller auf Janas presst. Jana schnappt nach Luft. Ich keuche und röchle.

Unter mir erhöht Jana den Druck. Ihr Knie trifft meine Mitte. Ein Schmerz zuckt durch meinen Unterleib, der süßer nicht sein könnte. Mir ist heiß. Trotzdem fröstle ich. Und bekomme nur am Rande mit, wie Jana sich unter mir befreit und sich mit rudernden Armen gegen den nächsten Angriff zur Wehr setzt. Als ich mich mühsam aufrapple kugelt sie schon wieder über ein paar Matratzen. Über ihr mindestens drei Kinder. Zwei weitere setzen gerade zum Sprung an. Jana lacht laut. Es macht Spaß, sie so zu erleben. Obwohl sie mit einer Wahrscheinlichkeit von fast einhundert Prozent bleiern müde ist, ist sie für ihre Horties der Star, der jederzeit für jeden Mist zu haben ist.

Ihre Hände ragen aus dem Knäuel.

»Stopp! Stopp! Stopp! Stopp!«, ruft sie und befreit sich unübersehbar mühsam aus dem Kinderknäuel.

Meine Blicke gleiten über ihren Körper. Ihr Haar hängt wirr in alle Richtungen. Süß. Mein Herzschlag stockt. Fahrig wische ich den Schweiß von meiner Stirn. Im Eifer des Gefechts ist Janas Shirt ein paar Zentimeter nach oben gerutscht. Perfekter Ausblick für meine verrückt spielenden Sinne. Ihre Augen begegnen meinen. Sie versucht in mir zu lesen, doch so leicht werde ich es ihr nicht mehr machen. Schon einmal habe ich mein Innerstes nach außen gekehrt, habe alles auf eine Karte gesetzt und mich ihr geöffnet. Diesmal ist sie an der Reihe. Ich werde abwarten. Geduldig der Dinge harren, die da kommen. Ich erwidere ihren Blick, schicke ein zärtliches Lächeln in ihre

Richtung. Wenn sie das nicht versteht, dann weiß ich auch nicht. Geduld ist nicht meine Stärke.

Wo steckt eigentlich Janne?«, frage ich gut gelaunt in die Runde. Sämtliche Kolleginnen sitzen an einer langen Tafel, die wir spontan im Garten aufgebaut haben. Nicht weit entfernt wartet unser Pool darauf, dass wir ihn für viele kleine Wasserflöhe freigeben. Aus einem langen Schlauch sprudelt Wasser. Himmel, ich wäre auch gerne ein Kind. Dann könnte ich mich einfach so in die Fluten stürzen und müsste mir keinen Kopf darüber machen, was ich dabei für eine Figur mache, oder was die Kindergarteneltern von mir denken. Kind sein ist toll.

»Sie war so fertig, dass sie sich für ein paar Minuten in die Kuschelecke verzogen hat. Kann sein, dass sie eingeschlafen ist.«

Mit einem Ruck drehe ich mich um, hefte meinen Blick auf Sina und rolle mit den Augen. Sie fühlt sich sichtlich unwohl und reibt die Hände. Ich bin auf hundertachtzig. Mindestens. Wäre sie nicht so egoistisch gewesen, hätte Jana die ganze Arbeit, die eine Übernachtung mit sich bringt, nicht alleine zerreißen müssen. Dann wäre sie auch nicht so müde und säße hier. Neben mir, auf dem Platz, den unsere Kolleginnen aus mir noch unerklärlichen Gründen für sie freigehalten haben.

»Tut mir leid.«, stammelt Sina und klingt wie so oft als hätte sie eine Schlaftablette geschluckt. »Ich kann doch nichts dafür. Mein Sohn … «

»Wie auch immer.«, unterbreche ich sie unwirsch. »Das muss aufhören, Sina. Dessen sind wir uns doch wohl hoffentlich alle bewusst.«

»Tut mir wirklich leid. Wird nicht mehr vorkommen.«

»Das will ich hoffen. Und wenn doch, dann sei wenigstens Weibs genug mich anzurufen. Verdammt! Schalt doch endlich mal Dein Hirn ein. Es hätte sonstwas passieren können und niemand wäre dagewesen, um Jana zu helfen.«

Claudia wirft mir aus zusammengekniffenen Augen einen Blick zu, der mich wahrscheinlich beschwichtigen soll. Aber … So einfach ist das nicht. In mir tobt ein Vulkan und spuckt seine Lava mit zerstörerischer Präzision über den Rand des Kraters. Ich kann nicht verstehen, warum manche Menschen ihren Kopf einfach nicht zum Denken benützen wollen. Erschöpft lasse ich mich auf die Bank fallen. Es bringt ja doch nichts, wenn ich mich so künstlich hochfahre. Sina ist wie sie ist und sie wird sich nie ändern. Und solange sie bei Heike Figliuzzi einen Stein im Brett hat, werde ich auf Granit beißen, egal, wie sehr ich das HB-Männchen mime und im Achteck hüpfe.

»Soll ich Janne wecken gehen?«, fragt Sina und klingt ziemlich kleinlaut. Ein schmallippiges Lächeln huscht über mein Gesicht. Vielleicht täusche ich mich ja und Sina ist doch nicht völlig immun gegen das, was ich zu sagen habe.

»Nein, lass stecken. Ich muss sowieso kurz wohin. Wenn sie schläft, werde ich sie schlafen lassen. Bin gleich wieder da.«

Ich muss aufpassen, dass niemand meinen inneren Aufruhr bemerkt. Jana schläft. Und ich darf sie wecken. Jana ist so süß, wenn sie schläft. Dann sind ihre Gesichtszüge so entspannt, dass es einem ganz warm wird ums Herz. Beschwingt trabe ich, die Blicke meiner Kolleginnen im Rücken, durch den Garten und gehe ins Haus. Am hinteren Ende des langen Flurs haben wir einen kleinen Raum als Kuschelecke eingerichtet. Kinder, die eine Pause brauchen, können dort Ruhe finden. Und manchmal auch der eine oder andere Erwachsene.

Meine Mundwinkel schieben sich immer weiter Richtung Norden. Die Vorfreude darauf, Jana ein paar Minuten ungestört beim Schlafen betrachten zu können, reicht aus, um das Blut mit solcher Geschwindigkeit durch meinen Körper zu jagen, dass mir für einen Augenblick flau wird im Bauch.

Mit zwei Fingern schiebe ich den dicken dunklen Vorhang, der die Kuschelecke vor allzu aufdringlichen Blicken schützt, zur Seite. Mir stockt der Atem. Janas Shirt ist so weit hochgerutscht, dass es knapp unterhalb ihrer Brüste endet und einen unverhüllten Blick auf ihren flachen Bauch gestattet. Meine Hormone legen ein kleines Tänzchen ein. Samba. Mindestens. Wenn nicht sogar einen Mambo. Oder Lambada. Gibt es einen Tanz, der noch heißer ist als ein Lambada?

Vorsichtig, um Jana nicht zu wecken, knie ich mich auf die Matratze und betrachte ihr hübsches Gesicht. Wie ich mir schon gedacht habe sind ihre Gesichtszüge herrlich entspannt. Sie schnarcht sogar ganz leise. Meine Welt steht still, während um mich herum alles seinen gewohnten Gang geht. Für mich gibt es nur noch Jana. Zärtlich lasse ich meine Fingerspitzen über Janas Wade gleiten. Oh, ich liebe athletische Frauen. Das Spiel der Muskeln, die Festigkeit des Körpers. Die schier unersättliche Ausdauer. Meine Hände zittern. Verdammt! Danny! Was tust Du?

Ich kann mich nicht an Jana satt sehen. Ginge es nach mir, würde ich einfach hier bei ihr sitzen bleiben und über ihren Schlaf wachen. Bis sie aufwacht.

Jana beginnt sich zu regen. Sie ächzt und stöhnt.

»Guten Morgen, Janne.«, flüstere ich kaum hörbar. Ihre Mundwinkel verziehen sich zu einem Lächeln.

»Morgen.«, krächzt sie heiser. Sie reibt sich die Augen, sucht meinen Blick. Meine Finger verknoten sich ineinander. Ich weiß weder was ich sagen, noch was ich tun soll. Was ich tun möchte weiß ich dafür umso besser. Allerdings … steht das, was ich will, nicht zur Debatte.

»Bist Du schon lange hier?«

»Nur eine oder zwei Minuten.«, flunkere ich. In Wahrheit habe ich jegliches Zeitgefühl verloren.

»Ich hatte einen wunderschönen Traum.«, erklärt Jana leise. Meine Blicke treffen sich mit ihren. Ich weiche nicht aus. Sie auch nicht. Irre ich mich, oder … Das muss doch Zärtlichkeit sein, was da in ihren Augen aufblitzt. Ein warmes Funkeln, das mich wie ein Strudel immer näher zu ihr zieht.

»Hast Du noch ein paar Sekunden?«, fragt sie und richtet sich auf. Sie legt ihren Arm um meinen Hals und zieht mich in ihre Arme. Ich seufze. Und stöhne. Und komme ihr entgegen. Meine Muskeln zucken unkontrolliert.

»Das wollte ich schon die ganze Zeit machen.«, haucht sie japsend als ihre Lippen meine wieder freigeben. Sie atmet schwer. Und ich stehe kurz vor einem Kreislaufkollaps.

Dieser Kuss … war so ganz anders als die, die ich mir in den vergangenen Monaten immer mal wieder von ihr geklaut habe. Inniger. Wärmer. Und wenn ich mich nicht total verrenne … auch ein bisschen leidenschaftlicher. Die Stimmung in dem kleinen Raum ist so aufgeladen, dass es nur eine Kleinigkeit bräuchte und ich würde mich auf sie stürzen.

»Hast Du heute Abend schon was vor?«, fragt sie. »Wenn nicht würde ich Dich gerne zu uns zum

Abendessen einladen. Fritzi vermisst Dich nämlich schon. Er fragt jeden Tag nach Dir.«

Fritzi also. Still grinse ich in mich hinein.

»Italienischer Lieferdienst?«

»Nope. Ich koche selber.«

»Aber Du bist doch müde … «, werfe ich ein, doch sie hat die perfekten Argumente, mit denen sie mich am weitersprechen hindert. Zwei Hände und zwei Lippen und unsagbar weiche und warme Haut.

»Ich muss heute nicht so lange. Da kann ich mich problemlos noch ein paar Stunden aufs Ohr hauen. Fritzi würde sich wirklich freuen.«

Ach … und Du nicht? Meine Augen suchen ihre. Tiefe See trifft auf feurige Glut. Mein Herz schlägt so hart in meiner Brust, dass es schmerzt.

»Wenn Fritzi mich so sehr vermisst kann ich ja fast nicht anders, oder?«, hauche ich.

»Du hast es erfasst. Ach … und … Danny? Ich freue mich auch.«

Ein Lächeln umspielt meine Lippen, als ich mich langsam aufrichte und die Kuschelecke wieder verlasse. Wie auf rosa Wölkchen schwebe ich durch den Gang nach draußen. Ich darf Jana heute Abend sehen. Wir werden zusammen essen. Sie kocht sogar für mich. Ist das Leben nicht schön? Als ich mich mit einem breiten Grinsen im Gesicht auf meinen Platz auf der Bank fallen lasse streifen Claudias Blicke mein Gesicht. Sie hebt eine Augenbraue.

Erkennen funkelt in ihren Augen. Ihre stumme Zustimmung fühlt sich für mich wie eine Bestätigung an. Mein Lächeln wird noch eine Spur breiter.

»Poolpartyyyy! Jihaaaa!«, ruft Jana ein paar Minuten später. Von ihrer Müdigkeit ist kaum noch etwas zu sehen. Beneidenswert, wie schnell sie von Null auf Hundert hochfahren kann. Also, ich kann das nicht. Wenn ich aufwache brauche ich mindestens eine halbe Stunde und einen XXL-Becher Kaffee, bis ich einigermaßen ansprechbar bin, dann noch mindestens eine weitere halbe Stunde und einen weiteren XXL-Becher Kaffee, bis ich salonfähig in den Tag starten kann. Sie hat letzte Nacht so gut wie nicht geschlafen und jetzt auch maximal eine Stunde und schaut trotzdem aus wie das blühende Leben.

»Duhuuu, Dannyhhhyyy?!?«, unterbricht ein Dreikäsehoch aus Claudias Gruppe meine Gedanken. »Wann dürf ma denn in Pooohoool?«

»Wenn genügend Wasser drin ist.«

»Aber is doch schon genuhuuch.«

Als unmissverständliches Zeichen, dass meine Pause zu Ende ist, greift eine kleine Kinderhand nach meiner. In den Augen des Kindes liegt ein Flehen, dem ich nicht standhalten kann. Übertrieben langsam erhebe ich mich und folge dem kleinen Kind.

»Oh man, Danny bist Du schon so alt, dass Du Hilfe brauchst?«, johlt ein fünfjähriger Junge und eilt dem Dreikäsehoch zur Hilfe. Ich rolle mit den Augen. Alt. Also sowas. Pha. Ich bin nicht alt. Fassungslos starre ich den Jungen an und weiß nicht so richtig, was ich sagen soll.

Als hätten die Kinder nur auf den perfekten Moment gewartet, springen ein paar andere dazu und schieben und zerren mich gemeinsam Richtung Pool. Das glockenhelle Lachen der Kinder lässt die Wände unseres Hauses erzittern, aber für mich ist es im Moment das schönste Geräusch, das ich mir nur vorstellen kann. Glückliche Kinder, glückliche Erwachsene. Da ist was Wahres dran.

Jana und ein paar ihrer Horties stehen um den Pool und beobachten das Wasser, das aus dem Schlauch in den Pool sprudelt. Hätte ich mir auch denken können, dass die quietschfidelen Hortkinder die ersten an der Quelle sind. Ich lege meine Stirn in Falten. Die Kinder sind voller Energie und hibbeln aufgeregt von einem Bein auf das andere. Wenn wir die Bande gemeinsam mit den kleineren Kindern ins Wasser lassen fließen spätestens in fünf Minuten bittere Tränen.

»Erst die Kleineren, dann seid Ihr dran.«, kommandiere ich und bilde mir tatsächlich ein, dass meine Worte Eindruck bei den Horties hinterlassen. Weit gefehlt. Statt Verständnis ernte ich ausschließlich lautstarkes Murren und noch lauteres Meckern.

»Boah, das ist ja voll Scheiße!«

»Dann dürf ma wieder in der Pippibrühe baden. Is ja ätzend. Kömma net mal an Pool aufstellen, der nur für uns is?«

Mist! Die Horties haben nicht ganz unrecht. Im Gegensatz zu ihnen können die kleineren Kinder ihr Bedürfnis noch nicht richtig einschätzen. Da bleibt es nicht aus, dass ab und zu ein paar Tropfen im Poolwasser landen. Nachdenklich suche ich Janas Blick. Sie zuckt mit den Schultern. Ihr Grinsen reicht von einem Ohr zum anderen. *Was soll man machen?*, sagt ihr Blick.

»Okay. Alle Kindergartenkinder, die Badesachen dabei haben, gehen ins Haus und ziehen sich um. Vorher alle auf die Toilette.«, kommandiere ich. Die anderen Erzieherinnen kommen langsam näher. Aus dem Augenwinkel beobachte ich Jana. Und den Gartenschlauch. Komisch. Der war doch vorhin noch nicht in Janas Hand. Was hat sie vor?

Es platscht. Eine Fontäne. Neben mir. Auf den Boden. Es platscht ein weiteres Mal. Ich jaule auf, hüpfe auf der Stelle und fahre herum. Ein paar sehr passende Worte drängen danach, dass ich sie herauslasse, doch ich schlucke sie herunter. Janas Grinsen geht mir durch und durch und hemmt jedes Schimpfen, bevor es über meine Lippen huschen kann.

»Kleine Abkühlung gefällig?«, fragt sie lachend und hebt den Schlauch ein weiteres Mal, doch statt eines erneuten Volltreffers jault und quietscht Jana. Pit, einer ihrer Viertklässler hat sich anscheinend hinter ihrem Rücken herangeschlichen und reißt ihr den Schlauch aus der Hand. Die eiskalte Fontäne trifft trotzdem und – wenn ich ehrlich bin – gefällt mir dieses Ziel um Längen besser.

Wasser rinnt über Janas Haar. Wasser rinnt über Janas eng anliegendes Oberteil. Ich kann meine Blicke nicht von ihr abwenden. Unter ihrem hellen Shirt trägt sie ein dunkles Bikinioberteil.

»Mund zu, sonst zieht es.«, neckt Claudia als sie neben mich tritt. Vertraulich legt sie ihren Arm um meine Schulter.

»Und jetzt erzählst Du mir, was das mit Euch ist.«

»Ich weiß es noch nicht.«, gebe ich leise zurück und ausnahmsweise flunkere ich tatsächlich nicht. Ich fühle mich zu Jana hingezogen, mein Herz sehnt sich nach ihr. Daran hat sich bis heute nichts geändert. Aber was Jana fühlt ist mir weiterhin ein Rätsel. Gut, sie hat mich geküsst. Ziemlich leidenschaftlich geküsst sogar. Aber ob sie wirklich das Gleiche wie ich will … Ich weiß es nicht. Allerdings erhoffe ich mir von unserem gemeinsamen Abendessen die Klarheit, die ich brauche.

»Sie hat mich für heute Abend zum Essen eingeladen.«

»Das ist doch cool. Oder?«

Ich nicke, während meine Blicke über den Pool gleiten. Den Schlauch hat Jana mittlerweile eingerollt. Dafür platschen und planschen die Kinder so wild, dass es auch keinen Unterschied mehr macht, ob das Wasser aus dem Schlauch kommt oder aus dem Pool – bevor es mich durchweicht.

»Ich freue mich für Euch, wenn es endlich klappt. Lange genug warten musstest Du ja.«, gibt Claudia leise zu. Sie lehnt sich zu mir und lacht auf einmal so laut und schallend auf, dass ich zusammenzucke.

»Was in aller Welt … geht denn hier ab?«

Große und kleine Kinder fliegen durcheinander durchs Wasser. Und Jana mittendrin. In voller Montur. Von allen Seiten gehen die Hortkinder auf sie zu und kreisen sie ein. Na, jetzt bin ich aber mal gespannt, wie sie sich befreien will. Gespielt panisch dreht sie ihren Kopf in alle Richtungen, schnappt sich einen Erstklässler und wirbelt ihn über ihre Schulter. Doch wenn sie gedacht hat, dass ihr das etwas hilft, hat sie sich geschnitten. Im Gegenteil. Angestachelt von ihrem Versuch, den angreifenden Horties zu entkommen, stürzen sich die Kinder mit einem Gebrüll, das locker jeden Presslufthammer in den Schatten stellt, auf sie. Vier Kinder hängen gleichzeitig an ihr, zerren an ihren Armen und Beinen oder springen so von hinten auf ihren Rücken, dass sie ins Straucheln gerät. Es platscht. Und spritzt. In alle Richtungen.

Jana liegt im Wasser und ich bin nass wie ein begossener Pudel.

Bis morgen!«, verabschiede ich mich bei meinen Kolleginnen. Claudia wirft mir ein breites

Grinsen zu. Sie reckt einen Daumen in die Höhe. Toi toi toi, sagt ihr Blick. Während die anderen aus meinem Team den Weg Richtung Bushaltestelle einschlagen gehe ich beschwingt zu meinem Auto. Nein. Ich gehe nicht. Ich schwebe. Drei Meter über dem Boden. Mindestens. Heute ist mein Tag.

Die Vorfreude auf den Abend mit Jana katapultiert meine Laune in so überschäumende Gefilde, dass nichts und niemand sie mir verderben kann. Nicht mal ein Knöllchen, oder ein Strafzettel wegen zu schnellen Fahrens. Gut gelaunt schiebe ich den Schlüssel ins Zündschloss und lasse den Motor an. Ein Zettel unter der Windschutzscheibe erregt meine Aufmerksamkeit. Bestimmt wieder so ein Kärtchen, das mich darauf hinweisen soll, dass irgendjemand furchtbar erpicht darauf ist, mein Auto zu erwerben. Ich weiß nicht, wie viele dieser Kärtchen schon im Handschuhfach liegen und darauf warten, dass ich sie entsorge. Ich könnte einfach den Scheibenwischer betätigen und schwupp, weg ist das Kärtchen. Allerdings bin ich grundsätzlich die erste, die sich über achtlos in der Natur entsorgten Müll aufregt. Nette kleine Beschimpfungen für denjenigen, der es einfach nicht lassen kann, mir ständig seine Kärtchen zu hinterlassen, vor mich hin brummend hieve ich mich aus dem weichen Leder des Fahrersitzes und rupfe den Zettel unter dem Scheibenwischer hervor. Sieht anders aus als die Kärtchen, die sonst immer festgeklemmt werden.

Einfarbig. Und weitaus weniger aufdringlich als die quietschenden Gelbtöne und die knalligen Rottöne, die für gewöhnlich für diese Art Kärtchen verwendet werden.

Außerdem ist das Kärtchen eher ein Briefchen. Bestimmt von Jana. Mit zitternden Fingern falte ich das Briefchen auseinander und beginne zu lesen. Je mehr ich lese, desto finsterer wird meine Miene.

»Sie kann es nicht lassen.«, brumme ich, zerknülle den Zettel und entsorge ihn in der nächsten Mülltonne.

»Warum denn gleich so unwirsch, Danny?« Ich rolle mit den Augen. *Geh mir aus der Sonne.*, denke ich.

»Was willst Du?«, keife ich ungehalten.

»Ich habe mir gedacht, dass es ein Frevel wäre, einen so schönen Tag enden zu lassen, ohne die schönste Frau der Stadt zum Essen ausgeführt zu haben.«

Dieses gönnerhafte Lächeln. Groll krabbelt in mir hoch. Denkt die allen ernstes, dass sie damit irgendwie punkten kann?

»Dann wünsche ich Dir viel Erfolg bei Deiner Suche. Allerdings frage ich mich, was Du dann hier willst. Ich sehe weit und breit keine schönen Frauen.« Oh, herrlich. Ich liebe Zynismus.

»Natürlich gibt es hier schöne Frauen. Eine zumindest. Hast Du heute schon mal in den Spiegel geschaut? Zum Anbeißen sexy, sage ich Dir.«

»Hast Du immer noch nicht genügend Körbe? Wie viele muss ich Dir noch geben, damit Du endlich kapierst, dass ich kein Interesse habe?« In mir tobt ein … keine Ahnung was, jedenfalls etwas ziemlich gewaltiges. Normalerweise würde ich nie so einen Ton bei ihr anschlagen, aber ich habe Dienstschluss und außerdem ist unser kleines Gespräch privater Natur. Also kann es mir egal sein, dass sie in der Hierarchie über mir steht. Ihr Lächeln ist unverändert. Nicht mal eingefroren. Unglaublich, diese Frau. Wahrscheinlich ist Narzissmus ihr zweiter Vorname.

»Hach, ich liebe Frauen, die sich erst zieren und dann…«

Obwohl sie den Rest ihres Satzes unvollendet in der Luft hängen lässt, weiß ich ganz genau, worauf sie anspielt. Bestimmt wollte sie so etwas ähnliches sagen wie: »Und dann abgehen wie Schnitzel.«

Wie hatte ich nur so dumm sein können? Ein klitzekleiner Fehler nach einer feuchtfröhlichen Weihnachtsfeier vor ein paar Jahren. Seitdem bekomme ich sie nicht mehr los. Ständig ruft sie an, schreibt mir Briefe und fängt mich in schönen regelmäßigen Abständen irgendwo ab. Der bisher traurige Höhepunkt war ein gepolsterter Umschlag, aus dem mir ein getragenes Höschen entgegen fiel. Vielen Dank auch. Ich schüttle mich innerlich und wappne mich für das, was in den nächsten Minuten über mich hereinbrechen wird.

»Heike, ich habe Dir schon tausendmal gesagt, dass ich kein Interesse an einer Affäre oder Beziehung mit Dir habe. Wir hatten unseren Spaß, lassen wir es dabei bewenden. Bitte.«, flehe ich und wünsche mir nichts sehnlicher, als ein Einsehen.

»Ein Abendessen, Danny. Bitte. Du wirst es nicht bereuen.«

Oh doch. Das werde ich. Genauso wie ich während der letzten Jahre ungefähr hundert Mal die eine Nacht mit ihr bereut habe.

»Hör zu, Heike. Ich stehe nicht zur Verfügung. Such Dir eine andere Frau.«

»Andere Frauen interessieren mich nicht. Das weißt Du auch. Ich wollte immer nur Dich.«

»Ich habe eine Partnerin.«, platze ich heraus und bereue bereits jetzt diesen kleinen Fauxpas.

»Wer ist sie? Kenne ich sie? Woher kennst Du sie?«

Heike Figliuzzi ist keine Frau, der man ungestraft immer und immer wieder einen Korb verpasst. Ärgerlich greift sie nach meiner Schulter und zieht mich mit einem Ruck in ihre Arme. Überrascht von so viel Dreistigkeit bleibt mir die Luft weg.

»Das geht Dich einen feuchten Kehricht an.«, krächze ich atemlos. »Und jetzt lass mich los. Ich habe einen Termin.«

Ohne auf ihre Einwände und ihre bohrenden Blicke zu achten winde ich mich aus ihrer Umklammerung, steige ins Auto und trete so unbeherrscht aufs Gas, dass mein Auto einen halben Meter nach vorne hüpft und dann lautlos stehenbleibt.

Heikes Gelächter weht zu mir herüber. Sie beugt sich lässig vor und öffnet in aller Seelenruhe die Fahrertür. Meine Hand zittert. Ihr Gesicht kommt meinem immer näher. Ihr Atem mischt sich mit meinem. *Ich muss hier weg.*, ist das letzte, was ich denke, bevor ihre Lippen sich auf meine pressen.

»Lass mich endlich in Ruhe.«, stöhne ich verzweifelt, als es mir endlich gelingt, sie von mir wegzudrücken.

»Also, wie heißt Dein kleines Betthäschen?«, fragt sie und wischt sich demonstrativ über den Mund.

»Ist sie besser als ich?«

Genervt hole ich Luft und öffne meinen Mund. Die Worte, die als nächstes den Weg über meine Lippen finden, sind nicht besonders nett. Dafür bringen sie all das zum Ausdruck, was ich schon so lange hatte sagen wollen.

Mein Blut kocht. Mein Herz schlägt gefühlt doppelt so schnell wie normal. Meine Stimme überschlägt sich, so wütend bin ich. Heike Figliuzzi wird immer kleiner. Fast wie der Scheinriese Tur Tur aus Jim Knopf. Trotzdem hört das Blitzen und Funkeln in ihren Augen nicht auf.

»Ich werde schon herausfinden, wer sie ist. Verlass Dich drauf.«

Zwischen meinen Augenbrauen bilden sich zwei tiefe Falten. Selbst ohne Brille sollte sie nun erkennen, dass es an der Zeit ist, weitere Worte besser hinunterzuschlucken.

Heikes Drohung hält mich auch zwei Stunden später, als ich unschlüssig vor dem Kleiderschrank stehe und ihn nach dem perfekten Outfit für das Abendessen mit Jana durchforste, noch auf Trab. Heike neigt nicht dazu, leere Drohungen auszusprechen. Obwohl sie es sich nicht hat anmerken lassen weiß ich, dass dieser Korb besonders an ihr nagt. Sie wird alles daran setzen, herauszufinden, wer meine vermeintliche Partnerin ist. Und wenn sie erfolgreich ist, woran ich leider keinen Zweifel habe, wird sie nicht davor zurückschrecken, Janas Keller bis in den letzten Winkel auf den Kopf zu stellen. Solange, bis sie mindestens eine Leiche gefunden hat.

Frustriert hebe ich die Arme und seufze theatralisch. Meine Güte, jeder Mensch macht jeden Tag irgendwelche Fehler – und ausgerechnet meiner muss mir so um die Ohren fliegen, dass er einen ellenlangen Rattenschwanz nach sich zieht, der nicht mal vor Jana haltmachen wird.

Ob es besser wäre, wenn ich Jana einfach absage? Ihr erkläre, dass mein Interesse an ihr abgekühlt ist? Mit einem lauten Rumms pfeffere ich die Schranktür zu und reiße sie keine zehn Sekunden später wieder auf. Das könnte Heike so passen, dass ich mir von ihr alles zerstören lasse. Ha! Wäre ja wohl gelacht.

Mein Handy gibt ein dumpfes Brummen von sich.

»Sorry, keine Zeit.«, murmle ich und widme meine Aufmerksamkeit wieder dem Inhalt meines Kleiderschranks. Worauf steht Jana? Was gefällt ihr so sehr, dass sie die Augen – und später im besten Fall auch ihre Finger – nicht von mir lassen kann? Steht sie auf figurbetont? Edel? Oder doch eher auf einen lässigen Streetstyle?

»Herrje!«, jammere ich. »Ich habe nichts zum Anziehen.«

Mein Handy brummt erneut. Da scheint aber jemand etwas besonders Wichtiges auf dem Herzen zu haben. Seufzend fische ich das Handy unter der Zudecke hervor und öffne die Nachricht. Von Jana. Mein Atem stockt. Sie wird doch nicht … absagen wollen? Atemlos überfliege ich ihre Nachrichten. Ein Lächeln breitet sich in meinem Gesicht aus. Natürlich kann ich einen Korkenzieher mitbringen. Meine Finger fliegen förmlich über das Display, als mein Handy erneut brummt.

»Stehst Du gerade vor dem Kleiderschrank und weißt nicht, was Du anziehen sollst? Wenn ja, dann geht es Dir genauso wie mir. Was hältst Du von einem Deal? Lass uns einfach etwas Bequemes anziehen, okay? Wir wollen doch einen gemütlichen Abend miteinander verbringen und uns nicht dauernd den Kopf darüber zerbrechen müssen, wie gut sich Bandnudeln auf einem edlen Outfit machen.«

Lautes Lachen quillt aus meiner Brust und findet den Weg über meine Lippen. *Zwei Dumme ein Gedanke.*, denke ich. Erleichterung breitet sich in mir aus. Mit einem Seufzen, das tief aus meiner Brust kommt, lasse ich mich auf mein Bett sinken. Warum habe ich Jana nicht schon vor ein paar Jahren getroffen? Dann wäre mir die peinliche Episode mit Heike Figliuzzi erspart geblieben. Warum muss ich ausgerechnet jetzt an Heike denken? Und warum fühlt sich das Grummeln in meinem Bauch so unangenehm an? Mein Blick verfinstert sich. Erneutes Brummen.

»Denkst Du bitte an den Korkenzieher?«

»Klar. Soll ich sonst noch etwas mitbringen?«

»Joah. Dich. Und Zeit. Und gute Laune.«

Nichts leichter als das. Zeit habe ich. Wenn es nach mir geht für den Rest meines Lebens. Und das mit der guten Laune bekommen wir auch hin. Spätestens wenn Jana mir in die Augen schaut vergesse ich sowieso alles um mich herum. In ihre Augen schauen ist wie Eintauchen in eine andere Welt. Ich kann kaum beschreiben, wie sehr ich mich darauf freue, ihre Vielschichtigkeit erkunden zu dürfen.

18. Janne

Wann war ich das letzte Mal so in Aufruhr? Mein ganzer Körper bebt unter der kribbeligen Anspannung, in der ich mich befinde. Immerhin konnte ich die Kleiderfrage soweit mit Daniela klären, dass ich nicht völlig underdressed sein werde. Ich hätte gerne etwas Edles angezogen, allerdings hängen sämtliche Klamotten, die ansatzweise als edel durchgehen würden in meinem alten klapprigen Kleiderschrank in meinem ehemaligen Kinderzimmer im Haus meiner Eltern.

Meine Augen tränen. Zwiebeln schneiden ist scheiße. Wann findet endlich mal irgendein Schlauberger die perfekte Kreuzung? Herrlich würziger Geschmack – null Tränen. Das wärs. Klar könnte ich auch auf TK-Zwiebeln zurückgreifen, aber ich bilde mir ein, dass die nur ein fader Abklatsch zu frischen Zwiebeln sind und nicht mal ansatzweise an deren Geschmack heranreichen.

Um meinen Herd habe ich alles drapiert, was ich brauche, um Daniela kulinarisch zu verwöhnen. Bandnudeln, Rosmarinöl, Gewürze, Sahne, Frischkäse und frische Kräuter. Der frische Lachs wartet im Kühlschrank auf seinen Auftritt. Sogar eine Flasche kalifornischen Weißwein habe ich für heute Abend erstanden. Gefühlt eine Stunde lang stand ich im Laden und konnte mich nicht entscheiden, was kein Wunder ist, da ich nur äußerst selten Alkohol trinke und von Wein so viel Ahnung habe wie eine Kuh vom Schlittschuhlaufen. Vielleicht sogar noch eine Spur weniger.

Dass ich mir im Moment ähnlich grazil vorkomme, tut schon fast nichts mehr zur Sache. Was habe ich blöd geguckt, als ich Zuhause die Versiegelung um den Hals der Weinflasche löste und feststellen musste, dass ein Korkenzieher ein gutes Hilfsmittel wäre. Dabei war ich doch felsenfest davon überzeugt, dass die Flaschen heutzutage alle mit einem Schraubverschluss ausgestattet sind. Betrifft wohl nur den Billigfusel. Gott sei Dank hat Daniela einen Korkenzieher, sonst hätte ich meinen Vermieter um einen kleinen Handbohrer anhauen müssen. So ein Ding hat der bestimmt irgendwo in einer seiner Schachteln und Boxen herumfliegen. Allerdings kann es Wochen dauern, bis wir alles durchforstet hätten. Merke: Korkenzieher kaufen.

Mein Blick fällt auf die Uhr. Kurz vor acht. Noch ein paar Minuten, dann wird Daniela bei mir aufschlagen. Augenblicklich erhöht mein Herzschlag seine Frequenz. Was ist nur los mit mir? Seit Daniela vor ein paar Wochen dafür gesorgt hat, dass ich die verordnete Bettruhe auch wirklich brav einhielt, hat sich irgendetwas verändert. Sobald sie in meiner Nähe ist, habe ich das Gefühl, dass mein Hirn wie leergefegt ist. Sämtliche Gedanken und Worte fliegen kreuz und quer – und das in einem so atemberaubenden Tempo, dass ich keinerlei Zugriff mehr habe. Ich stolpere über einzelne Wortfetzen, verdrehe Buchstaben und bin kaum noch in der Lage, die Wörter so aneinanderzureihen, dass sie einen sinnvollen deutschen Satz ergeben. Mitunter geht der Zustand geistiger Umnachtung sogar so weit, dass ich mir wie hirnamputiert vorkomme.

Auch fast drei Stunden nach meinem Telefonat mit meiner Mutter habe ich noch ihr Lachen im Ohr. Dabei hatte ich mich eigentlich nur vergewissern wollen, ob das Rezept, das ich für den Lachs und die Frischkäsekräutersahnesoße im Kopf hatte, so passt, oder ob ich – außer dem Korkenzieher – noch etwas anderes existenziell Wichtiges vergessen habe. Natürlich hätte ich ahnen müssen, dass meine Mutter nachhakt, wen ich mit meinen Kochkünsten beeindrucken will. Und natürlich hätte ich genauso ahnen müssen, dass sie abgeht wie eine Rakete beim Start, sobald ich Danielas Namen auch nur erwähne. Herrje. Manchmal ist mir echt nicht mehr zu helfen. Wer, außer mir, ist so bescheuert, dass er sich die Grube zum hineinfallen selbst schaufelt?

»Habe ich es doch gewusst.«, wiederholte sie immer und immer wieder mit einer gewissen Genugtuung in der Stimme.

»Meine Kleine ist verliebt.«

»Bin ich nicht.«, hatte ich sagen wollen, aber aus mir nicht erkennbaren Gründen blieben die Worte irgendwo in meinem Hals hängen. Vielleicht hat meine Mutter ja tatsächlich recht. Aber wieso ausgerechnet Daniela? Sie passt immer noch so gar nicht in mein Beuteschema. Außerdem ist sie immer noch meine Chefin.

Und trotzdem … ist sie daran schuld, dass ich wie eine Bekloppte durch meine Wohnung renne, vor dem Spiegel Halt mache und prüfend mein Profil betrachte. Die Ader an meinem Hals pulsiert so heftig, dass ich es sogar in meinem Spiegelbild erkennen kann. Nein. Ich bin nicht aufgeregt. So überhaupt nicht. Also … Fast nicht … Für das, was ich empfinde, gibt es bis jetzt keine Bezeichnung. Jeder Millimeter meiner Haut steht so sehr unter Strom, dass ich langsam aber sicher das Gefühl habe, durchzudrehen. Was soll ich machen, wenn Daniela da ist? Erst kochen? Oder erst mit ihr reden? Vielleicht kann sie mir helfen, den Knoten in meinen Hirnwindungen zu lösen. Oder soll ich sie doch lieber erst küssen? Ausprobieren, ob mein Herz noch genauso verrückt spielt wie heute Mittag, als ich aus einem spontanen Gefühl heraus, einen Kuss von ihren Lippen geklaut habe?

Ob sie genauso aufgeregt ist wie ich? Bestimmt ist sie ganz ruhig. Sie hat ja schon vor Monaten behauptet, in mich verliebt zu sein. Ich muss zugeben, dass mich ihre Worte schmeichelten. Dummerweise regte sich bei mir nichts. Vielleicht …, aber wirklich nur vielleicht … war ich auch einfach noch nicht bereit.

Es stimmt schon, was meine Mutter behauptet. Als es um Danielas Wichtelgeschenke ging habe ich mir besonders viel Mühe gegeben. Ich wollte, dass sie sich freut. Und ich wollte dieses besondere Leuchten in ihren Augen sehen. Waren das schon die ersten Vorzeichen? Hätte ich … Nein … Hätte ich nicht. Ich war noch nicht bereit für sie. Aber … bin ich es jetzt? Oder wird es doch eher darauf hinauslaufen, dass ich eine Nacht mit ihr mitnehme, den Druck in meinem Inneren abbaue und dann …

Mein Herz legt einen kleinen Stopp ein. Danielas Gesicht taucht vor meinem inneren Auge auf. Mein Bauch grummelt. Und was ist, wenn Daniela nach einer Nacht genug hat? Oder nach ein paar Nächten? Wenn sie merkt, dass ich doch nicht so bin, wie sie es sich vorstellt? Wenn ihr meine Macken auf die Eier gehen?

Ein fast vergessenes Gefühl krabbelt in mir hoch und bahnt sich seinen Weg an die Oberfläche. Schmerz. Und Angst. Meine Augen brennen. Daniela ist nicht Simone. Sie hat schon vor Monaten gesagt, dass sie in mich verliebt ist. Aber dann kam sie mit Brigitte zusammen. Oh!

Verdammt … e Scheiße! Brigitte. Die hatte ich ja total verdrängt.

Es steht mir nicht zu, mich in eine funktionierende Beziehung zu drängen. Vielleicht wäre es doch besser, wenn ich das Telefon in die Hand nehme und Daniela absage. Mutlos und mit hängenden Schultern tappe ich durch den Gang und greife nach meinem Handy. Mit dem Telefon in der Hand tigere ich durch meine kleine Wohnung. Lautes Seufzen huscht über meine Lippen. Ich habe mir alles so schön ausgemalt und den ganzen Nachmittag damit zugebracht, meine Wohnung so herzurichten, dass Daniela sich bei mir wohlfühlt. Aber es bringt ja doch alles nichts … Sie hat eine Beziehung. Mit Brigitte. Ich weiß, wie es sich anfühlt von der Frau, die man liebt, hintergangen zu werden. Ich habe nicht das Recht, Brigitte das anzutun, was Simone mir angetan hat. Brigitte ist eine nette und liebenswerte Person. Sie hat es nicht verdient. Aber … warum hat Daniela mich zurück geküsst? Den Kontakt unserer Lippen nicht einfach beendet? Sie hätte mir auch eine klatschen können. Ich hätte es verdient gehabt.

Das Handy zittert in meiner Hand. Ich fühle mich schwach. Unsagbar schwach.

Der Kuss … er hat sich so gut angefühlt. So richtig. Es kam mir so vor, als würde ich schweben. Ich war sogar sofort hellwach, obwohl ich nach dem Aufwachen normalerweise grundsätzlich eine kleine Vorlaufzeit brauche, bevor ich in der Lage bin, mir auch nur ein Lächeln abzuringen. Und dann heute früh … Ihr Bein zwischen meinen Schenkeln. Augenblicklich hat sich mein Herzschlag auf hundertzwanzig Schläge pro Minute erhöht. Mindestens.

»Oh Gott! Mutter … Du hast ja sowas von recht. Ich bin verliebt … Und wieder einmal hoffnungslos.«, lamentiere ich tonlos vor mich hin.

Meine Finger schweben über das Display. Ich muss nur noch auf den grünen Button drücken. Aber ich kann es nicht. Irgendetwas hält mich davon ab.

»Janneeeee! Dein Besuch ist da!«, donnert die Stimme meines Vermieters Heinzi durchs Haus. Ich wage mich, meinen Hintern darauf zu verwetten, dass er während der letzten Stunden am Fenster hing und darauf gierte, einen kurzen Blick auf Daniela zu erhaschen. Wie konnte ich auch nur so blöd sein und ihm von unserem gemeinsamen Abendessen erzählen? Was wäre die Alternative gewesen? Ihn anlügen und ihm weismachen, dass all die erlesenen Leckereien nur für mich allein bestimmt sind?

Ein letztes Mal lasse ich meine Blicke durch meine Wohnung gleiten. Küche? Check! Wohnzimmer? Check! Schlafzimmer? Doppel Check! Sogar frisch gewaschene Bettwäsche habe ich vorhin noch schnell über die weichen Kissen und die dünnen Sommerdecken gezogen. Schließlich kann man ja nie wissen …

Ein letzter Blick in den Spiegel. Die Ader an meinem Hals pulsiert noch ein bisschen heftiger als vor ein paar Minuten. Meine Haare ... nun ja. Wie immer halt. Wie Unkraut, das unkontrolliert in alle Richtungen wächst. Ich strecke meinem Spiegelbild die Zunge entgegen, straffe meine Schultern, ziehe den Bauch ein und drücke das bisschen Oberweite, das meinem Oberkörper einen leicht burschikosen Touch verleiht, heraus. Mit »Alles wird gut.«, spreche ich mir selbst Mut zu.

»Hallo! Schön, Sie wiederzusehen.«, höre ich die donnernde Stimme meines Vermieters sagen. »Kommen Sie doch herein.«

»Hallo. Also ... eigentlich wollte ich zu Janne.«

»Schade eigentlich.« In den Worten meines Vermieters schwingt ein leises Schmunzeln. Und Bewunderung. »Janne ist gleich fertig.«, sagt er und schiebt etwas leiser, aber immer noch laut genug, um es zu verstehen »Während der letzten Stunden ist sie ganz schön rotiert, müssen Sie wissen.« hinterher. Ich rolle mit den Augen und reiße schwungvoll meine Wohnungstür auf.

»Hey Danny. Komm einfach rauf.«, rufe ich.

»Jana Wagner! Du hast offenbar keine Ahnung, wie man sich einer Frau gegenüber verhält. Schieb Deinen Revuekörper die Treppe hinunter und nimm ihr gefälligst ihre Tasche ab!«, donnert mein Vermieter, während Daniela beschwichtigend auf ihn einredet. Zwei Stufen auf einmal nehmend stolpere ich die Treppe mehr hinunter statt zu gehen.

Mein Blick fällt auf Daniela. Mir stockt der Atem. Es fällt mir wie Schuppen von den Augen und endlich habe ich das Gefühl, richtig sehen zu können. Daniela ist perfekt. Perfekt für mich. Eben weil sie so herrlich unperfekt ist. Wie ich auch.

»Donnerwetter!«, krächze ich.

19. Danny

Wow.«, stammle ich und weiß nicht, wohin ich als erstes schauen soll. Zu ihrem Vermieter, der abwartend vor seiner Wohnungstür steht und interessiert von Jana zu mir und wieder zurück schaut? Oder in Janas Augen? In denen eine Tiefe schimmert, die wie auf Bestellung eine altbekannte Unsicherheit in mir wach ruft. Jana ist so … besonders. Eine leichte Röte überzieht ihre Wangen, die ihrem Gesicht einen weichen Touch einhaucht. Ihre Augen glänzen.

Verlegen scharre ich mit den Füßen über den Boden. Meine Augen suchen ihre. Die heiße Glut in ihrer dunklen Iris zieht mich so sehr in ihren Bann, dass sich meine Muskeln in weiche Grütze verwandeln. Es platscht leise. Meine Tasche. Fällt. Auf den Boden. Janas Vermieter lacht leise.

»Nun, wie ich sehe braucht Ihr meine Hilfe nicht mehr. Schönen Abend Euch.«

Mit diesen Worten verschwindet er in seiner Wohnung und überlässt Jana und mich unserem Schicksal. Wir stehen einander gegenüber. Schauen uns tief in die Augen. Und rühren uns doch nicht. Ich kann nicht sagen, wie lange wir so reglos im Flur des unteren Stockwerks verharren, bis endlich wieder Leben in unsere Körper kommt.

»Schön, dass Du da bist.«, flüstert Jana.

»Danke, dass ich da sein darf.«, krächze ich. Meine Stimme klingt eine Spur tiefer als normal, aber an diesen Zustand gewöhne ich mich allmählich. Es grenzt an ein Wunder, dass überhaupt ein paar Worte ihren Weg über meine Lippen finden. Ginge es nach mir, müssten wir gar nicht reden. Küssen wäre eine hervorragende Alternative. Janas Lippen glänzen wie … feuchte Seide in der warmen Abendsonne. Ich will sie küssen. Immer und immer wieder. Und nie wieder aufhören. Für den Rest meines Lebens. Mein Körper zuckt. Mein Herz klopft, was durchaus seinen Vorteil hat. Allerdings wäre etwas langsamer sicher nicht ganz verkehrt.

»Komm.«, krächzt Jana. Mit der einen Hand greift sie nach meiner Tasche und mit der anderen nach meiner Hand. Ihre Hand ist warm. Meine eiskalt. Wenn sie mich nicht bald in ihre Arme schließt und küsst … falle ich um. Ich schwöre es.

Ich komme mir so gar nicht erwachsen vor. Eher wie ein Teenager, der kurz davor ist, seinen Schwarm das erste Mal zu küssen. So unsicher und nervös war ich schon lange nicht mehr. Jana öffnet die Tür zu ihrer Wohnung.

Ein freundliches »Mau.«, empfängt mich. Das weiche Fell von Janas Kater Fritzi kitzelt mich an der Wade.

»Habe ich es nicht gesagt, dass er Dich vermisst hat?«, fragt Jana und lacht.

Und Du? Hast Du mich auch vermisst? Mit klopfendem Herzen gehe ich in die Knie und streichle über den Kopf des Katers. Er dankt es mir mit begeistertem Schnurren.

»Schaut so aus, als ob Du einen neuen Freund gefunden hast. Du hast doch hoffentlich Hunger mitgebracht, oder?«

Das schon, aber ich bin mir nicht sicher, ob ich überhaupt einen Bissen runter bringe, solange Jana mich nicht wenigstens einmal in ihre Arme schließt. Mit kleinen Schritten folge ich ihr in die Küche. Der würzige Geruch frisch geschnittener Zwiebeln zieht mir in die Nase. Neugierig trete ich neben Jana und versuche, einen Blick auf das, was sich um ihren Herd angesammelt hat, zu erhaschen.

»Hier. Der Korkenzieher.«, sage ich. Enttäuschung krabbelt in mir hoch. Ich habe mich den ganzen Nachmittag wie ein kleines Kind auf Weihnachten auf den bevorstehenden Abend gefreut und konnte die Zeit kaum abwarten. Und jetzt bin ich hier und Jana nimmt nicht mal mehr richtig Notiz von mir.

»Danke Dir.«, sagt sie leise. »Willst Du gleich ein Glas Wein?«

Obwohl ich hinter ihr stehe und sie mich nicht sehen kann, schüttle ich den Kopf. Wein hilft mir jetzt auch nichts mehr. Whiskey. Wäre eine hervorragende Alternative. Brennt herrlich im Rachen und löst schon beim ersten Schluck sämtlichen Frust in Wohlgefallen auf.

»Etwas anderes vielleicht? Wasser? Tee? Kaffee? Saft? Cola? Du hast die freie Auswahl.«

»Danke, nein.«

»Wie Du meinst.«

Jana hantiert so geschäftig in ihrer kleinen Küche, dass es auf mich ein bisschen übertrieben wirkt. Ich bin gerade noch damit beschäftigt, mir zu überlegen, ob ich mich einfach auf einen Stuhl setzen und ihr zuschauen, oder ihr meine Hilfe anbieten soll, als sie sich mit einem Ruck zu mir umdreht. Ich zucke zusammen. Ihre Blicke ruhen auf mir, begegnen meinen, suchen eine Antwort auf eine Frage, deren Sinn ich nicht wirklich verstehe. Sie … muss doch wissen … was ich für sie … empfinde …

»Was ist mit Brigitte?«, fragt sie so leise, dass ich sie kaum verstehe.

»Das ist vorbei.«, gebe ich zurück und verspüre plötzlich eine grenzenlose Erleichterung. Es war mehr als richtig, dieses kleine Techtelmechtel zu beenden, bevor … Tja, bevor was …?!?

»Tut mir leid.«

»Tut es nicht.«

»Du hast recht. Es tut mir nicht leid. Danny, ich kann nicht … Ich muss … Aaach!«

»Was?«, frage ich atemlos. Meine Stimme klingt heiser. Und ungewöhnlich rau.

20. Janne

Es ist lange her, dass ich mich so gefühlt habe.«, gestehe ich leise. »So konfus und durchgeknallt. Als ob mein Innerstes nach außen gekehrt wäre. In meinem Kopf fliegt alles wie wild durcheinander. Ständig habe ich das Gefühl, nur Bullshit von mir zu geben. Und jetzt halte ich lieber den Mund, bevor … «

Bevor mein innerer Schweinehund mich zurückhalten kann gehe ich auf Daniela zu und nehme ihr süßes Gesicht in beide Hände. Ihre geschwungenen Lippen schimmern so einladend und einfach wunderschön, dass ich mich einmal mehr frage, wie es hatte passieren können, dass ich mit so einer riesigen Portion Blindheit gesegnet war. Ihre Augen sind eine Nuance dunkler als sonst. Tiefblau, wie das Meer an seinen tiefsten Stellen. Kleine Pünktchen tanzen in ihrer Iris.

Daniela atmet hektisch. Ich halte die Luft an. Ihre Lippen sind meinen so nah. Ich kann nicht mehr. Keine Sekunde länger halte ich es aus. Als ich endlich ihre Lippen berühre, stöhne ich so laut, dass ich von mir selbst überrascht bin. Daniela lehnt sich an mich und kommt mir entgegen. Ihre Lippen sind so zart. Und weich. Und einen klitzekleinen Spalt geöffnet. Mit der Spitze meiner Zunge bitte ich sanft und doch nachdrücklich um Einlass. Nicht einen Augenblick länger bin ich bereit, mich mit kleinen verlegenen Küsschen zufriedenzugeben. Ein Stein in mir wurde angestoßen und er rollt und reißt alles mit sich, was sich ihm in den Weg stellt. Meine Hände fahren hektisch über Danielas Rücken. Ich will Haut spüren. Nein … Ich muss. Jetzt. Sofort. Und auf der Stelle. Aber erst brauche ich diesen Kuss. Wie die Luft. Zum Atmen.

Daniela leckt vorwitzig über ihre Unterlippe. Ich schnappe nach Luft und ziehe sie noch fester an mich. Ihre Zunge kommt meiner entgegen. Als wären sie einzig dafür bestimmt kreisen sie umeinander. Daniela erkundet mich. Ich erkunde sie. Oh, mein Gott. Ich kann nicht mehr stehen. Mit letzter Kraft kralle ich mich an ihr fest. Sie krallt sich an mir fest. Ihr Seufzen vermischt sich mit meinem. Ihr Stöhnen katapultiert mein Herz in Sphären, die es nie zuvor berühren durfte.

»Komm.« Meine Stimme gehorcht mir nicht. Sie produziert keine Worte, nur einzelne Laute. Peinlich berührt senke ich den Kopf. Daniela lacht leise und zwingt mich, mit ihrer Hand unter meinem Kinn dazu, sie anzuschauen.

»Schlafzimmer?«, stammle ich atemlos und bin hoch erfreut, dass mehr als zwei hilflose Buchstaben die Reise über meine Lippen antreten. Daniela nickt und ich greife nach ihrer Hand. Als ich die Schlafzimmertür öffne ist Fritzi der erste, der begeistert aufs Bett springt und es sich schneller bequem macht als ich seinen Namen hätte rufen können. Mist! Vermaledeiter! Verrückte Katzenviecher. Mit ihnen ist es kaum auszuhalten. Ohne sie ist es aber auch nichts.

»Mist. Normalerweise habe ich immer etwas da, womit ich ihn bestechen kann. Aber als ich einkaufen war, war ich so neben der Spur, dass ich nicht daran gedacht habe.«

»Vielleicht kann ich aushelfen?«, fragt Daniela und zwinkert mir zu. Sie bückt sich nach ihrer Tasche und zaubert mehrere Beutelchen von Fritzis Lieblingsfutter hervor. Also … spätestens jetzt ist der perfekte Zeitpunkt, mir einzugestehen, dass Daniela nicht nur eine faszinierend schöne, sondern auch eine faszinierend clevere Frau ist. Außerdem hat sie ein Herz für Fritzi. Und für mich. Nach genau so einer Frau hatte ich, ohne es zu wissen, all die Jahre Ausschau gehalten.

Ich nehme das Beutelchen aus Danielas Hand und schwebe zurück in die Küche. Komisch. Wo kommen denn auf einmal die ganzen rosa Wölkchen her? Verwirrt schüttle ich das Beutelchen.

»Mau?«, kommentiert Fritzi und streicht um meine Füße. Sein Schwanz ist nahezu senkrecht aufgestellt, bis auf einen kleinen Knick im oberen Drittel, den er schon seit seiner Kindheit hat. Er hatte es wohl mal besonders eilig und hat seinen Schwanz in eine zuschlagende Tür gebracht. Schwanzbruch. Mein Kater und ich, wir passen zusammen wie Arsch auf Eimer. Und Daniela ist das perfekte Deckelchen für uns. Mein Herz legt einen kleinen Hüpfer ein. Anscheinend gehöre ich tatsächlich zu den Leuten, die für alles etwas länger brauchen, wobei etwas wohl die Untertreibung des Tages ist.

»Schau mal, Fritzi, das hat Danny für Dich mitgebracht.«

Normalerweise kann mein Dicker dieses Futter grundsätzlich nie stehen lassen. Außer heute. Kaum Danielas Namen gehört lässt er von dem Teller mit dem Futter ab und streicht begeistert um ihre Beine. Sie streichelt über seinen Kopf und wartet geduldig ab, bis er sich fertig bedankt hat. Also … ich habe keine Geduld mehr. Ich will Daniela endlich spüren. Ihre Haut auf meiner. Seit ein paar Wochen begleitet mich allein die Vorstellung durch die Tage und Nächte. Wenn es für mich schon so schlimm ist, wie muss es sich erst für Daniela angefühlt haben? Monatelanges Hoffen und Bangen und doch nicht wissen.

Als ich mir ganz sicher bin, dass Fritzi mit seinem Futter beschäftigt ist, greife ich nach Danielas Hand und ziehe sie hektisch hinter mir her. Die Schiebetür rutscht mit einem leisen Klacken ins Schloss. Da Fritzi kein Dummchen ist, weiß er genau, wie er es anstellen muss, um die Tür trotzdem aufzubekommen. Also drehe ich vorsichtshalber den Schlüssel um.

Daniela lehnt an der gegenüberliegenden Wand. Sie beobachtet jede meiner Handbewegungen. Herrje. Mir wird heiß. Meine Beine fühlen sich matschig an. Wenn nicht ein Wunder geschieht werde ich umfallen. Einfach so. Plumps. Und schon liege ich da. Der Länge nach. Vor Danielas Füßen. Langsam hebe ich den Kopf. Meine Augen suchen Danielas. Sie schaut genauso unsicher aus wie ich mich fühle. Fahrig fährt sie mit der Hand durch ihr Haar.

»Wir müssen nicht … «, krächze ich und kralle mich mit einer Hand an einem Regal fest.

Ihre Augen fangen meine ein. Ich versinke. In einem Strudel aus tiefem Blau. Für einen kurzen Moment scheint sie zu überlegen. Dann stößt sie sich seufzend ab und kommt auf mich zu. Quälend langsam und jeden Schritt wohl überlegend. Ihre Lippen glänzen und ich weiß nicht, wohin ich als erstes schauen soll. So viel, was es zu entdecken gilt. Warum hat noch nie jemand die Freundlichkeit besessen, mir zu sagen, dass ES viel komplizierter ist, wenn Gefühle im Spiel sind? Normalerweise nehme ich die Sache ziemlich locker. Gefühle da und schwupp … Die Lockerheit ist weg. Einfach so hat sie sich aus dem Staub gemacht und ich stehe da. Wie ein Häufchen Elend und hadere mit mir selbst. Ob Daniela gefällt, was sie sieht? Was, wenn ich ihr zu flach bin? Zu wenig weibliche Rundungen habe? Ich weiß nicht, auf welchen Typ Frau sie steht.

Nur noch zwei bis drei kleine Schritte. Dann ist sie da. Und ich bin ihr schon jetzt willenlos ausgeliefert.

»Doch, müssen wir.«, haucht sie so dicht an meinem Ohr, dass ein heißer Schauer von meinem Ohr durch meinen Körper bis in meinen Unterleib schießt.

»Hmh?«

»Du hast keine Ahnung, wie lange ich auf diesen Moment gewartet habe. Ich kann nicht mehr zurück.«

Ich auch nicht. Aber ich weiß nicht, was ich tun soll. Mit all den Frauen in verschiedenen Clubs oder bei größeren Veranstaltungen fiel es mir immer leicht, aber sie interessierten mich auch nicht. Schneller Sex. Fertig. Alles gut. Mehr wollte ich nie. Zu mehr war ich schlicht nicht bereit. Aber Daniela … Sie ist so ganz anders als alle Frauen, die ich bisher kannte. Warum fühle ich mich ausgerechnet bei ihr so unsicher? Meine Beine zittern so sehr, dass ich mir nicht sicher bin, wie lange sie mich noch tragen werden. Daniela lehnt sich vor, legt ihren Arm um meinen Rücken. Zieht mich an sich. Ich schnappe nach Luft. Der Wand in meinem Rücken ist zu verdanken, dass wir nicht fallen. Ich schließe die Augen, halte der Ernsthaftigkeit in ihrem Blick nicht länger stand.

Ich öffne meinen Mund. Meine Lippen bewegen sich, doch aus meinem Mund kommt nur heiße Luft. Alles schaut danach aus, als ob meine verknoteten Hirnwindungen sich mit meinem Sprachzentrum verbündet haben um gemeinsam den Rückzug anzutreten.

Wie ungeheuer praktisch, dass sie auch gleich noch meine Muskeln mitgenommen haben.

Daniela lächelt liebevoll.

»Ich kann nicht mehr lange stehen.«, gibt sie zu. Ich nicke nur. Reden … geht ja nicht mehr.

Meine Finger tasten nach ihrer Hand. Sie zittert. Obwohl ich weiß, dass ich den Kampf jetzt schon verloren habe, nehme ich mir vor, Ruhe zu bewahren und uns die Zeit zu geben, die wir brauchen.

»So geht das nicht. Willst Du mich foltern?«

Bevor ich irgendwie reagieren kann schiebt Daniela mich vor sich her zu meinem Bett. Ich ächze leise, als ich spüre, wie die weiche Matratze unter uns nachgibt. Wie heute morgen landet ihr Schenkel zufälligerweise zwischen meinen. Ich seufze. Und stöhne. Und winde mich unter ihr.

»Eigentlich wollte ich uns Zeit lassen, aber ich kann nicht. Ich muss Dich berühren. Jetzt.«

Ihre Zunge dringt tief in meinen Mund, während ihre Fingerspitzen über aufgerichtete Brustwarzen streichen. Ich stöhne. Und presse mich an sie. Schweiß rinnt über meinen Rücken. Mit beiden Händen umfasse ich ihren schlanken Körper und ziehe sie auf mich. Ich muss ihr Gewicht auf mir spüren. Ich brauche sie. Ihre Zunge in meinem Mund, ihre Finger tief in mir. Hose und Shirt sind nichts als überflüssiger Ballast. Eindeutig.

Ohne den Kuss zu unterbrechen nestle ich an ihrem Shirt, aber anscheinend dauert ihr das alles zu lange. Sie richtet sich auf und im nächsten Moment segeln ihr Shirt und ihr BH auf den Boden. Ihr Haar hängt wirr in ihr Gesicht. Leises Lachen huscht über meine Lippen, das mit einem heiseren Knurren beantwortet wird. Sprachlos betrachte ich Danielas nackten Oberkörper. Sie ist … einfach wow. Ich muss zugeben, dass ich ein kleines bisschen neidisch bin. Sie hat genau den Körper, den ich mir immer gewünscht habe. Und sie ist einfach perfekt. Ihre Brüste sind … einfach wunderschön anzuschauen und eines weiß ich schon jetzt – ich werde mich nie an ihnen sattsehen können.

»Worauf wartest Du noch?«, neckt sie. Im Gegensatz zu mir hat Daniela ihre Selbstsicherheit offenbar schnell wiedergefunden. Daniela kennt sich aus. Sie weiß genau, was sie tut. Jedes Fitzelchen Haut, das sie freilegt, begrüßt sie zärtlich.

Ich fühle mich, als ob alles in mir nur danach schreit, endlich von ihr berührt zu werden. Ich brauche sie. Tief in mir brauche ich sie. Ich winde mich unter ihren Berührungen, so viele Emotionen brechen gleichzeitig über mir zusammen.

Eine dicke Träne kullert über meine Wange.

»Alles okay?«, fragt sie. »War ich zu … äh … wild?«

Ich schüttle den Kopf, unfähig, auch nur ein Wort zu sagen. Was Daniela während der letzten zwei Stunden mit mir gemacht hat, lässt sich nicht in Worte fassen. Noch nie, ich wiederhole, noch nie hat eine Frau mich so berührt wie sie. So tief. So sanft und gleichzeitig so leidenschaftlich. Alles, was ich bisher mit anderen Frauen erlebt habe, war nicht besser als TK-Zwiebeln. Ein billiger Abklatsch von dem, was ich mit ihr fühlen darf.

Sie beugt sich über mich und haucht einen Kuss auf meine Lippen. Ihre nackten Brüste streifen meine. Augenblicklich jagt der Puls wieder in die Höhe. Wie macht Daniela das bloß? Ich könnte schon wieder … das heißt … wenn ich nicht so fertig wäre.

»Weißt Du eigentlich, wie wunderschön Du bist, wenn Du kommst?«, fragt sie und lächelt mich liebevoll an. Meine Wangen fühlen sich heiß an. Ich weiche ihren Blicken aus. In meinem Kopf entstehen tatsächlich die ersten Worte seit einer gefühlten Ewigkeit.

»Nicht annähernd so atemberaubend wie Du.«, krächze ich.

21. Danny

Lediglich mit Tanktop und Shorts bekleidet springt Jana durch die Küche. Vom Esstisch aus habe ich den perfekten Ausblick. Also …, wenn es nach mir gegangen wäre, hätte Jana auch einfach nackt …, aber das findet sie nicht so richtig prickelnd. Angeblich wegen der Nachbarn, die ihrer Meinung nach ständig am Fenster kleben und nur darauf warten, sie in einer prekären Situation zu erwischen.

Versonnen vor mich hin lächelnd streichle ich über das weiche Fell ihres Katers, der es sich auf meinem Schoß bequem gemacht hat, und folge jedem ihrer Schritte. Ich fühle mich so gut wie schon sehr lange nicht mehr. Der Aufruhr, der mich während der letzten Monate kaum zur Ruhe hatte kommen lassen, legt sich langsam aber sicher, so dass ich jeden Augenblick in vollen Zügen genießen kann. Dankbar werfe ich Jana einen Luftkuss zu, den sie auffängt und an mich zurückgibt.

Würziger Duft flutet Janas kleine Küche. Das Öl, dessen Duft auffallend Ähnlichkeit mit einem Sommer am

Mittelmeer hat, zischt, als Jana die Zwiebeln in die Pfanne kippt.

»Du isst doch hoffentlich Lachs … «

Mein Herz legt einen kleinen Hüpfer ein. Die unsicheren Wackler in ihrer Stimme sind so süß, dass ich nicht anders kann. Ich muss mich einfach freuen. Und lächeln. Von einem Ohr zum anderen.

»Klar.«, erwidere ich und schiebe in Gedanken »Und selbst wenn nicht würde ich ihn lieben. Allein, weil Du ihn gemacht hast.« hinterher.

Obwohl ich Janas Gesicht nicht sehe, spüre ich, dass sie ebenfalls lächelt. Es gefällt mir, mit ihr zusammen zu sein. Jede Minute ist besonders kostbar. So viele Monate haben wir verschwendet. Aber vielleicht war auch einfach noch nicht die richtige Zeit.

»Jana, darf ich Dich etwas fragen?«, frage ich, als wir uns eine gute Stunde später bei Kerzenschein gegenübersitzen. Die Weingläser in unseren Händen geben ein leises Pling von sich, als sie sich berühren.

»Natürlich.«

»Warum jetzt doch?«

Sie legt ihre Stirn in Falten. Das Feuer in ihren Augen ist so heiß, dass ich mir nicht sicher bin, ob ich nicht verbrenne, wenn ich mir erlaube, mich dem Sog ihrer Augen hinzugeben.

»Weil … Danny …, oh Mist. Ich wusste gar nicht, dass das so schwer ist.«

»Was denn?«, flüstere ich heiser.

»Über Gefühle zu sprechen.«, gibt sie zu und ich muss gestehen, dass mich ihre Ehrlichkeit ein bisschen überrascht.

»Was?«, frage ich, doch bevor ich weitersprechen kann, unterbricht sie mich.

»Ich habe nicht damit gerechnet, aber in der Woche, in der Du bei mir warst, ist irgendetwas passiert mit mir. Willst Du die Wahrheit wissen?«

Natürlich will ich das. Die Wahrheit und nichts als die Wahrheit.

»Okay. Aber auf eigene Gefahr, ich hoffe, darüber bist Du Dir im Klaren.«

Sie lächelt schüchtern und kaut genüsslich. Ich stocke. Und bin mir für den Moment nicht ganz sicher, ob ich überhaupt etwas wissen will, oder ob es nicht einfach reicht, wenn sie mich in ihre Arme schließt und wir da weitermachen, wo wir vor etwas mehr als einer Stunde aufgehört haben.

»Seit Simone habe ich nie wieder mit einer Frau so viel Zeit am Stück auf so engem Raum verbracht, wie mit Dir. Am Anfang hatte ich richtig richtig Schiss, aber … « Sie stockt und atmet hörbar ein und aus, als würde sie versuchen, ihre Nervosität mit gezieltem Atmen in den Griff zu kriegen. Meine Ohren dröhnen, das Blut rast so schnell durch meinen Körper, dass ich nach Luft schnappe.

Ich bin so durch den Wind, dass selbst die beste Atemtechnik mir nichts mehr bringt.

»Weißt Du, Danny, je länger Du bei mir warst, desto wohler habe ich mich gefühlt und am Schluss habe ich mir nichts sehnlicher gewünscht, als dass Du bleiben würdest. Ich habe sogar darüber nachgedacht, mir die Rübe absichtlich noch mal so ordentlich anzuhauen, dass Du keine Wahl gehabt hättest.«

»Nicht Dein Ernst.«

»Oh doch, ich schwöre es.«

Ich falle in Janas leises Lachen ein, werde jedoch schnell wieder ernst.

»Warum hast Du nichts gesagt?«

»Ähm …, weil ich nicht wusste, was das alles zu bedeuten hat. Ich wusste nicht, woher dieses Gefühl auf einmal kam. Außerdem … «

» … bin ich Deine Chefin. Und so überhaupt nicht Dein Typ. Richtig?«

»Wenn es um Gefühlsdinge geht bin ich kein Schnellchecker. Meine Mutter wusste schon Weihnachten, was mit mir los ist, aber ich habe ihr nicht geglaubt.«

»Deine Mutter?«

»Genau die. Du hättest ihr triumphierendes Grinsen sehen sollen, immer, wenn ich eine Nachricht von Dir bekommen habe. Oder wenn ich eine an Dich geschrieben habe. Sie ist übrigens überzeugt, dass ich schon von

Anfang an Gefühle für Dich hatte, sie mir nur nicht eingestehen konnte oder wollte.«

»Was heißt das, Janne?«, hauche ich atemlos.

»Kannst Du Dir das nicht denken?«, fragt sie so leise, dass ich sie kaum verstehe. Sie schiebt ihren Teller zur Seite, steht auf und kommt auf mich zu. Ihre Augen nehmen mich gefangen. Ich bin bewegungsunfähig. Rettungslos verloren im Schein des Feuers, das in ihren Augen lodert.

»Vielleicht.«, krächze ich vage.

»Ich hoffe, Du kannst mir verzeihen, dass ich manchmal ein bisschen schwer von Begriff bin und Du deswegen so lange warten musstest.«

Ihre Lippen legen sich auf meine. Sanft gleitet ihre Zunge in meinen Mund. Ich seufze und schlinge beide Arme um ihren Hals. Als wäre ich leicht wie eine Feder zieht sie mich hoch, greift mit einem Arm unter meinen Rücken und mit dem anderen unter meine Schenkel. Als sie mich anhebt und ins Schlafzimmer trägt komme ich mir vor wie eine Braut, die von ihrer Braut über die Schwelle getragen wird.

Sie gleitet über mich und haucht einen Kuss auf meine Lippen.

»Weißt Du, was ich mir wünsche, Danny? Ich wünsche mir noch unendlich viele Abende wie diesen.«

Ihr Geständnis verwandelt meine Beine in hilflos wackelnde Masse. Ein paar Worte nur und doch genügen sie, um mich jeglicher Fähigkeit, meinen Körper unter Kontrolle zu bringen, zu berauben.

Seufzend und stöhnend presse ich mich an sie und bin bereit, die nächste Runde einzuläuten.

Wie fühlst Du Dich?«, fragt Claudia, als ich am nächsten Morgen mein Büro betrete. Es kommt mir fast so vor, als hätte sie, mit einem gefüllten Kaffeebecher in der Hand, hinter meine Tür auf meine Ankunft gelauert. Ihr Blick bohrt sich in meinen. Sie grinst schief und wischt sich übertrieben theatralisch den Schweiß von der Stirn.

»Deine Augen leuchten, Deine Lippen sind ein bisschen geschwollen … also, wenn Du mich fragst, müsste ich glatt sagen, dass Du eine heiße Nacht hinter Dir hast.«

»Ein Klavier schweigt und genießt.«, antworte ich lapidar und lasse mich betont desinteressiert in meinen Stuhl fallen. Seit Tagen hängt eine dicke Hochsommertemperaturglocke über der Stadt. In meinem Büro steht die Hitze. Ich fächle mir Luft zu, springe auf und reiße das Fenster weit auf. Völlig sinnlos, aber ich kann es ja wenigstens mal probieren. Oder so tun als ob und Claudias neugierigen Blicken entrinnen.

»Also, habt Ihr?« Claudia lässt nicht locker. Sie schaut mich mit großen Augen an und ist so neugierig, dass sie gut und gerne mit der Bildzeitung mithalten kann. Warum ist sie eigentlich Erzieherin geworden und nicht Paparazzo? So chronisch neugierig wie sie ist, könnte sie es in diesem Gewerbe garantiert schnell zu viel Ruhm und Geld bringen.

»Kein Kommentar.«

»Ist sie gut?«

»Kein Kommentar.«

»So schlecht, dass Du nicht mal etwas dazu sagen willst? Uubs, das hätte ich dann doch nicht gedacht.«

Ich fahre hoch. Starre Claudia an. Meine Augen schießen Pfeile.

»Eher das Gegenteil von schlecht.«, brummle ich.

Claudias Grinsen reicht von einem Ohr zum anderen.

»Freut mich für Dich, Danny. Ehrlich. Du hast es verdient, glücklich zu sein. Du … bist doch glücklich, oder?«

Oh ja, das bin ich. Und wie. Und solange Jana mir nicht das Herz bricht habe ich vor, für den Rest meines Lebens glücklich zu sein. Mit ihr.

Vier Stunden sitze ich schon in meinem Kabuff, das mir heute noch kleiner vorkommt als sonst. Die Arbeit will mir so gar nicht von der Hand gehen. Seufzend schiebe ich einen weiteren Stapel Papiere von einer Ecke meines Schreibtischs in die andere. Schade, dass Papiere nicht an Schwindsucht leiden können. Lange genug anstarren und weg sind sie. Hach, wie schön wäre das.

Meine Gedanken driften immer wieder ab. Ständig habe ich das Gefühl, Janas Lippen noch auf meinen zu spüren und obwohl wir heute früh ausgiebig miteinander geduscht haben, umgibt meine Finger immer noch ein besonders feiner Hauch Jana.

»Alle auf Janne!«, höre ich einen mehrfachen Kinderchor im Garten schreien. Meine Mundwinkel verziehen sich zu einem Grinsen. Es platscht. Eine Horde Kinder schreit wild durcheinander. Wie soll ich mich auf meinen Schreibkram konzentrieren, wenn unten eine coole Pool-Party steigt? Neugierig stehe ich auf und gehe zum Fenster. Hinter dem Vorhang ist ein hervorragender Platz, um … Mein Atem stockt. Jana tobt mit den Kindern durch den Pool. Und sie ist … nackt. Okay. Eher fast. Aber hey, für meine Hormone und Sinne ist sie so gut wie nackt. Statt wie gestern Jeans und Shirt trägt sie nur Boardshorts und ein schwarzes Bikinioberteil, das eindeutig mehr zeigt als es verbirgt. Hitze steigt in mir auf.

Das wars mit Schreibkram. Wie soll ich mich jetzt noch auf irgendetwas anderes als auf ihren Körper konzentrieren? Leise Klopfgeräusche an meiner Tür. Ich zucke zusammen. Einfach so tun, als wäre ich nicht da. Bestimmt merkt der Störenfried dann von selbst, dass sein

Versuch, mich zu sprechen fürn Arsch ist. Mein Herz schlägt eine Spur zu hektisch, um über meinen inneren Aufruhr und das drängende Bedürfnis in meinem Unterleib hinwegtäuschen zu können. Langsam ein- und ausatmen. Einatmen, ausatmen. Einatmen, ausatmen. Meine Beine zittern. Mit beiden Händen klammere ich mich am Fensterbrett fest, meine Blicke auf Jana geheftet. Sie lacht und quietscht mit den Kindern um die Wette, die wie kleine Kletten an ihr hängen und sie immer und immer wieder tauchen oder von hinten bespringen. Wenn das so weitergeht muss ich einen Vorrat frischer Shorts anlegen. Unmöglich, wie scharf ich schon wieder bin.

»Danny!«, ruft Claudia und kommt eiskalt immer näher. Warum habe ich nicht abgesperrt? Ich spüre, dass heiße Röte meine Wangen überzieht. Ertappt schiebe ich mich hektisch hinter dem Vorhang vor und gebe vor, nur lüften zu wollen.

»Hast Du etwa gegafft?«, fragt Claudia auch schon. Frustriert stöhne ich auf.

»Ich gaffe nicht.« *Gut so*, beglückwünsche ich mich selber. »Ich habe nur die traumhafte Aussicht genossen.« Oh nein. Schlimmer geht wirklich nimmer. Ich fächle mir Luft zu. Claudia lacht. Dumpf und laut. Sie kommt auf mich zu und tätschelt meine Schulter.

»Wie viele Jahre bist Du jetzt schon hier? Und heute genießt Du das erste Mal die Aussicht? Das lässt tief blicken. Lass mich raten … Janne?«

Ohne auf meine Einwände zu achten schiebt Claudia mich einfach zur Seite und nimmt an meiner Stelle meinen Platz hinter dem Vorhang ein.

»Okay. Sie ist schon echt lecker. Da könnte sogar ich schwach werden.«

»Also hör mal!«, schimpfe ich. Groll krabbelt in mir hoch. Ich finde es unmöglich, wie Claudia sich mir gegenüber verhält. Schlimm genug, dass sie mich ständig gängelt. Dass sie so offen ausspricht, wie heiß Jana ist, nervt mich so sehr, dass meine Körpertemperatur gleich noch eine Spur höher schießt.

»Du brauchst mich nicht gleich fressen. Ich will Deiner Holden nicht an die Wäsche. Du siehst aus, als sollte ich Dich lieber fragen, ob ich sie zu Dir hoch schicken soll.«

Obwohl ich Claudia noch nicht ganz traue schieben sich meine Mundwinkel Millimeter für Millimeter in nördlichere Gefilde. Claudia lacht und klopft mir auf die Schulter.

»Janne! Du sollst bitte kurz bei Danny vorbeischauen.«, dringt Claudias energische Stimme ein paar Minuten später zu mir herauf und ich hoffe inständig, dass außer Jana und mir niemand ihr kurzes Zwinkern bemerkt. Claudias Stimme ist so laut, dass ich sie höre, obwohl das Fenster in meinem Büro wieder geschlossen ist und zwei Ventilatoren auf Höchstleistung laufen.

»Was will sie denn?«

»Keine Ahnung. Aber sie klingt ziemlich ernst.«

»Oha. Nicht gut. Sorry Kinder, ich bin gleich wieder da.«

Meine Nervosität steigt. Gleich kommt diese atemberaubend attraktive Frau in mein Büro und ich frage mich, wo ich den Schlüssel hingelegt habe. Als ich vor ein paar Stunden mit Jana hier ankam war ich noch ziemlich konfus. Wo habe ich das Mistding nur abgelegt?

Es klopft zaghaft.

»Herein!«, rufe ich streng. Sollte sich außer Jana noch jemand im oberen Stockwerk aufhalten, wird er bestimmt nicht auf die Idee kommen, dass Jana und mich mehr verbindet.

»Schließ bitte die Tür!«, sage ich, immer noch mit einer gewissen Autorität in der Stimme. Jana zieht den Kopf ein.

»Habe ich irgendetwas falsch gemacht?«, fragt sie und schaut mich skeptisch an. Ich hebe meinen Kopf. Kabumm. Ein riesiger Fehler. Ihr Haar ist beim planschen mit den Kindern nass geworden. Einzelne Tropfen kullern über ihre Wange, über ihre Arme und ihren Bauch und mischen sich mit den kleinen feuchten Perlen, die der Schweiß auf Janas Haut zaubert. Mein Gott, ist das warm heute. Sicher weit über vierzig Grad. Ich fächle mir Luft zu.

»Tür zu!«

Wortlos dreht Jana sich um, um die Tür zu schließen. Drei Schritte reichen aus und ich bin direkt hinter ihr.

»Du kleines … .«, knurre ich und drücke sie mit meinem Körper gegen die Tür. Sie stöhnt. Ich seufze. Mit einer Hand stütze ich mich an der Tür ab, die andere gleitet fahrig über Janas Seite. Sanft beiße ich in ihren Nacken. Sie stöhnt. Und windet sich unter meinen Armen, aber ich lasse sie nicht aus. Sie gehört mir. Diese große starke Frau gehört mir und ich werde ihr zeigen … Ein heißer Schauer jagt durch meinen Körper. Oh Gott, mein Höschen. Ich schwimme davon – und das ganz ohne Pool. Janas Anwesenheit reicht völlig aus.

»Aber … «, haucht Jana. Ihre Stimme ist kaum mehr als ein heiseres Röcheln.

»Das geht doch nicht.«

»Ruhe!«

Es macht mich an, zu fühlen, wie sie unter meinen Berührungen zusammenzuckt. Sie geht in die Knie, versucht der süßen Qual, die meine Hände in ihr auslösen, zu entrinnen. Doch das lasse ich nicht zu. Mit der rechten Hand schiebe ich meinen Schlüssel ins Schloss und drehe ihn um. Meine andere Hand gleitet immer weiter nach unten. Der Bund ihrer Shorts stoppt mich. Jana keucht. Ihr fester Po drückt so fest gegen meinen Unterleib, dass ich der Überzeugung bin, sie muss das nervöse Pochen zwischen meinen Beinen spüren. Ihr fast nackter Rücken presst sich an meinen Bauch. Sie jammert und versucht, sich umzudrehen, doch ihre Position ist eindeutig ungünstig. Für sie. Für mich ist sie perfekt.

»Ich will Dich.«, krächze ich. Meine Hand gleitet unter den Bund ihrer Shorts. Schade, dass ich sie nicht sehen kann. Aber für den Moment reicht es mir, ihre Erregung zu spüren. Und zu hören. Ihr Stöhnen klingt wie Musik in meinen Ohren. Sie stützt sich mit beiden Händen an der Tür ab. Ihr Kopf fährt herum. Meine Lippen suchen ihre. Finden sie. Ich stoße meine Zunge tief in ihren Mund, meine Finger in ihren Schoß.

Sie zuckt. Und fällt in sich zusammen. Ich fange sie auf. Und halte sie so fest, dass sie nicht umfallen kann.

»Wow.«, krächzt sie. »Und sowas findest Du fair?«

»Eigentlich schon. Du etwa nicht?« Ich lache leise und gebe sie frei. Mit einem Ruck dreht sie sich zu mir um. Ihre Augen funkeln so sehr, dass ich mich in ihnen verlieren könnte.

»Nicht, wenn ich Dich nicht auch berühren darf.«

Mein Atem beschleunigt sich. Ich versinke in ihren Augen. Ich will, dass sie nie wieder eine andere Frau so anschaut wie mich jetzt. Hoch konzentriert legt sie ihre Stirn in Falten, scheint irgendetwas zu suchen.

»Wonach suchst Du?«

»Nach einem geeigneten Platz.«, knurrt sie und schiebt mich rückwärts Richtung Schreibtisch. Sie schiebt ihre Hand an mir vorbei. Es kracht und scheppert.

»So. Jetzt ist Platz.«, sagt sie zufrieden.

»Was hast Du gemacht?«

»Ein bisschen aufgeräumt. Los. Spring schon rauf, oder worauf wartest Du?«

Ich würde ja gern, aber ich kann nicht. Meine Beine zittern viel zu sehr. Jana greift mir unter die Arme und setzt mich mit einem Schwung auf meinen *aufgeräumten* Schreibtisch. Papiere, Akten und ein großer Locher liegen zu meinen Füßen.

Janas Lippen zupfen an meinen, verschaffen sich den Zugang zu meinem Innersten. Ich stöhne. Und seufze. Und dränge mich an sie.

Der Luftzug der Ventilatoren auf meiner erhitzten Haut und Janas Finger, die überall gleichzeitig zu sein scheinen sorgen dafür, dass ich mich unter ihren Händen winde wie ein Fisch, wenn er dummerweise angebissen hat. Ich habe angebissen. Und wenn Jana mich lässt werde ich nie wieder loslassen.

Als ich eine knappe halbe Stunde später wieder allein in meinem Büro bin fühle ich mich seltsamerweise so fit, als hätte ich eine Stunde Powernapping hinter mir. Nur meine geschwollenen Lippen und das tiefe Leuchten in meinen Augen verraten, dass ich meine Zeit damit verbracht habe, Jana meine Liebe zu schenken.

22. Janne

Vor meinem Haus stehen zwei Autos, die ich nicht kenne. Daniela schaut mich irritiert an. »Hast Du Besuch?«

»Nicht, dass ich wüsste. Vielleicht haben sich ja endlich Heinzis Kinder dazu durchgerungen, mal bei ihrem Vater vorbeizuschauen. Freuen würde es mich ja für ihn.«

Trotz der fremden Autos bin ich guter Dinge. Seit fast zwei Monaten sind Daniela und ich nun ein Paar und ich kann mich nicht erinnern, das Zusammensein mit einem Menschen jemals so genossen zu haben wie mit ihr. Ich bin so unglaublich froh, dass sie mich nie aufgegeben hat und hartnäckig drangeblieben ist. Ich streichle über ihr Bein. Ihre Lippen sind leicht geöffnet. Ich kann nicht verleugnen, dass ich mich auf das, was mich erwartet, sobald wir die Tür hinter uns schließen und Fritzi ausgiebig begrüßt haben, freue.

Daniela hat etwas in mir in Gang gesetzt, von dessen Existenz ich bis vor kurzem nicht mal wusste. Ich bin süchtig. Nach ihren Augen, in denen ich versinken kann. Nach ihren Armen, die mich festhalten und mir das

Gefühl geben, mich jederzeit fallen lassen und schwach sein zu können. Nach ihren Händen, die mich so zärtlich und liebevoll streicheln. Nach ihren Lippen, die meine so sanft und leidenschaftlich küssen und mich in andere Gefilde davon schweben lassen. Nach ihrer Zunge, die meinem Mund all die schönen Töne entlockt, die ich zu geben in der Lage bin. Und nach ihrer Liebe, mit der sie mir das Gefühl gibt, die perfekte Frau für sie zu sein.

»Ich freue mich so auf Dich.«, sage ich leise.

»Und ich mich erst.«

Hand in Hand gehen wir durch den Vorgarten. Ich will meinen Schlüssel gerade ins Schlüsselloch schieben um die Haustür aufzusperren als Heinzis donnernde Stimme mich herumfahren lässt.

»Ihr habt Besuch!«, poltert er und klingt nicht besonders glücklich.

»Wo? Wer?«

»Im Freisitz. Keine Ahnung, wer das ist. Sie haben nach Euch gefragt und dann haben sie darauf bestanden, hier auf Euch zu warten. Ich hätte ja angerufen und Euch vorgewarnt, aber leider habe ich Eure Nummern nicht gefunden. Bevor ich es vergesse … Ich habe denen nichts zum Trinken angeboten.« Heinzi klingt ehrlich geknickt. Er schiebt sich an uns vorbei und verschwindet, ohne ein weiteres Wort zu verlieren, im Haus.

Ich schaue Daniela an. Daniela schaut mich an. Wir zucken mit den Schultern und setzen uns in einem Tempo in Bewegung, bei dem sogar eine Schnecke eine Überholspur benötigen würde. Wer auch immer im Freisitz auf uns wartet, ich habe keine Lust auf dieses Zusammentreffen. Eigentlich kann ich mir nur vorstellen, dass meine Mutter sich zu einem Spontanbesuch entschieden hat. Schon seit Wochen liegt sie mir in den Ohren, dass sie Daniela endlich kennenlernen will. Allerdings gehört keines der Autos vor dem Haus meiner Mutter, es sei denn, meine Eltern haben ein neues gekauft.

»Hast Du eine Ahnung … ?«, fängt Daniela an, stoppt dann aber als sie mein Kopfschütteln sieht. Unsere Gäste sitzen mit dem Rücken zu uns. Zwei Frauenköpfe sind klar zu erkennen. Einer hellblond, der andere dunkelblond. So ein straßenköterblond.

Als unsere nicht eingeladenen Gäste uns näherkommen hören, stehen sie auf und drehen sich um. Ich erstarre in meiner Bewegung. Daniela auch. Wir schauen uns an und drehen uns auf dem Absatz wieder um, um in entgegengesetzter Richtung wieder zu verschwinden.

»Was macht die denn hier?«, fragen wir wie aus einem Munde. Daniela klingt genauso atemlos und ärgerlich wie ich.

»Ja da schau einer an. Wusste ich es doch.«, ertönt die Stimme einer Frau und geht mir durch Mark und Bein. Wer ist diese Frau? Schnelle Schritte kommen immer näher. Am Liebsten würde ich die Beine in die Hand nehmen und flüchten. Ein kurzer Blick zu Daniela zeigt mir, dass es ihr genauso geht. Ich straffe meine Schultern und biege meinen Rücken durch. Dadurch wirke ich noch eine Idee größer als ich sowieso schon bin. Mit einem Ruck drehe ich mich wieder um.

»Wer sind Sie und was wollen Sie von mir?«, keife ich.

»Ich denke, dass erklärt Ihnen Ihre *Freundin* sicher gerne.« Wie sie das Wort Freundin ausspuckt. Ein eiskalter Schauer jagt über meinen Rücken. Trotz unerträglichen Außentemperaturen fröstle ich. Daniela sagt nichts. Würden sich zwischen ihre Augen keine Falten bilden, würde man glatt meinen, dass sie nicht mitbekommt, was passiert. Sie zittert leicht. Als sie sich ebenfalls umdreht sehe ich, dass sie ihre Lippen so fest aufeinander presst, dass sie nur noch zwei schmale Streifen bilden.

»Was willst Du hier, Heike?«, keucht sie atemlos und ist unübersehbar darum bemüht, die Contenance nicht zu verlieren. Simone hält sich diskret im Hintergrund und beobachtet das Geschehen aus sicherer Entfernung. Ein Lächeln umspielt ihre Lippen.

»Ich wollte mich nur vergewissern, dass es wahr ist.«

»Was wahr ist?«

»Dass Du die kleine Schlampe fickst.«

»Erstens bin ich größer als Sie, zweitens fickt Daniela mich nicht und drittens … Ach, vergessen Sie es. Schönen Tag noch. Komm, Danny. Wir gehen.«

Ich greife nach Danielas Hand und will sie hinter mir her ins Haus ziehen, aber Daniela rührt sich nicht vom Fleck. Sie steht wie erstarrt.

»Wir sind erwachsene Menschen und als solche sollten wir miteinander reden.«, vernehme ich Simones Stimme aus dem Hintergrund. Meine Blicke irren zwischen der Frau mit dem straßenköterblonden Haar, Daniela, Simone und der sicheren Haustür. An einem Fenster wackelt ein Vorhang. Ein Vorteil neugieriger Nachbarn: Man kann niemanden beseitigen, ohne mindestens einen Zeugen zu haben. Ein hoch auf meine Nachbarschaft.

Ohne mir meinen inneren Aufruhr weiter anmerken zu lassen schreite ich hoch erhobenen Hauptes mit Daniela an der Hand an der fremden Frau vorbei und lasse mich Simone gegenüber auf eine Bank fallen. Jeder meiner Muskeln ist zum Zerreißen gespannt. Mein Geduldsfaden, nun, der ist schon etwas mehr als gespannt.

Abwartend hefte ich meine Blicke auf die fremde Frau.

»Wenn Sie die Güte hätten, mir zu sagen, wer Sie eigentlich sind … « Meine Mutter wäre stolz auf mich. Ohne mit der Wimper zu zucken sabbere ich der Guten einen Rotz vor den Latz, der sich gewaschen hat. Ich kann auch höflich. Aber ich kann auch garstig. Sollte mir nicht passen, was sie sagt, wird sie meine andere Seite kennenlernen.

»Ich bin Heike Figliuzzi.«

Ich runzle die Stirn. Irgendwo habe ich diesen Namen schon mal gehört. Nur wo. Das ist hier die Frage.

»Ich sitze in der Verwaltung Ihres Arbeitgebers und in dieser Funktion muss ich Ihnen, Frau Wagner, leider mitteilen, dass Sie ab morgen nicht mehr in der KiTa von Frau Maus arbeiten werden.«

»Sie wollen mir kündigen?«, frage ich erstaunt. Wie kommt die auf so etwas? Ich suche Danielas Blick. Sie hat ihre Stirn in Falten gelegt und scheint abzuwarten, was als nächstes passiert.

»Nicht kündigen. Ich werde Sie nur versetzen. Sie werden sich morgen Mittag um zwölf Uhr in der Wohngruppe von Arturo Rinaldi einfinden.«

Oh nein. Das werde ich nicht. Ich schüttle den Kopf. Es ist nicht so, dass ich nicht gerne mit Arturo und seinen Leuten zusammengearbeitet habe, aber ich verstehe nicht, wie diese Frau mit dem italienischen Nachnamen auf so eine Idee kommt.

»Jana wird nirgendwohin gehen. Sie ist für meine Einrichtung eingestellt worden. Wir haben sie nur ausgeliehen, damit Arturo nicht absäuft.«

»Eben. Bei ihm herrscht immer noch Land unter. Außerdem ist es schon lange beschlossene Sache. Morgen also. Auf Wiedersehen, Frau Wagner. Daniela.«

Mit diesen Worten lässt diese Person, die mir so unsympathisch wie sonstwas ist, uns einfach stehen und dampft ab. Mit langen Schritten eilt sie durch den Garten.

Daniela springt auf. Und läuft ihr nach. Ich wusste gar nicht, dass sie so schnell laufen kann. Wow. Nicht schlecht. Gar nicht schlecht. Wäre die Situation nicht so dramatisch und die Nachricht dieser unmöglichen Person nicht so unangenehm, müsste ich glatt lachen. Die Frau überragt Daniela um ungefähr einen knappen halben Kopf. Aber das scheint Daniela nicht weiter zu interessieren. Sie strafft ihre Schultern, zieht den Bauch ein und drückt die Brust raus. Obwohl sie unübersehbar geladen ist, beherrscht sie sich und bemüht sich, nicht herum zu brüllen. Ich gehe ein bisschen näher heran, um mitzubekommen, worüber sie mit der seltsamen Person diskutiert.

»Jana wird nirgendwohin gehen.«, keift sie noch einmal.

»Es steht Dir nicht zu, meine Entscheidung in Frage zu stellen, Danny.«

»Oh doch, das steht es mir. Erstens bist Du nicht für die Verteilung der Kräfte zuständig und zweitens handelst Du aus niederen Gründen.«

Aus niederen Gründen? Was meint Daniela damit? Ich bin so auf die Diskussion konzentriert, dass ich Simones Anwesenheit genauso ausblende wie die Frage, was sie hier will.

»Sollte Frau Wagner eine Kündigung oder etwas ähnliches bekommen, werde ich am gleichen Tag in der Verwaltung aufschlagen. Und was das heißt kannst Du Dir denken.«

»Jetzt reg Dich doch nicht so auf. Was willst Du überhaupt von der kleinen Schlampe?«

»Das geht Dich einen feuchten Kehricht an. Also, Heike. Ich warne Dich. Sollte ich irgendetwas zu Ohren bekommen werde ich dem Chef erzählen, dass Du mir seit Jahren nachstellst und nicht akzeptieren kannst, dass ich nichts von Dir will. Ich hoffe, ich habe mich deutlich genug ausgedrückt.«

Wow. Diese Eiseskälte in Danielas Stimme. Kein Wunder, dass die andere den Kopf einzieht. Wie ein begossener Pudel zieht sie davon.

»Muss ich jetzt morgen zu Arturo oder kann ich bleiben?«, frage ich, unsicher, ob ich alles richtig verstanden habe.

»Du kannst bleiben. Frau Figliuzzi hat mir gerade mitgeteilt, dass sie einen Fehler gemacht hat.«, sagt Daniela laut genug, dass die andere Frau es hören muss. Als Antwort erhalten wir nur ein tiefes Schnauben. Dann heult ein Motor auf und ein Auto brettert mit überhöhter Geschwindigkeit durch die dreißiger Zone.

»Ist das Dein Ernst, dass sie Dir nachgestellt hat?«

»Mein voller Ernst. Es ging teilweise so weit, dass ich darüber nachgedacht habe, in eine andere Wohnung zu ziehen. Aber Heike ist gut. Es hätte höchstens eine Weile gedauert, bis sie meine neue Adresse herausgefunden hätte. Aber ich denke, das ist jetzt vorbei.

»Aber das ist doch Stalking.«

»So kann man es nennen.«

»Und Du hast nichts dagegen unternommen?«

»Was hätte ich denn tun sollen?«

»Sie anzeigen? Oder wenigstens beim Träger melden.«

»Und dann? Dann wäre sie entlassen worden und ich hätte mich damit auch noch herumärgern müssen.«

»Aber Danny ... So etwas darf man sich doch nicht gefallen lassen. Das ist doch krank.«

»Wahrscheinlich hast Du recht. Aber genauso wahrscheinlich bin ich einfach zu lieb für diese Welt.«

»Da sprichst Du wahre Worte. Bist Du Dir sicher, dass Du nichts unternehmen willst?«

»Solange sie mich ab jetzt in Ruhe lässt möchte ich es dabei bewenden lassen. Kannst Du das akzeptieren?«

»Nur ungern. Ich finde einfach, dass man so etwas nicht unter den Teppich kehren darf, sonst gibt man Menschen wie ihr die Macht über sein Leben. Aber wenn Du es so haben willst, werde ich es akzeptieren. Sollte sie Dich aber weiterhin stalken werden wir sofort etwas unternehmen. Okay?«

»Einverstanden. Und was machen wir jetzt?«

»Jetzt kummern wir uns um Frau Doktor. Mann, so ein schöner Tag und dann tauchen die Furien bei uns auf.«

»Da sagst Du was.«

»Hast Du eine Ahnung, wie es sein kann, dass die zwei gleichzeitig hier aufgeschlagen sind?«, frage ich. Irgendwie riecht die Sache verdammt nach einem

Komplott. Nur … von wem er ausgeht ist mir noch nicht so ganz klar. Simone kann ich mir nicht vorstellen. Sie kann zwar ein Ekelpaket sein, aber mir nachstellen? Das traue ich ihr nicht zu. Also muss diese Heike Figlidingsda hinter der Sache stecken. Anscheinend hat sie herausgefunden, mit wem Daniela ihr Leben teilt. Und dann hat sie angefangen zu suchen. Und sie wurde fündig. Nur so kann ich mir die Sache erklären.

»Ich schätze mal, dass Heike dahintersteckt. Sie ist ziemlich clever, wenn es darum geht, Wege und Möglichkeiten zu finden.«

Ich nicke bedächtig. So in der Art hatte ich es mir tatsächlich vorgestellt. Was für eine furchtbare Person. Daniela tut mir im Nachhinein noch leid für das, was sie aushalten musste.

Von Simone erwarte ich etwas weniger Drama. Ich kann mir auch schon denken, was sie will. Entweder will sie mich wieder zurückhaben, oder es geht um Geld. Seit ich weiß, dass sie wieder in Deutschland ist, habe ich sämtliche Zahlungen eingestellt und auf sie verwiesen. Ich kann mir gut vorstellen, dass sie das nicht besonders erfreut hat.

»Und Du? Was willst Du?«, frage ich, als Daniela und ich uns wieder am Tisch niederlassen.

»Ich wollte mit Dir reden. Unter vier Augen.«

»Ich habe keine Geheimnisse vor Danny. Wenn Du etwas mit mir besprechen willst, dann tu es jetzt oder lass es bleiben.«

Daniela schaut mich irritiert an. Anscheinend verwirrt sie mein harscher Tonfall.

Simone öffnet ihren Mund, aber außer: »Du hast keine Ahnung, wie leid mir alles tut. Seit wir uns getrennt haben… «

Ha! Von wegen uns getrennt. Sitzen gelassen hat sie mich. Eiskalt. Und ohne mit der Wimper zu zucken.

»Na ja, jedenfalls ist, seit wir uns getrennt haben, ist kein Tag vergangen, an dem ich nicht mindestens einmal an Dich gedacht und meinen Fehler furchtbar bereut habe.«

Na und? Schön für sie. In mir regt sich Groll. Es hat mich Jahre gekostet, um über die Trennung hinwegzukommen und dann steht sie, als ich endlich wieder so richtig glücklich bin einfach vor mir und redet so einen Müll. Ich fasse es nicht. Meine Hände sind immer noch zu Fäusten geballt. Mein Puls rast. *Gott sei Dank ist sie Ärztin. Sollte ich von der Bank kippen kann sie mir wenigstens helfen.*, denke ich sarkastisch.

»Ich habe mir nichts mehr gewünscht, als irgendwann eine zweite Chance von Dir zu bekommen.«

Mein Blick fällt auf Daniela. Sie wirkt eingefallen. Und traurig. In ihren Augen glitzern Tränen. Mein Herz legt einen kleinen Stopp ein. Sie denkt doch jetzt nicht etwa …

Oh nein. Nicht traurig sein. Bitte nicht. Weißt Du denn nicht, wie viel Du mir bedeutest? Wie sehr ich Dich liebe?

Liebe? Mein Herz hüpft. Es tanzt in meiner Brust. Mit den Schmetterlingen in meinem Bauch. Ein eigenartiges Glücksgefühl nimmt mich in Besitz, das ich so schon sehr lange, wenn nicht sogar noch nie, fühlen durfte.

»Das hättest Du Dir ein paar Jahre früher überlegen müssen.«, sage ich bestimmt. »Wie Du siehst, bin ich glücklich vergeben.«

Simone nickt. Und schaut mich traurig an. Dann steht sie auf. Und geht. Mit schweren Schritten. Durch den Garten. Ich folge ihr, greife nach ihrer Schulter und drehe sie zu mir um.

»Ich wünsche Dir nur das Beste.«, sage ich leise. »Pass auf Dich auf.«

Überrascht bemerke ich, dass ich jedes Wort so meine, wie ich es sage. Nicht nur als dahingesagte Floskeln, sondern wirklich. Und wahrhaftig. Ich will, dass es Simone gut geht. Aus tiefstem Herzen. Gleichzeitig entsteht eine ungeahnte Kraft in mir. Es fühlt sich gut an, frei zu sein. Lange genug habe ich in der Gefangenschaft, die ich mir und meinem Herzen auferlegt habe, ausharren müssen. Ich hole tief Luft.

»Was hast Du vor? Bleibst Du trotzdem in München?«

»Das kann ich Dir nicht sagen. Kommt darauf an, wie sich die Dinge entwickeln. Machs gut, Janne. Und … Deine Danny ist eine tolle Frau. Pass gut auf sie auf.«

Und dann ist Simone weg und ich gehe entspannt durch den Garten.

»Janne?«, ruft Daniela. Ihre Stimme kommt aus dem Haus. Meine Mundwinkel verziehen sich zu einem Lächeln. Schlagartig weiß ich, was ich zu tun habe. Zwei Stufen auf einmal nehmend fliege ich die Treppe hinauf. Meine Tasche schmeiße ich achtlos in die Ecke. Ein kurzer Blick in die Küche genügt. Fritzi steht vornübergebeugt über seinem Napf und schlabbert glücklich sein Abendessen. Daniela sehe ich nicht.

»Firma Langsam, Abteilung Schnecke, oder was?«

Ihre Stimme kommt aus dem Wohnzimmer. Ich gehe zu ihr, reiche ihr die Hand und ziehe sie in meine Arme.

»Weißt Du eigentlich, wie sehr ich Dich liebe?«, frage ich.

»So sehr wie ich Dich?«

»Nein. Ganz bestimmt nicht.«

Meine Augen suchen ihre. Ich sehe Enttäuschung in ihrem Blick.

»Ich liebe Dich nicht so sehr wie Du mich, sondern immer einmal mehr.«

Sie schnappt nach Luft und lehnt sich an mich. Als unsere Lippen sich aufeinander legen weiß ich ganz sicher, dass es für immer ist.

Als wir Stunden später nackt und entspannt in meinem Bett liegen, dreht Daniela sich zu mir. Nachdenklich streicht sie sich eine Haarsträhne aus dem Gesicht.

»Wann legst Du eigentlich mal wieder auf?«

Ihre Frage trifft mich aus heiterem Himmel. Eigentlich dachte ich, dass sie es nicht mag, wenn ich an den Wochenenden bei Partys oder Festen auflege.

»Vorerst gar nicht mehr. Seitdem Simone ihre Rechnungen selber zahlt, habe ich genügend Spielraum. Außerdem will ich die freie Zeit lieber mit Dir verbringen.«

Zarte Röte legt sich auf Danielas Wangen. Ich liebe es, wenn sie so schaut. So kindlich. Und … einfach Daniela eben.

»Schade eigentlich. Mir gefällt die Vorstellung, wie Du hinter Deinem Pult stehst, die Leute anheizt mit den sexy Beats, die Du produzierst. Aber noch mehr gefällt mir die Vorstellung wie Dich alle anschmachten und Du mit den Frauen flirtest.«

Ich ziehe eine Augenbraue hoch. Was bitte wird denn jetzt das? Ich öffne meinen Mund, aber Daniela unterbricht mich, in dem sie ihren Zeigefinger auf meine Lippen legt.

»Ich stelle es mir geil vor, wie Du mit den Frauen flirtest, sie Dich alle haben wollen und ich die einzige bin, die weiß, wie Du riechst … , wie Du schmeckst … , wie Du Dich anfühlst … und wie Du aussiehst, wenn Du kommst.«

Mein Atem beschleunigt sich und Daniela schaut mich so an, als hätte sie es nur darauf angelegt, mich heiß zu machen. Schon wieder. Ich bin heiß. Und wie. Ich verbrenne innerlich, wenn ich nicht bald … Mit einem wilden Kampfschrei stürze ich mich auf sie. Sie zuckt zusammen. Jetzt gehört sie mir. Und ich werde nicht eher locker lassen, bis sie so fertig ist, dass sie um Gnade winselt.

Musstest Du die Cola erst mischen, oder warum hat das so lange gedauert?«, necke ich und kassiere als Antwort einen sanften Klaps auf meinen Po.

Auf dem Rasen um uns herum sitzen viele hundert Menschen und warten genauso gespannt wie wir auf den Beginn.

»Ich habe nur zwei Bekannte getroffen. Sie scheinen sehr glücklich zu sein. Miteinander.«

»Aha. Und wen, wenn ich fragen darf?«

»Natürlich darfst Du fragen. Die eine hat hellblondes Haar, die andere so ein straßenköterblond.«

»Nicht wahr. Du machst Witze.«

»Wenn ich es Dir doch sage. Anscheinend hatten Heike und Simone zusammen einen Plan ausgeheckt, um uns auseinanderzubringen und dann ist etwas passiert, womit sie nicht gerechnet haben.«

»Sie haben sich ineinander verliebt.«

»Genau. Mein süßer Schlauberger erhält zur Belohnung hundert Küsse.«

»Hundert nur?«, frage ich gespielt entrüstet und fange mir schon wieder einen kleinen Klaps ein. Daniela lässt sich neben mir nieder und starrt wie gebannt auf den See, über dem in den nächsten Minuten ein gigantisches Feuerwerk abgeschossen wird. Sie dreht ihren Kopf zu mir und haucht einen Kuss auf meine Lippen.

Ein lauter Knall ertönt.

»Jetzt geht's gleich los.«, sagt sie atemlos und lehnt sich an mich. Ich lege meinen Arm um sie und ziehe sie noch etwas fester in meine Umarmung.

Unter hunderten A´s und O´s finden sich unsere Lippen und für mich steht fest, dass dieser Sommernachtstraum der schönste ist, den ich jemals erlebt habe.

»Ist schon irgendwie krass. Ich lebe schon so viele Jahre in München und habe es noch nie geschafft, mir den Sommernachtstraum anzuschauen.«, gesteht Daniela leise, fast zaghaft.

»Warum nicht?«

»Weil in meinem Leben die perfekte Frau gefehlt hat, mit der ich zusammen das Feuerwerk hätte genießen können.«

»Und jetzt hast Du sie gefunden? Stellst Du sie mir bei Gelegenheit mal vor?«

Eine rote Fontäne hinterlässt ihre Spuren am Münchner Nachthimmel. Ich pfeife begeistert.

»Dumpfbacke. Du weißt genau, wen ich meine.«

»Ach ja? Weiß ich das?«, necke ich. Es macht Spaß, Daniela zu necken. Die Entrüstung, die sich dann in ihren Augen zeigt, ist einfach unvergleichlich. Eine blaue Fontäne fliegt auf uns zu und spiegelt sich im See unterhalb des Olympiabads. Ich seufze zufrieden.

»Ich liebe Dich.«, flüstert Daniela.

»Und ich liebe Dich.«, sage ich und hänge, als sie den Mund öffnet um etwas zu erwidern »Immer einmal mehr als Du mich.« dahinter.

Als nach einer Weile ein weiterer lauter Knall die Luft erzittern lässt, lehne ich mich in Danielas Umarmung.

»War das jetzt das Ende?«, fragt sie.

»Für das Feuerwerk schon. Aber für uns ist es erst der Anfang von etwas ganz Besonderem.«

Ich lächle sie an. Sie lächelt mich an. Und wir wissen beide, dass es stimmt.

Ende

Printed by Amazon Italia Logistica S.r.l.
Torrazza Piemonte (TO), Italy

22001678R00219